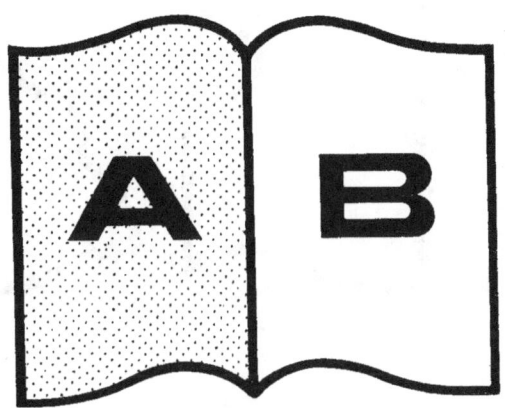

Contraste insuffisant

NF Z 43-120-14

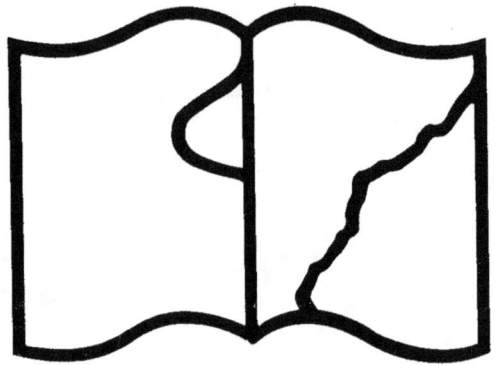

Texte détérioré — reliure défectueuse

NF Z 43-120-11

LE

DON QUICHOTTE

DE LA MER

PAR

A. LAPOINTE

Marc Barbou & Cie Éditeurs

LIMOGES

LE
DON QUICHOTTE DE LA MER

Format Grand in-8° Carré.

LE
DON QUICHOTTE DE LA MER

AVENTURES DE TERRE ET DE MER

PAR

ARMAND LAPOINTE

LIMOGES

MARC BARBOU & Cie, Imprimeurs-Éditeurs

Rue Puy-Vieille-Monnaie.

—

1889

LE DON QUICHOTTE DE LA MER

CHAPITRE Ier

CALCUTTA A VOL D'OISEAU

Calcutta est la ville la plus importante de l'Inde et l'entrepôt le plus considérable de l'Asie ; et ce n'est pas seulement parce que l'Angleterre en a fait la capitale de la présidence du Bengale, et le siège de la vice-royauté ou gouvernement général des Indes anglaises, c'est encore parce que son commerce, favorisé par les institutions de crédit de nombreuses maisons de banque et un réseau de chemins de fer qui tend chaque jour à se développer, rayonne sur tout l'Hindoustan.

Et cependant Calcutta est une cité malsaine, périodiquement affligée de maladies pestilentielles, à cause des marais qui l'entourent et des excessives chaleurs qu'il y fait — 38° centigrades à l'ombre ! Les faubourgs et les villages situés en aval, sur la rivière charriant les immondices de la ville, sont particulièrement ravagés par ces terribles fléaux. Ce qui n'empêche pas la population de s'élever au chiffre énorme de 1,500,000 habitants.

Calcutta est situé au centre du golfe du Bengale, sur la rive gauche de l'Hougly, un des bras du Gange, à 120 kilomètres nord-est du golfe. Son port est excellent, mais ne peut recevoir que des bâtiments de six cents tonneaux. Ceux d'un tonnage supérieur stationnent au-dessous de la ville. Sa population se compose d'Hindous, d'Arabes, de Malais, de Chinois, d'Australiens et d'Européens. Aussi l'aspect de ses rues est-il à la fois curieux et bizarre, par la variété infinie des costumes et des types humains, aux nuances les plus diverses : le noir sombre, la couleur olivâtre, le jaune safran, l'ocre rouge, le gris verdâtre contrastent violemment avec le teint blanc et rose des Européens du Nord ; par le bruit, le mouvement, les cris de toutes sortes, exhalés en vingt langues différentes, et l'innombrable quantité de carrosses, de phaétons, de cabriolets et de palanquins sillonnant jour et nuit les grandes voies de la cité asiatique. C'est un spectacle unique au monde.

Lorsque, remontant l'Hougly, on approche de la capitale de l'Hindoustan anglais, on reste frappé de surprise et d'admiration. Calcutta se découvre pour ainsi dire tout entier aux yeux charmés du voyageur. On voit surgir subitement, sous un soleil qui éclate comme une grenade au milieu de roses blanches, et dans un inextricable fouillis de verdure, une suite ininterrompue d'habitations aux terrasses ensoleillées et fleuries ; puis, la vision se fait plus nette, plus précise, et alors se dessinent, dans une sorte d'éther enflammé, les palais somptueux, les édifices réunissant le grandiose à l'élégance : c'est l'hôtel de ville, le palais de la cour suprême de justice, l'évêché anglican, demeure du métropolitain des Indes, le vicariat de l'évêché catholique de Madras, le séminaire théologique protestant, le Medresseh ou université musulmane, le collège sanscrit-hindou, le collège anglo-indien, l'observatoire, l'hôtel de la célèbre société asiatique, le palais du vice-roi, la citadelle derrière laquelle se trouve la plus vaste place du monde, le fort William et ses immenses glacis, le quartier Tchouringy, composé exclusivement d'habitations splendides, à l'architecture grecque, avec leurs portiques, leurs galeries à colonnades et leurs grands jardins où brille toute la flore des tropiques et de l'Asie; c'est, au nord de la ville européenne, la ville indienne ou ville noire, longeant le fleuve; ce sont aussi les immenses faubourgs et villages apparaissant à perte de vue, jusqu'à l'horizon lointain, les uns empestés et maudits comme ceux dont nous avons déjà parlé; les autres, en amont, riants, fertiles, à la population saine et vigoureuse, parsemés de villas dont les jardins ont pour clôture des haies d'aloès et de sapins.

Au-dessus de tout cela et dominant maisons, hôtels, palais, ville blanche et ville noire, les flèches sveltes, les aiguilles élancées et les tourelles bizarres des temples chrétiens et indigènes.

Et pour compléter le tableau, en vue de la ville, sur un fleuve de trois kilomètres de largeur, une longue file de bâtiments de toutes dimensions, sur lesquels flottent les pavillons de toutes les nations du globe.

On le voit, dans ce brillant et féérique panorama, tout concourt à présenter le coup d'œil le plus majestueux et le plus imposant. Seule, la ville indienne fait tache à ce brillant tableau par l'aspect misérable et sordide de ses habitations, sortes de cabanes ou cahutes construites en bambous et en bousillage, et couvertes de chaume; ses rues sont étroites, sales, tortueuses et entrecoupées d'une innombrable quantité de réservoirs, d'étangs et de jardins peu ou point cultivés. Quelques riches Hindous habitent des maisons bâties en briques et élevées de deux étages avec terrasses. L'élégance de celles-ci fait ressortir plus brutalement encore le délabrement et la misère de celles-là. Mais quelque chose de mystérieux, d'inconnu, plane sur la ville noire. C'est la ville de la paresse, de l'indolence et des plaisirs faciles; et cela suffit pour exciter la curiosité des Européens et les y attirer, aux heures nocturnes surtout.

C'est là que nous allons conduire nos lecteurs.

CHAPITRE II.

Par une soirée du mois de
juin, et vers les neuf heures,
d'un trois mâts-barque français,
arrêté dans la rade, et à la proue
duquel on pouvait lire en lettres
d'or sur un fond noir : *Le jeune
Henri,* se laissèrent affaler dans
un canot deux hommes qui, sans
bruit, détachèrent la petite embarcation et la dirigèrent immédiatement vers la ville, l'un au
gouvernail, l'autre aux avirons.
Le premier était second capitaine à bord du *Jeune Henri* et
se nommait Marcus Gallois ;
l'autre occupait sur le même
navire les importantes fonctions
de maître coq ou cuisinier ; celui-ci était nègre et répondait au nom
bizarre de Nonor.

Qu'allaient-ils faire à pareille heure à Calcutta ?

Avant de répondre à cette question, il est nécessaire de présenter plus amplement ces deux personnages au lecteur.

Marcus Gallois avait vu le jour en Bretagne, à Saint-Nazaire. Son parrain, un courtier-interprète pour les langues suédoises et norwégiennes, lui avait donné ce prénom de Marcus qui n'est point une appellation bretonne. Devenu orphelin à l'âge de huit ans, il avait été adopté par ce parrain, un obstiné célibataire. La carrière de l'enfant devait tout naturellement être celle qu'avaient suivie son père, son aïeul et son bisaïeul : la marine ! Les Gallois n'en connaissaient pas d'autre. Tous avaient eu pour linceul la mer, cette insatiable ogresse. Marcus n'en fut pas autrement effarouché. C'est un peu l'histoire de tous ceux qui sont nés sur les rivages océaniens : les flots fascinent et attirent, et par delà leur horizon brumeux se trouve un inconnu qui fait battre les cœurs et excite les jeunes cerveaux. Qu'importe le danger, — avec lequel on se familiarise si promptement, — lorsque le voyage apporte des émotions toujours nouvelles ! Est-ce que le conducteur de la locomotive, qui, lui, cependant, parcourt sans cesse la même voie, songe à la rencontre possible de deux trains, à sa chaudière qui peut éclater, c'est-à-dire à la mort ? Non ! monté sur sa machine, il dévore l'espace, il va de l'avant, toujours, insouciant du péril, bravant la tempête, ne songeant ni à la pluie qui le mouille jusqu'aux os, ni à la poussière qui l'aveugle, ni au soleil qui le brûle, trouvant un âpre plaisir dans cette course affolée et sans cesse renaissante à travers les espaces peuplés ou déserts, plaines, champs, forêts, villes et villages. Tel est le marin, avec cette différence qu'au bout du voyage, il y a toujours un inconnu !

Aidé de son parrain, l'honorable M. Vandersluys, Marcus fit de bonnes études maritimes et occupa successivement l'emploi de pilotin, sous-lieutenant, lieutenant et second à bord de différents navires.

Le jour où Marcus reçut son brevet de capitaine au long cours, le courtier-interprète lui dit :

— Mon garçon, te voilà avec un diplôme en poche et en état de commander un beau trois-mâts de 600 tonneaux ; mais il n'y faut pas

songer encore. Tes vingt-cinq ans n'inspirent pas une confiance suffi-
sante aux armateurs, — aujourd'hui surtout qu'un capitaine doit être
à la fois marin et commerçant. Cela viendra quand tu auras fait deux
ou trois voyages dans les mers chaudes. J'ai pris pour toi une part
d'intérêt de 15,000 francs sur le *Jeune Henri*, dont les frères Leguay
sont les armateurs ; il part pour Calcutta sous huit jours. Prépare
ton coffre et présente toi chez nos voisins et amis, afin de signer ton
engagement à bord du *Jeune Henri*, comme second capitaine.

— Merci, mon parrain, répondit Marcus en serrant vigoureusement la main du bon M. Vandersluys.

— Cela va te changer un peu, ajouta l'honorable courtier-interprète. Toi qui, de ta vie, n'as voyagé que dans la mer du Nord, la
Baltique, la mer d'Aland et le Zuiderzée... De beaux pays, par ma
foi !... habités par de braves gens... et des mers superbes... au printemps ! Tu vas aborder les longs voyages, la mer des Indes ; tu vas
voir les pays où l'on trouve les diamants, les rubis, les saphirs et les
perles, où grouillent les scorpions, les serpents et les crocodiles, où
l'air est infesté d'innombrables moustiques, où les lions, les hyènes,
les panthères, les tigres sont plus nombreux que chez nous les animaux domestiques, où les mers sont d'effroyables tempêtes, où l'atmosphère, sous les parfums d'un éternel printemps, cache les plus
effroyables épidémies, où l'espèce humaine se présente à la fois sous
les types les plus divers : l'Hindou, le Malais, le Mogol, le Chinois,
le Guèbre, l'Arabe, le Turc, sans compter les métis nés du croisement
de toutes ces races. Des reptiles, des fauves, de la peste, des tempêtes,
j'espère que, Dieu aidant, tu sauras te préserver ; mais il est d'autres
ennemis plus dangereux : ce sont les Anglais — il n'aimait pas les
Anglais, l'honnête Vandersluys — et les Hindous. Méfie-toi de ceux-
ci et de ceux-là. C'est tout ce que j'avais à te dire. Et maintenant,
allons déjeuner.

Dans l'après-midi, Marcus Gallois signait son engagement comme
second capitaine à bord du *Jeune Henri*, et huit jours plus tard le
trois-mâts-barque voguait à pleines voiles vers le golfe du Bengale.

Au physique, Marcus était blond, avec des yeux d'un bleu foncé, des cheveux abondants et frisottants, une barbe soyeuse, qu'il portait en collier comme la plupart des marins, musculeux et agile, et de cette taille moyenne si propice aux manœuvres de bord. En somme, un solide et beau garçon. Au moral, un peu naïf, le regard vague et comme perdu par-delà les horizons lointains, plutôt mélancolique que gai ; doux, bienveillant, ennemi de l'injustice, et se faisant volontiers le défenseur du faible contre le fort ; toujours prêt à se dévouer et à risquer sa vie pour le salut de ses semblables. En un mot, à cause de ses qualités — ou de ses défauts, comme l'on voudra — destiné bien plus à la souffrance qu'au bonheur.

Quant à son compagnon, le nègre Nonor, il ne connaissait ni son âge, ni sa nationalité ; les mots parents et famille n'avaient aucun sens pour lui. Ses premiers souvenirs remontaient à une vingtaine d'années. Enfant alors, il occupait les fonctions de marmiton dans les cuisines du vice-roi des Indes. Au-delà de cette époque, un voile épais couvrait le passé, et il n'avait jamais eu la pensée de le lever. Peu lui importait, au surplus ! Considéré par tous comme un paria, — dans l'Inde, le paria est l'être qui n'appartient à aucune caste, — il acceptait sans nul souci cette condition.

Un jour, fatigué de vivre au fond des cuisines, dans un état qui tenait encore plus de l'esclavage que de la domesticité, Nonor quitta le palais du vice-roi, et, rêvant d'aventures, s'engagea comme cuisinier sur un navire de commerce anglais. Son début ne fut pas heureux. Le navire, jeté à la côte par une mousson formidable, naufragea non loin de Karikal, un des établissements français dans l'Inde, situé près du golfe de Manar. Nonor, sauvé par des marins de Saint-Nazaire, prit goût à leur compagnie et resta au milieu d'eux. Cela devait le conduire plus tard à être cuisinier à bord du *Jeune Henri*. Il n'avait point de patrie, n'était en réalité ni Hindou ni Anglais ; il se trouva heureux de figurer à l'inscription maritime de Saint-Nazaire. Il acquérait ainsi une sorte de nationalité.

Habitué à se croire d'une nature inférieure à ses compagnons, il poussait l'humilité jusqu'à la poltronnerie et se laissait volontiers malmener par les plus faibles — même par les mousses ! C'était chose

curieuse de voir cet homme aux larges épaules, aux puissants pecto-
raux, aux biceps que deux mains réunies n'eussent pu entourer,
courber la tête et l'échine, comme un enfant peureux, sous les menaces de galopins de quinze ans, lui qui, s'il l'eût voulu, les eût écrasés
dans ses larges mains. Mais pouvait-il seulement en concevoir la pensée !... Savait-il même que la nature l'avait doué d'une force hercu-
léenne !...

Marcus le traitait familièrement et avait défendu qu'on l'importu-
nât par trop. De là un dévouement absolu, un culte, une sorte de
fétichisme de la part du nègre pour son capitaine. Toutefois, ce
dévouement de caniche, d'esclave, irait-il, à l'occasion, jusqu'à la
bravoure ? C'était une question. Nous verrons plus tard comment
elle se résoudra.

Maintenant que nos héros sont présentés, disons pourquoi, quit-
tant furtivement le *Jeune Henri*, ils se rendaient après neuf heures
du soir à Calcutta.

CHAPITRE III

UNE FUMERIE D'OPIUM

Le canot aborda à quai. Nonor l'attacha solidement à une boucle de fer, rangea les avirons, enleva le gouvernail et rejoignit Marcus qui était déjà à terre.

— Tu prends, il me semble, bien des précautions, dit celui-ci.

— Bengalis et Chinois grands voleurs! répondit laconiquement le nègre.

— Hâtons-nous, car le *Jeune Henri* met à la voile demain à l'aurore, et je veux être rentré à bord pour minuit.

Ils laissèrent à droite la ville européenne, pleine de mouvement, de bruit, de lumières, et prirent du côté de la ville indienne, sombre, presque silencieuse et comme plongée dans une langueur paresseuse qui n'était cependant pas encore le sommeil.

On entendait, çà et là, de mystérieuses causeries, de vagues murmures courant dans l'atmosphère, et qui s'échappaient des terrasses, des riches maisons hindoues et des habitations plantées au milieu des jardins; un point lumineux surgissait d'une persienne subitement

entr'ouverte, et, pour un instant, son éclat rayonnait dans la rue
sombre, comme un jet de lumière électrique, laissant voir quelques
passants, hommes et femmes — Hindous aux vêtements blancs, Chinois aux sayons verts, bleus ou jaunes, soldats anglais et marins de
toutes les nations. Mais la nuit se faisait de nouveau, et, dans l'obscurité relative, l'œil ne percevait plus, au milieu des voies étroites
et tortueuses ou derrière la haie basse des jardins, que des ombres
silencieuses et immobiles, ou se mouvant à travers un inextricable
réseau de ruelles, un fouillis d'habitations, de réservoirs d'eau,
d'étangs et de jardins. Tous marchaient ainsi, à part quelques marins
titubants et loquaces, en silence et hâtivement. Parfois, un cri mystérieux, une clameur troublante, un rire lourd, ou perlé comme un
chant d'oiseau, le son d'un instrument, la note lointaine d'un chant
quelconque résonnaient dans la nuit. — Une maison venait de s'ouvrir ; la porte se refermait aussitôt livrant, pour une seconde, à des
passants indifférents, le secret de ses joies ou de ses peines, de ses
ivresses ou de ses soupirs, de la comédie ou du drame qui se
cachaient derrière ces murailles en bambous.

Alors Nonor s'arrêtait, plus souvent craintif que souriant, et se tournait vers Marcus qui le suivait à cause de l'étroitesse de la rue.

— Marche donc ! lui disait l'officier en le poussant en avant.

Ou bien, à travers de rares éclaircies, lorsque les arbres, les réservoirs, la toiture des habitations laissaient filtrer un rayon de la lumière
atmosphérique, c'était une forme blanche, svelte, mignonne, aérienne,
avec des yeux d'un noir d'enfer, brillants comme des tisons enflammés, qui se montrait soudain — immobile — à la porte d'une cabane
ou franchissant, rapide comme l'éclair, les voies désertes qu'elle
emplissait de parfums âcres et pénétrants.

Marcus à son tour s'arrêtait — un peu ému.

Nonor, montrant ses dents blanches dans un sourire, s'écriait :

— Casse-cou ! mon capitaine.

Marcus regardait à ses pieds, tout confus, et se reprenait à suivre
son guide.

Il arriva cependant un moment où le nègre, dans un bizarre enchevêtrement de voies accidentées, resta indécis.

— Eh bien, demanda Marcus, as-tu donc oublié le chemin ?

— Non ! répondit le nègre.

Et traversant un carrefour, il arriva à la porte d'une habitation assez vaste qu'il poussa devant lui. Il y pénétra suivi de Marcus.

Ils entraient dans une fumerie d'opium, sans se douter que, depuis qu'ils avaient quitté le port, ils étaient suivi par un grand diable à figure patibulaire.

Disons tout de suite que la présence de Marcus, dans un pareil lieu, n'avait d'autre but que la satisfaction d'une curiosité. Il avait entendu parler des extases produites par l'opium et voulait, au moins une fois, s'assurer de leur réalité. On comprend dès lors pourquoi il s'était fait accompagner de Nonor, qui connaissait tous les mystères de la ville noire.

Cette démarche devait lui être fatale !

L'opium est le suc épaissi du pavot blanc, obtenu à l'aide d'incisions horizontales faites aux capsules ou têtes du pavot non encore mûres. On le pile ensuite dans un mortier, puis on l'enveloppe dans des feuilles d'étain et on le livre ainsi au commerce. Les Anglais en ont à peu près le monopole dans les Indes, d'où ils l'exportent pour la Chine, bien que ce commerce y soit très expressément interdit, à cause des effets meurtriers produits par l'obsorption de ce poison.

En 1842, par un traité conclu avec le Céleste-Empire, les Anglais se sont engagés à s'abstenir entièrement de l'importation de l'opium. Depuis cette époque, ce commerce s'est accru chaque année, en Chine, dans des proportions effrayantes, et les autorités chinoises ont fermé les yeux dans la crainte de se mettre mal avec l'Angleterre.

C'est de Calcutta, de Bombay et de Bénarès que partent tous les jours les petits navires chargés d'opium qui pénètrent dans les ports chinois ouverts aux Européens.

Tout d'abord, l'impression que ressentit Marcus fut repoussante, affreuse.

Dans une atmosphère chaude, lourde, empuantie, pleine d'une fumée âcre et d'odeurs nauséabondes, qui lui soulevaient le cœur, il se trouva en présence d'une vingtaine d'Hindous et de Chinois couchés ou accroupis sur des nattes de jonc. Les uns, étendus sur le dos, les mains ballantes et les yeux clos, étaient déjà endormis ; les autres, installés devant une petite lampe où brûlait de l'huile de coco, excités par la pensée du plaisir qu'ils allaient goûter, avaient une physionomie de béatitude bestiale. A leurs côtés se trouvait un plateau contenant un petit pot d'opium, deux broches en fer et une pipe. Cette pipe est une espèce de demi-sphère creuse ; au centre existe un trou d'environ deux millimètres de diamètre, dans lequel s'introduit l'opium, et sur le côté, un trou plus grand auquel s'adapte un tuyau en bambou. Alors, tournant une des broches entre l'indicateur et le pouce, ils la chauffent à la flamme de la lampe et l'enduisent d'opium, qui s'y agglutine jusqu'à ce que, arrivée à la grosseur d'un pois, la boulette, devenue presque compacte et perforée de part en part, se pose sur le trou capillaire du foyer de la pipe.

Puis, embouchant le tuyau, après trois ou quatre aspirations humées fébrilement et rejetées par les narines, la boulette est entièrement consumée, et l'on recommence, jusqu'à ce que la pipe roule à terre. Alors l'homme est pris par l'hallucination et le rêve. Ses narines palpitantes s'agitent, ses yeux se ferment et s'entr'ouvrent tour à tour, ses lèvres sont pendantes et décolorées ; sa poitrine se gonfle sous d'inexprimables jouissances et retombe tout à coup dans un râle. Il se pâme et s'affaisse inanimé, l'œil blanc, convulsé, éteint, — sans fixité et horrible à voir.

La torpeur, les rêves paradisiaques ne prennent fin qu'aux premiers rayons du soleil.

Parfois, le dormeur ne se réveille plus, et c'est un cadavre que le débitant d'opium jette au matin dans quelque étang voisin.

Tous les fumeurs d'opium ont une vieillesse précoce, une mort prématurée. Incapables de travail, blasés sur tous les plaisirs, toutes les sensations, ils arrivent, sans transition aucune, à une mort instantanée que nulle douleur et aucune maladie ne précèdent. Les hommes de vingt à trente ans que la curiosité a poussés un jour vers une fumerie d'opium, perdent en quelques mois leurs forces et leurs couleurs. En les voyant, le dos voûté, les yeux éteints et larmoyants, le visage hébété, la marche chancelante, le corps amaigri, on croirait avoir devant soi des vieillards usés par la débauche et l'orgie. Il n'est pas d'homme, si vigoureuse que soit sa constitution, qui puisse résister à ce poison meurtrier.

Le spectacle que nous venons de décrire, l'aspect repoussant des fumeurs d'opium, la cabane sordide toute pleine d'un brouillard épais et funèbre dans laquelle se trouvait Marcus Gallois, eussent dû lui inspirer de salutaires réflexions et le déterminer à fuir. Mais il était venu là pour goûter d'un de ces rêves enchanteurs dont on lui avait dit les fantastiques extases, et il voulait aller jusqu'au bout, très certain, du reste, de ne pas succomber à la tentation d'y revenir une seconde fois, puisque le *Jeune Henri* quittait la rade de Calcutta le lendemain. Il fit signe au marchand de lui apporter le plateau contenant la lampe, l'opium, la pipe et les broches de fer.

Nonor avait bien essayé de le tirer par la manche de sa veste pour l'engager à sortir; mais Marcus, le repoussant, avait été prendre place sur une natte et se livrait aux préparatifs que nous avons décrits.

A la seconde pipe, il s'endormit.

Le débitant d'opium, une sorte de petit monstre dont il eût été difficile de reconnaître le type ou la nationalité, tant son vêtement était sommaire, tant les rides et la crasse avaient envahi son visage, posa un second plateau devant Nonor et tendit la main.

Le nègre repoussa le plateau.

— Non ! dit-il.

— Alors que viens-tu faire dans la maison de D'Soua ? fit le débitant d'opium d'une voix qui ne pouvait se comparer qu'au son d'une flûte fêlée.

— J'accompagne mon capitaine ! répondit Nonor.

Le marchand poussa Nonor par les épaules du côté de la porte.

— Attends-le dehors, lui dit il ; il n'y a pas de place ici pour un paria de ton espèce.

2

Pour rien au monde le nègre n'eût voulu abandonner son officier dans un milieu pareil.

Il posa une pièce de monnaie sur le plateau et dit à D'Soua :

— Je suis un des habitués de la maison... ne me reconnais-tu pas ?

Le débitant de poison fit une grimace qui avait la prétention d'être un sourire.

— Excuse-moi, mon fils, répliqua-t-il, et prends place sur une natte.

Et le conduisant dans un coin libre, il posa devant lui le plateau.

Mais Nonor se serait bien gardé de fumer l'opium.

Il se contenta de s'asseoir et de fermer les yeux.

Malheureusement, — car ce fut un malheur pour lui et Marcus, — il les ferma si bien que, les vapeurs de l'opium et la lourdeur de l'atmosphère aidant, il s'endormit. Cinq minutes ne s'étaient pas écoulées qu'il ronflait à ébranler la cabane.

Il se produisit aussitôt un incident bizarre et tout à fait inattendu.

CHAPITRE IV

CE QU'ÉTAIT LE PERSONNAGE QUI AVAIT SUIVI MARCUS ET NONOR

Une porte, qui donnait dans une seconde pièce, s'ouvrit, et le personnage à figure patibulaire que nous avons vu suivre Marcus et Nonor entra dans la salle commune.

C'était une sorte de géant taillé en athlète, à la peau d'un rouge  brique, les cheveux presque ras et portant de longs favoris d'un blond sale, qui tombaient jusqu'à sa poitrine. Il avait les yeux blancs de l'Hindou et les larges dents de l'Anglais, — un type affreux, en un mot; mélange, sans doute, de deux races bien distinctes.

— Bonsoir! D'Soua, dit-il au marchand d'opium.

— Bonsoir! master Keep.

— As-tu de bonne marchandise, ce soir?

— Voyez! répondit le marchand en indiquant les dormeurs couchés çà et là à travers la cabane.

Master Keep, ou si l'on préfère le capitaine John Keep, fit quelques pas en-avant, heurtant de sa botte, sans nul souci, les fumeurs d'opium.

— Oui ! toujours les mêmes, dit-il. Qu'est-ce que tu veux que je fasse de cette pourriture ? Ce sont des hommes qu'il me faut et non des cadavres. J'espérais trouver chez toi quelque client nouveau dont je me serais arrangé.

Le marchand montra du doigt Marcus et son compagnon.

L'œil de John Keep, — un œil à la paupière bridée, immobile, — se fixa sur les deux marins qu'il reconnut aussitôt.

— En effet, reprit-il avec un mauvais sourire, ceux-là valent quelque chose. Combien en demandes-tu ?

— Dix dollars pour le blanc et cinq dollars pour le nègre (1).

John Keep s'approcha des dormeurs.

Marcus, couché sur le dos, plongé dans le sommeil extatique de l'opium, avait la bouche entr'ouverte et montrait des dents saines, petites et bien rangées. Ses mains s'agitaient convulsivement comme si elles eussent voulu saisir quelque apparition ; sa respiration, courte, active, était haletante.

Quant à Nonor, il continuait de ronfler.

— En voilà un qui n'a pas fumé d'opium, déclara John Keep ; son sommeil est naturel, et au moindre attouchement il va se réveiller.

D'Soua tira de sa ceinture un flacon bouché et le passa à son interlocuteur. Celui-ci le déboucha et en fit respirer le contenu à Nonor. Aussitôt le teint du nègre prit une couleur terreuse ; sa tête s'abattit sur son épaule et ses ronflements cessèrent. On l'eût cru mort.

— A l'autre, maintenant, fit le capitaine Keep ; la léthargie dans laquelle il va tomber est plus sûre que le sommeil produit par l'opium.

Et il plaça un instant le flacon sous les narines de Marcus.

Le corps du jeune marin tomba subitement dans une sorte d'insensibilité.

— Tu m'as demandé quinze dollars, reprit John Keep s'adressant au marchand d'opium. A mon tour, je te propose un marché : je t'abandonne tout l'argent que tu trouveras sur ces hommes, ainsi que leurs habits. Cela te convient-il ?

---

(1) Le dollar, à Calcutta, vaut de 5 fr. à 5 fr. 25

Pour toute réponse, D'Soua se mit à fouiller précipitamment dans les poches de Marcus et de Nonor.

Des poches de l'officier, il tira d'abord une montre dont John Keep s'empara sous prétexte que c'était une montre marine et qu'il avait parlé de l'argent et non des bijoux ; puis, cent cinquante francs environ en or et monnaie d'argent. Dans les poches du nègre, il ne trouva qu'un eustache, une pipe, une blague pleine de tabac, et quelques sous. Il serra le tout dans sa ceinture.

— Emportons-les de l'autre côté, dit John Keep ; là, nous pourrons les dépouiller sans être dérangés.

Ils prirent successivement Marcus et Nonor, D'Soua par les pieds et John Keep par la tête, et les transportèrent dans la pièce voisine.

En un tour de main ils furent déshabillés, — ce qui prouvait que le marchand d'opium avait l'habitude de ces sortes d'opérations.

Lorsque Marcus et Nonor furent complètement nus, on les enveloppa d'une natte ; John Keep ouvrit la porte, et dans le silence de la nuit, jeta un cri particulier qui devait s'entendre à une grande distance.

Il s'écoula un bon quart d'heure ; puis deux hommes, portant un palanquin, se montrèrent sur le seuil.

— Enlevez-moi çà ! leur dit John Keep, et à bord, vivement.

Les deux hommes placèrent les colis vivants côte à côte dans le palanquin, et disparurent avec leur fardeau.

Master Keep leur emboîta le pas, après avoir souhaité la bonne nuit à son complice.

Le lecteur va se demander, sans doute, dans quel piège étaient tombés le second et le cuisinier du *Jeune Henri*, et quel sort leur était réservé.

Cette curiosité nous semble tellement naturelle que nous allons nous empresser de la satisfaire.

John Keep commandait un brick, *the son of the Devil*, et sous son pavillon anglais, se livrait aux industries les moins avouables, mais parfaitement tolérées dans les Indes, pourvu qu'on y mette beaucoup d'adresse et une grande audace ; il cumulait les professions de contrebandier, de marchand d'esclaves et de pirate.

Le commerce des esclaves et la piraterie en l'année 1885 ! Cela paraîtra invraisemblable et de pure fantaisie. Rien n'est plus exact cependant. A l'heure où nous écrivons, l'esclavage est toléré au Sénégal, fleurit en Chine, en Malaisie, dans l'Inde transgangétique, en Océanie, dans les neuf dixièmes de l'Afrique, et est règlementé au Cambodge.

Quant à la piraterie, elle infeste le détroit de Malacca, le golfe de Siam, le golfe du Tonkin, la mer de Chine, la mer Orientale, la mer Jaune, la mer du Japon, les Célèbes et une grande partie de l'archipel Océanien.

On comprend que la pratique de ces industries n'était pas sans offrir parfois des dangers sérieux au capitaine Keep et à son équipage. Lui, jusqu'alors, s'en était tiré sans trop d'estafilades ; mais l'équipage, que décimaient le kriss empoisonné, le poignard, le sabre, la zagaie, la balle, le boulet et même la pendaison, avait besoin d'être fréquemment renouvelé ! Il n'était pas difficile sur le choix de ses matelots, le capitaine John Keep ! Oh ! non ! Peu lui importait la qualité, pourvu que le nombre y fût, et qu'en outre, ils fussent de vrais diables, sans scrupules aucuns, n'ayant nul respect de la vie humaine, et toujours prêts à la piraterie et au vol, sous quelques formes qu'ils se présentassent.

Nous avons vu comment il s'y prenait pour remonter son équipage. Il avait des pourvoyeurs ici et là, dans tous les ports du golfe du Bengale, et ne dédaignait même pas, au besoin, de s'approprier les équipages des jonques chinoises, des proas malaises et des barques de l'Archipel, qu'il commençait par piller, après avoir massacré les chefs et les patrons.

Quelques-uns, il est vrai, se révoltaient ou ne se soumettaient pas facilement ; mais il avait ses moyens à lui, John Keep, et variés à l'infini, pour soumettre les gens et assouplir les natures les plus rebelles. Aucun ne lui avait jamais résisté jusque-là ; il comptait bien qu'il en serait de même de Marcus et de Nonor, dût-il — ce qui lui était aussi familier que la force — employer le mensonge et la ruse. Une fois qu'ils étaient dans le fatal engrenage, c'est-à-dire complice d'un de ses crimes, il fallait aller jusqu'au bout... et ils y allaient, sinon John Keep leur cassait la tête d'une balle de son revolver.

Le capitaine du *Son of the Devil* arriva à bord de son brick par le canot qui y apportait Marcus et Nonor, toujours endormis. Il les fit placer dans l'entrepont et couvrir d'un vieux prélart. Puis, il donna le signal de l'appareillage. L'équipage leva l'ancre et couvrit le navire de voiles. Il s'agissait de franchir les 120 kilomètres qui séparent la rade de Calcutta du golfe de Bengale avant le jour. Il n'y avait pas une heure à perdre. Le brick était un fin voilier et un bon marcheur, de plus il ventait d'ouest, c'est-à-dire de terre — le vent meurtrier, le vent de peste ! — ce qui activa sa marche, bien que la descente du fleuve en pleine nuit exigeât certaines précautions.

A six heures du matin, John Keep, qui de toute la nuit n'avait pas quitté le banc de quart, aperçut les groupes d'îles annonçant les bouches du Gange et devant lui un horizon sans bornes. L'eau avait changé de couleur. Encore quelques minutes et il serait dans le golfe. Bientôt le léger navire franchit la passe et vogua en pleine mer.

— Range à prendre un ris dans les huniers ! cria John Kepp à travers son porte-voix.

La voile fut diminuée et la marche du navire ralentie, il mit le cap au nord.

— Tout va bien ! se dit le terrible capitaine. Allons faire un somme.

Et il descendit sous la dunette.

Marcus Gallois et son compagnon n'avaient pas encore donné signe de vie.

CHAPITRE V

L'énorme chaleur de l'entrepont, les morsures des cancrelats, ces bêtes immondes, et l'armée de rats qui infestent l'intérieur de tous les navires, accélérèrent le réveil de Marcus et du nègre.

Tous les deux, presqu'en même temps, poussèrent un soupir et allongèrent les bras.

Marcus se sentait un furieux mal de tête.

Sa première impression fut que l'extase produite par l'opium s'était changée en cauchemar.

— Voilà un mauvais rêve, murmura-t-il.

Etait-ce bien un rêve ?

Son oreille, devenue attentive, percevait le clapotement de la vague à la proue du bâtiment et tous les bruits d'un navire en marche: le grincement des poulies, le sifflement du vent à travers les cordages, les drisses, les huniers et les voiles. Un marin de la valeur de Marcus Gallois ne pouvait s'y tromper: la réalité était flagrante.

— Tonnerre ! s'écria-t-il. Qu'est-ce que cela veut dire, et où suis-je donc ?

Il bondit sur ses pieds et se trouva en face de Nonor, qui, debout aussi lui, le regardait tout ahuri.

— Ah ! ça, dit Marcus pris d'inquiétude, ce n'est plus le rêve !... où sommes-nous ?... Le sais-tu, toi ?

— Non, capitaine !

— Pas à bord du *Jeune-Henri,* à coup sûr !

— Je ne crois pas.

Marcus porta la main à son front, pour rappeler ses souvenirs, et s'aperçut que Nonor et lui étaient sans vêtements.

— Nus ! fit-il avec stupéfaction.

Du regard il chercha autour de lui, dans l'entrepont.

— Et nos habits ? demanda-t-il.

— Pas d'habits ! répliqua piteusement Nonor, dont l'attitude était celle de la peur. Prisonniers, peut-être ! ajouta-t-il.

Marcus tressaillit.

— Prisonniers ! s'exclama-t-il. Nous allons bien voir !

Un bruit de pas se faisait entendre au-dessus de leurs têtes.

Il essaya de soulever le panneau qui fermait l'écoutille, mais il ne put y parvenir.

— C'est que ça en a l'air tout de même !...

Il eut un rire nerveux et reprit :

— Ma parole d'honneur, je crois que je deviens aussi poltron que toi !

Il courut au sabord, qui était entr'ouvert, comme s'il eût eu l'intention de reconquérir sa liberté en se jetant à l'eau.

Nonor l'arrêta.

— Requin ! dit-il en montrant à Marcus un affreux squale qui nageait à fleur d'eau. Je vais essayer à mon tour.

Il se plaça sous le panneau dans la position d'Atlas soutenant le globe terrestre, et raidissant son torse d'athlète, il souleva le panneau et le maintint entr'ouvert.

— Ça y est ! dit-il tout joyeux et surpris en même temps de la force qu'il venait de déployer.

Une atroce figure se montra sur le pont, à travers l'entre-bâillement du panneau.

Elle exhibait un teint rouge brique foncé, un nez écrasé, des yeux farouches, bridés et étincelants, des cheveux longs, lisses, noirs et des dents de même couleur, mais pointues comme les dents d'un jeune chien.

C'était un Malais de la presqu'île de Malacca, ce que les anciens nommaient la *Chersonèse d'or*.

A coup sûr, si Nonor l'eût aperçu, il eut laissé retomber le panneau qu'il soutenait toujours sur ses robustes épaules.

— Hé l'ami ! fit Marcus s'adressant en anglais au matelot.

Mais le Malais, sans répondre, eut une effroyable grimace et referma le panneau en s'asseyant dessus. On entendit une voix qui appelait le capitaine.

Il s'écoula quelques instants pendant lesquels Marcus et Nonor restèrent silencieux, en proie à la surprise, à l'incertitude, au doute.

Enfin le panneau se leva complètement et le capitaine John Kepp descendit dans l'entrepont.

Il contempla d'un œil connaisseur les deux marins et les voyant si robustes et si solidement bâtis, il s'applaudit d'avoir trouvé de pareilles recrues.

— Bonjour, *Boys* (1), dit-il. Je suis ravi de vous trouver ce matin en bonne santé.

Marcus, blessé de la familiarité de l'Anglais, l'interrompit aussitôt.

— Pardon, monsieur, répliqua-t-il. Je vous prie de m'apprendre qui vous êtes, et comment, moi et mon compagnon, nous nous trouvons à bord de ce navire et dans un pareil état !

— Rien n'est plus facile, répondit le capitaine avec un rire bon enfant qui contrastait singulièrement avec sa figure de croquemitaine. Je me nomme John Kepp ; je suis commandant et armateur du brick anglais *The son of the Devil,* sur lequel vous vous trouvez en ce moment, et qui fait le cabotage dans le golfe du Bengale et un peu aussi le long cours dans les mers voisines. La nuit dernière, au moment où je quittais la ville noire pour regagner mon navire, en compagnie de deux de mes matelots qui m'avaient accompagné à terre, j'ai eu la bonne fortune de vous tirer des mains d'Hindous qui, prétendant que vous étiez morts, vous avaient dépouillés et se disposaient à vous jeter dans le fleuve. Tout de suite je reconnus que ces

---

(1) Garçons.

Hindous étaient d'affreux coquins, spéculant sur un état de léthargie causé sans doute par l'ingestion d'une forte dose d'opium. Mais comme je n'avais pas le choix des moyens, pressé que j'étais de rentrer à mon bord, je vous ai pris avec moi, et vous ai fait déposer dans l'entrepont de mon navire. Mieux valait pour vous, n'est-ce pas, d'être à bord du *The son of the Devil* qu'au fond du fleuve.

L'on sait combien ce récit était fantaisiste.

Cependant il ne parut pas trop dénué de vérité à Marcus.

Sans doute que, pendant son sommeil à la fumerie d'opium, il avait été dépouillé et dévalisé. Puis, pour éviter ses réclamations, les Hindous avaient conçu le projet de se débarrasser de lui et de Nonor en les jetant à l'eau. Un seul point restait obscur dans sa pensée. C'était le sommeil de Nonor ! Comment celui-ci, qui ne devait pas fumer d'opium, avait-il pu tomber dans un état de léthargie allant jusqu'à l'insensibilité ? Il se promit de s'en expliquer plus tard avec le nègre. En attendant, il restait l'obligé de ce capitaine anglais qui lui avait sauvé la vie.

— Master John Keep, lui dit-il, je vous remercie du grand service que vous avez rendu à moi et à mon compagnon. C'est une dette de reconnaissance que nous avons contractée envers vous et que je me charge de payer, sans compter ma reconnaissance qui vous sera acquise.

— Bien parlé, jeune homme ! répliqua le capitaine Keep. J'accepterai la reconnaissance, mais rien de plus. A votre tour de me dire qui vous êtes.

— Marcus Gallois, répondit le marin français, second capitaine à bord du *Jeune-Henri*, un trois-mâts du port de Saint-Nazaire ; et celui-ci, ajouta-t-il en montrant le nègre, se nomme Nonor, et est maître coq à bord du même navire.

Nonor, plus humble encore que d'habitude, baissait la tête et ne savait qu'elle contenance tenir.

— Hip ! hip ! hurrah ! fit John Keep avec enthousiasme, un collègue !... un maitre coq !... de braves marins !... des marins français ! voilà qui me plonge dans le ravissement. Vive la France !...

Il ôta son chapeau et serra énergiquement la main de Marcus.

Celui-ci était attendri.

— Il a du bon, cet Anglais, pensa-t-il, et mon parrain Vandersluys a vraiment bien tort de les confondre tous dans une haine commune.

Et tout haut, il dit:

— Maintenant, achevez votre sauvetage, capitaine; donnez-nous des habits et faites-nous mettre à terre sans perdre une minute, car le *Jeune-Henri* doit quitter Calcutta ce matin.

— Vous donner des habits, ça va être fait sur l'heure. Quant à vous mettre à terre, je le voudrais... Oui, sur mon honneur, je le voudrais... mais, là, franchement, et vous en conviendrez vous-même, c'est absolument impossible.

— Pourquoi donc cela est-il impossible, capitaine Keep?

— Parce que, depuis quatre heures, nous avons quitté les bouches du Gange et que nous sommes en pleine mer. Regardez!

Il amena Marcus vers le sabord.

Celui-ci plongea la tête au dehors et reconnut que John Kepp disait vrai.

Il eut une exclamation de profond désespoir.

— Qu'elle heure est-il donc? demanda-t-il.

— Dix heures du matin.

— Ah! mieux vaudrait être mort! s'écria Marcus, je vais être considéré comme déserteur!

— Allons donc! fit John Keep, tout s'arrangera à votre honneur à notre arrivée à Jaggernat, où je porte une cargaison impatiemment attendue. Dans quelques jours vont commencer les fêtes. De toutes les parties de l'Inde il va arriver des milliers de pèlerins. N'était cela, coûte que coûte, je vous mettrais à terre, dussé-je même pour vous satisfaire, remonter jusqu'à Calcutta.

— Voilà de bonnes intentions, capitaine, je vous en sais gré. Malheureusement elles ne peuvent, je le reconnais, se réaliser.

— Alors, c'est dit, vous êtes mes passagers jusqu'à Jaggernat. Là nous ferons nos dépositions devant le consul, et vous trouverez facilement un navire de commerce qui vous ramènera en France.

Ces combinaisons semblaient les seules raisonnables. Il n'y en avait pas d'autres de possibles, au surplus. Donc, il fallait bien les accepter. C'est à quoi se décida Marcus, qui ne se doutait guère en ce moment des projets ultérieurs caressés par le traître John Keep.

Un quart d'heure plus tard, vêtus des habits envoyés par le capitaine Keep, nos deux marins firent leur apparition sur le pont du brick.

Là de nouvelles surprises les attendaient.

CHAPITRE VI

PETITE TRAVERSÉE TRÈS INCIDENTÉE

L'équipage du brick *The son of the Devil* était un ramassis de forbans de la pire espèce, recrutés comme l'on sait, ou ramassés çà et là dans tous les ports de la mer des Indes. Il se composait principalement de Malais, gens robustes, bons marins habituellement, mais violents, féroces, rusés, voleurs et intrépides pirates ; de Chinois et Japonais, qui font d'excellents gabiers, de Papous de la Nouvelle-Guinée, facilement reconnaissables à leur face allongée, à leur nez long et d'une courbe tellement accusée qu'elle cache complètement l'ouverture des narines, à la bouche grande et garnie de lèvres épaisses et protubérantes ; de métis négro-malais, les plus sanguinaires des hommes, et enfin de quelques Européens ayant oublié depuis lontemps leur origine. Tous dépenaillés ou à peine vêtus et horribles à voir.

— Voilà un singulier équipage ! pensa Marcus, et drôlement composé ; mais cela est l'affaire du capitaine Keep et non la mienne. Au surplus, faisant le cabotage dans le golfe de Bengale, il est certain qu'il ne peut prendre ses matelots que parmi les naturels du pays.

Il s'aperçut bientôt que, malgré sa composition bizarre, cet équipage était parfaitement dressé par son chef, master John Kepp. Celui-ci, du reste, possédait un moyen irrésistible de se faire obéir : au moindre signe de mécontement de la part d'un des matelots, il lui logeait une balle de son revolver dans la cervelle et, sans plus de formalités, faisait jeter le cadavre à la mer. Cette justice expéditive maintenait à bord du brick une discipline sévère.

Deux autres faits surprirent également Marcus, et eussent dû l'éclairer sur la vraie condition du *The son of the Devil*. Ce fut d'abord le nombre de ses matelots ; pour la manœuvre d'un pareil bâtiment six ou huit hommes suffisaient amplement, et il y en avait au moins une vingtaine à bord. L'autre résultait de la construction même du brick : il ne ressemblait en rien à un navire destiné au transport de marchandises ; ses formes légères, fines, allongées, son faible tirant d'eau, son gréement tout particulier annonçaient bien plutôt un bâtiment construit pour la course ou la contre-bande.

Mais, encore une fois, Marcus se considérant comme l'obligé de John Keep et n'étant de sa nature ni curieux, ni bavard, ni indiscret, professant en outre que la liberté qui ne gêne personne est un droit inhérent à chaque individu, n'alla pas plus loin dans ses remarques et resta dans son simple rôle de passager.

Quant à Nonor, depuis son réveil, en pleine mer, dans l'entrepont d'un navire étranger, alors qu'il s'était endormi à Calcutta, dans une fumerie d'opium, il vivait dans un perpétuel ahurissement. Marcus avait dû renoncer à tirer de lui le moindre éclaircissement.

A l'heure du déjeuner, John Keep invita Marcus et Nonor à prendre place à table avec lui et son second, ce qui contribua encore à faire croire au nègre que tout ce qui se passait était magie et sortilège. Un simple matelot manger à la table de ses officiers, cela ne s'était jamais vu !

Il s'en défendit énergiquement et voulut aller prendre place sur le gaillard d'avant avec les matelots du brick.

— Je ne le souffrirai pas, dit le capitaine Keep, craignant sans doute quelques indiscrétions de son équipage qui eussent éclairé

Nonor, il n'y a ici ni officier ni matelot, il n'y a que des marins, et je ne fais pas de distictions entre mes hôtes.

— Vous allez rendre ce brave garçon très malheureux, répliqua Marcus. Permettez-moi d'apporter une légère modification à votre programme. Nonor nous servira à table et prendra son repas ensuite.

— Soit ! dit Master Keep ; je n'ai rien à vous refuser.

De cette façon, Nonor ne quittait pas le gaillard d'arrière, — ce qui donnait pleine satisfaction au capitaine.

La distance entre Calcutta et Jaggernat n'est que de cinq cents kilomètres. Elle devait donc être promptement franchie par un navire aussi bon marcheur que le brick. Mais avec la mer, il faut toujours faire la part de l'imprévu.

C'est ce qui arriva.

Toute la journée le temps avait été superbe. Il serait même difficile d'exprimer par la plume les splendeurs du golfe de Bengale pendant la saison chaude, lorsque le soleil enveloppe la terre et les mers de ses longs réseaux d'or. C'est une fête des yeux à nulle autre pareille.

L'atmosphère, dans ces pays intertropicaux, est d'une pureté merveilleuse et possède des teintes d'une éclatante limpidité ; l'horizon est infini, laissant voir cependant, à droite et à gauche, dans le golfe, comme dans une sorte d'éther fluide, les tons changeants des côtes baignées par une mer à la surface tranquille et d'un azur plus brillant que celui du ciel.

Le brick longeait la côte, et tous les accidents surgissaient aux yeux surpris et charmés de Marcus, absorbé dans cette magique contemplation.

Dans l'après-midi, il sembla qu'une ombre se plaçait devant le soleil, le temps se couvrit, et la couleur des eaux passa au vert sombre ; au lointain, elles semblaient agitées, moutonnantes.

Le capitaine Keep fit la grimace ; il n'aimait point ces changements subits, assez communs, cependant, sous ces latitudes et dans ces mers.

— Barre à tribord, ordonna-t-il. Forçons de voiles et serrons le vent !

Le brick, sensible à la manœuvre, s'éloigna vivement de la côte et courut des bordées en haute mer. De nouveau, le ciel se fit radieux.

Keep voulut s'assurer tout de suite de la valeur de Marcus comme marin.

— Que pensez-vous de ces brusques variations, mon camarade? lui demanda-t-il.

— Qu'il est prudent d'en tenir compte, et qu'à le marée, c'est-à-dire entre onze heures et minuit, il se pourrait qu'un de ces violents orages qui désolent parfois l'océan Indien, se manifestât, répondit Marcus. Mais, ajouta-il, puisque vous faites le cabotage dans ces mers, vous êtes à coup sûr bien meilleur juge que moi.

Le capitaine sourit, appela son second et lui donna ses instructions. Celui-ci prenait le premier quart de la nuit.

Dans la soirée, la chaleur devint intense, lourde, écrasante ; le vent continuait de souffler de terre et était chargé d'effluves brûlantes ; l'orage se préparait.

Cependant la nuit était arrivée avec son cortège d'étoiles scintillantes ; le firmament resplendissait.

Alors il se produisit sur les flots un phénomène encore inconnu de Marcus et qui fut pour lui un spectacle imposant et magique. La mer apparaissait tout en feu, et l'on eût dit que le brick s'avançait au milieu de flammes qui jaillissaient de sa quille comme autant d'éclairs. Sur les flots, il crut voir des myriades d'étoiles se jouant à la surface des eaux ; elles se multipliaient, se réunissaient et formaient un vaste champ de flammes multicolores. Les vagues s'élevaient lumineuses ; elles roulaient et se brisaient en une écume brillante semblable à un métal en fusion ; des corps étincelants se poursuivaient, s'atteignaient, se perdaient, se retrouvaient de nouveau et s'éparpillaient enfin en lueurs éclatantes emportées par la vague comme un immense embrâsement.

Tout cela était dû à la phosphorescence de la mer, produite par la présence, dans les eaux du golfe, de plantes marines, de crustacés, de mollusques microscopiques qui brillent d'une lumière propre et émettent un fluide tellement susceptible d'expansion qu'en nageant de ci de là, ils laissent sur les eaux des traînées de feu qui s'étendent comme une lave envahissante.

3

Dans le silence d'une belle nuit des tropiques, ciel et mer s'embrasant de grandioses illuminations, cela tenait de la féerie et présentait un spectacle des plus saisissants, mais aussi, hélas! précurseur de l'orage.

En effet, tout à coup, ciel et mer s'assombrirent et se couvrirent de ténèbres; une rafale énorme, puissante, ce que l'on nomme un typhon, s'abattit sur le navire et le fit craquer dans toutes ses membrures. Timonier et officier de quart étaient emportés par l'ouragan sans avoir eu le temps de pousser un cri, d'appeler au secours. Quant au brick, resté quelques secondes de plus sans être gouverné, il était enveloppé dans le tourbillon et s'engloutissait dans les flots : mais une main ferme s'était emparée du gouvernail. Le navire, débarrassé d'une partie de ses voiles déchirées par le vent, se releva, se rassit sur la lame et prit une allure plus modérée. Il dominait la tempête et n'était plus dominé par elle. Ce qui avait failli le faire sombrer, le sauvait.

John Keep, subitement réveillé, bondit sur le pont.

— Qui est à la barre? cria-t-il.

— Marcus Gallois! répondit celui-ci.

— Qu'est donc devenu le timonier?

— A la mer!

— Et Van Stockfish, mon second?

— A la mer, aussi!

Master Keep fit entendre une sourde imprécation. Il ne fallait pas songer un seul instant à essayer de sauver le second et le matelot.

A la lueur des éclairs, il vit l'état de son bâtiment et reconnut que si Marcus ne s'était pas trouvé là, tout sombrait; et il se consola de la mort de son second.

— Bah! se dit-il, Van Stockfish n'était qu'un hardi pirate et l'autre est un marin de grande valeur. Pour moi, celui-ci vaut mieux que celui-là, n'y pensons plus.

Le Hollandais n'eut pas d'autre oraison funèbre.

Le typhon n'a que rarement une longue durée, précisément à cause de son extrême violence.

L'ouragan disparut bientôt; le ciel reprit sa sérénité et la mer son calme. Alors on put se rendre compte des avaries éprouvées par le brick. Le grand hunier s'était brisé et, dans sa chute, avait entraîné avec lui les perroquets, ce qui restait de voiles et les manœuvres. Tout cela était facilement réparable.

Une chose charma tout particulièrement John Keep. Avant même qu'il eût donné les ordres nécessaires, il vit le nègre Nonor, le couteau à la main, suspendu à l'une des vergues, et travaillant à dégager les cordages et les poulies.

— Allons! pensa-t-il, voilà un gaillard qui est aussi bon matelot que son compagnon est habile marin!... Il s'agit seulement de savoir les conserver à mon bord!...

Le lendemain, dans la matinée, le *Fils du diable* jetait l'ancre à l'embouchure de Mahannaddy, non loin de Jaggernat.

CHAPITRE VII

CE QUE MARCUS VIT A JAGGERNAT

Jaggernat, qui s'écrit aussi Jaggrenat et Djaggernath, est, avec Bénarès, une des villes saintes de l'Hindous_tan, et le lieu où tous les ans, au mois de juin, à peu près à l'époque de notre Fête-Dieu, se célèbre le *Ruth-Jatra*, la principale fête des disciples de Brahma.

A cette occasion, le nombre des pèlerins qui y accourent de toutes les parties de l'Inde est considérable. On l'évaluait jadis à douze cent mille personnes ; aujourd'hui, il est descendu à cent mille.

Or, comme la ville ne contient que trente-six mille habitants, tous ces pèlerins, dont la propreté laisse beaucoup à désirer, campent en plein air ; cette agg'omération autour de la ville amène très fréquemment des maladies pestilentielles qui déciment habitants et pèlerins.

Jaggernat est surtout habité par un grand nombre de prêtres et de derviches qui, sous le nom de *brahmes*, constituent la classe aristocratique par excellence ; viennent ensuite les *kchatrias*, les guerriers ; les *waisiahs,* les marchands, les industriels, les grands propriétaires ; les *soudras*, c'est-à-dire les petits artisans, les laboureurs et les hommes à gage.

La plus nombreuse des castes, qui forme à elle seule les neuf dixièmes de la race hindoue, est sans contredit celle des *soudras*. Enfin, il en existe une cinquième, qui est plutôt l'absence de caste qu'une caste elle-même : les *parias*, dont le contact est une souillure. Bien qu'il y ait des nuances dans chacune des castes, nul ne peut sortir de la sienne, soit pour descendre, soit pour s'élever ; toutes ont leurs lois et leurs privilèges respectifs, en ce qui concerne la nourriture, le vêtement, les préséances et toute autre espèce de prérogatives, qu'on ne peut violer sans crime.

Généralement, les *soudras* et les *parias* sont mis hors la loi et maintenus dans un état d'abjection et d'infamie qui en fait le rebut de la nation.

Dans une partie de l'Inde, on a aussi appelé du nom de caste, certains restes de nations, tels que les Guèbres ou Parsis, adorateurs du feu, et des sectes idolâtres comme les Banians et les Gentons. Quelques historiens ont prétendu que les bohémiens ou zingaris, qui ont traversé tant de siècles et parcouru tant de contrées, sans que leurs mœurs, leur langage et leurs habitudes étranges aient presque rien perdu de leur physionomie originale, forment une des branches des soudras nomades.

Tous nos lecteurs savent que les Hindous sont polygames, vivent de céréales et s'abstiennent de ce qui a eu vie. Pour eux, le bœuf et l'éléphant sont sacrés. Leur littérature est la plus ancienne du monde. Ils possèdent des encyclopédies, des poèmes religieux, des livres sacrés, des drames et des ouvrages philosophiques contenant en germe tous les systèmes des temps modernes. Leur civilisation avancée n'a rien à envier à l'Europe.

Mais revenons à nos personnages.

Le jour même de leur arrivée à Jaggernat, Marcus Gallois et Nonor descendirent à terre en compagnie de John Kepp.

Ils ne trouvèrent là aucun moyen de se faire repatrier — ni navire en charge pour l'Europe ni même d'agent consulaire français. — Le capitaine Kepp avait bien compté là-dessus en leur offrant de les débarquer à Jaggernat. Or, comme ils étaient absolument dénués de ressources, leur embarras était grand. Ils se trouvaient, sans s'en douter, complètement à la merci de John Kepp.

C'est alors que celui-ci intervint avec une apparence de générosité qui séduisit Marcus et décida de sa vie.

— Mon cher camarade, lui dit le capitaine, je suis désolé de la situation embarrassante dans laquelle vous vous trouvez, et je me mets à votre disposition pour vous aider à en sortir.

Marcus crut comprendre que John Keep lui offrait sa bourse, et, par dignité, il se refusa à un nouveau service.

— Mais, répliqua-t-il vivement, je suis déjà votre obligé... Je vous dois la vie et je ne puis consentir.....

— Attendez, l'interrompit John Kepp. Vous me devez la vie, c'est vrai — mais entre marins, cela ne tire pas à conséquence. Je vous l'ai déjà dit: Je serai largement payé par un bon souvenir. J'ajoute que, si vous voulez, vous pouvez dès aujourd'hui vous libérer envers moi et même faire que les rôles soient intervertis entre nous, c'est-à-dire qu'après avoir été mon obligé, c'est moi qui deviendrai le vôtre.

— Et que faut-il faire pour cela? demanda Marcus.

— Une chose qui vous serait profitable à tous égards, je crois, et qui, en même temps, me rendrait un grand service: remplacer à mon bord mon second, Van Stockfish, enlevé cette nuit par l'ouragan, dans un voyage que je dois faire à Bombay, avec escales à Madras, Pondichéry, Karikal, Mahé et Goa. Je reviendrai par les Maldives, le golfe de Manar et Ceylan, et je vous débarquerai à Karikal, un établissement français où vous trouverez toutes les facilités pour regagner votre pays. Ce jour-là, vous pourrez, sans que votre fierté ait à en souffrir, accepter non pas ma bourse, mais les appointements qui vous seront légitimement dus et dont vous-même fixerez le chiffre. Pour un marin qui se destine aux voyages dans les mers chaudes, c'est une occasion inespérée de compléter son éducation, d'étudier les côtes, les golfes, la mer des Indes ; d'apprendre le commerce des échanges, assez de bengali pour n'avoir pas besoin d'interprète plus tard, et enfin voir un pays délicieux. Qu'en dites-vous ?

A coup sûr une pareille proposition, faite dans les conditions que l'on connaît, devait séduire Marcus.

— Et, demanda-t-il, votre offre s'applique aussi bien à mon compagnon qu'à moi ?

— A tous les deux !

Marcus s'adressa au nègre.

— Tu as entendu la proposition de master Keep ? lui dit-il.

— Oui, capitaine.

— Tu l'acceptes ?

— Je l'accepte, si vous l'acceptez ; j'irai où vous irez, vous le savez bien.

Marcus serra la main de Nonor, et se tournant vers l'Anglais, il lui dit :

— C'est convenu.

— Bravo ! s'écria joyeusement John Kepp. Ce soir, nous inscrirons nos conventions sur le livre de bord. Maintenant, allons déjeuner. Puis, tandis que vous donnerez un coup d'œil à la fête, qui est curieuse, j'irai à mes affaires et nous nous retrouverons ici à six heures pour regagner notre navire.

Ce programme s'accomplit tel qu'il avait été arrêté. Marcus et Nonor, après le repas, se dirigèrent vers le temple, et master Kepp alla à ses affaires. Quelles affaires ?...

Le temple de Jaggernat est le plus célèbre et le plus considérable des établissements religieux de l'Inde. On pourra se faire une idée de son importance lorsqu'on saura que le terrain consacré apparte-

nant aux brahmanes, s'étend à plus de trente-cinq kilomètres autour
du monument principal, qui forme une masse architecturale importante dominée par une sorte de pyramide de soixante-dix mètres de
hauteur, construite en granit rouge. La grande pagode est située au
centre de neuf avenues d'arbres toujours verts. Chacune de ces
avenues est bordée d'arbres d'une essence différente, et se dirige
vers la capitale d'un des empires soumis aux cultes de Vichnou, Ceylan, Golconde, l'Arabie, la Perse, le Thibet, etc.

Les abords de ce temple, consacré à Vichnou, sont parsemés de
statues colossales représentant des lions, des griffons et autres animaux fabuleux ; il renferme la fameuse statue du dieu vénéré des Hindous, qui l'adorent sous le nom de Djagannath, une des incarnations
de Vichnou.

Comme il règne dans toutes les traditions vulgaires de brahma-
Tisme une grande confusion, nous ne nous attarderons pas à expliquer cette incarnation, nous dirons seulement que c'est pour en per-
pétuer le souvenir qu'on érigea dans le temple et qu'on exécuta
l'idole de Jaggernat. Cette idole, ou plutôt ce fétiche monstrueux,
grossièrement taillé, est en bois peint en rouge, avec le visage noir,
la bouche ouverte et couleur de sang ; ses bras sont dorés, des pier-
res précieuses remplacent les yeux. Elle est couverte de vêtements
magnifiques et assise sur un trône entre deux autres idoles peintes
en blanc et en jaune et qui représentent deux autres divinités hindoues. La première a quarante-cinq pieds de hauteur ; la seconde qua-
rante-quatre, et la troisième quarante-deux.

Marcus et Nonor arrivèrent au temple au moment où la procession
solennelle allait commencer. Les pèlerins se précipitèrent vers les
portes en telle affluence que beaucoup d'entre eux y furent étouffés,
et leurs cadavres piétinés par une foule sans cesse renaissante.

Les trois idoles furent brusquement arrachées de leurs piédestaux
et traînées tumultueusement jusqu'à leurs chars de triomphe. Alors
le grand-prêtre donna en simulacre un coup d'épaule au char. Aussitôt d'énormes cables se tendirent, auxquels s'attelèrent les fidèles,
hommes, femmes et enfants ; car c'est une œuvre pie que de mettre

ce dieu en mouvement, et la lourde masse commença à s'avancer péniblement. Dès que la multitude l'aperçut, l'idole fut saluée par d'effroyables cris qui durèrent plusieurs minutes, et de tous côtés, chacun s'empressa de jeter sous les roues du char de l'or, de l'argent, des bijoux précieux, de riches tissus et des rameaux verts, tandis que les prêtres récitaient des hymnes et des prières.

Toutes ces choses, bien que fort bizarres, n'étaient cependant que le prélude de la fête. Bientôt le zèle des pèlerins s'exalta et Marcus fut le témoin de scènes hideuses.

Pour mériter la faveur d'un dieu qui aime l'effusion du sang, de nombreux fanatiques se précipitèrent sous les roues du char sacré ou s'y firent accrocher par les épaules ; quelques-uns se bornèrent à se faire fracasser les bras et les épaules ; mais ceux-ci étaient les tièdes.

Marcus, révolté de ce spectacle affreux, essaya de le fuir ; c'était, dans une pareille marée humaine, une tentative insensée : il dut le subir jusqu'au bout.

Il vit un Hindou s'étendre le visage contre terre, les mains allongées en avant sur le passage du char ; son corps écrasé demeura longtemps dans l'ornière, exposé aux regards des fanatiques que cette vue électrisait. Un peu plus loin, une femme voulant, par un raffinement de dévotion, savourer une si sainte mort, se plaça dans une situation oblique, de manière à n'être qu'à demi-écrasée et à survivre quelques heures au milieu des plus atroces souffrances. D'autres se contentaient d'expiations moins complètes, se précipitaient et se roulaient sur des matelas garnis de lances, de sabres et de poignards ; d'autres encore se faisaient attacher à l'extrémité d'un balancier et au moyen de deux crochets en fer qu'on leur enfonçait sous l'omoplate, étaient élevés à vingt-cinq pieds de hauteur. Là, ils recevaient un mouvement de rotation d'une rapidité excessive pendant lequel ils jetaient des fleurs sur les assistants. Il en vit qui se passaient des morceaux de bois à travers les bras et dans les épaules ou qui se faisaient sur la poitrine, sur le dos et sur le front cent vingt blessures, nombre consacré. Celui-ci se perçait la langue avec une pointe de fer, cet autre la fendait en deux avec un sabre. Et, pendant ces sanglantes folies, la foule se prosternait, la tête découverte, sur le passage de l'idole et les brahmanes continuaient leurs prières et leurs chants religieux!

Marcus était attristé et écœuré.

— Allons-nous-en! dit-il à Nonor.

Et tout bas avec le poète il ajouta :

> De Paris au Pérou, du Japon jusqu'à Rome,
> Le plus sot animal, à mon avis, c'est l'homme.

Nonor, épouvanté de ces abominables sacrifices, se croyait toujours dans le rêve.

— Oui, allons nous-en... en France! murmura-t-il tout bas.

Pauvre Nonor! Cette France, qui lui semblait si hospitalière, si douce à habiter, la reverrait-il jamais!

Le soir même, les deux marins signaient un engagement qui les livrait, pieds et poings liés, au perfide John Keep!

Que Marcus ne s'était-il souvenu des préventions de l'honnête M. Vandersluys, son parrain!...

CHAPITRE VIII

DE JAGGERNAT AU CAP COMORIN

Le brick quitta les rives du Mahanaddy, sur lesquelles se trouve Jaggernat, et prit de nouveau la haute mer. Si l'on eût demandé à Marcus Gallois ce que le capitaine Keep était venu faire dans cette ville, il lui eut été à coup-sûr bien difficile de répondre. A deux ou trois reprises, vers le soir, John Keep avait fait charger sur le canot quelques caisses tirées de la cale et était descendu à terre accompagné de plusieurs matelots. Quand, au milieu de la nuit, il rentrait à bord, le canot était également chargé de caisses que l'on hissait par un des sabords et qui allaient prendre place dans la cale. Que contenaient les colis descendus à terre et ceux apportés à bord ? N'étaient-ce pas les mêmes qui, emportés vides, étaient rapportés pleins ? Seul le capitaine eût pu le dire ; mais il s'en gardait bien, estimant que le meilleur moyen de n'être jamais trahi, consistait à ne pas avoir de confident.

Au moment de l'appareillage, Keep dit à Marcus.

— Mon camarade, faites-moi donc l'amitié de surveiller un peu l'homme qui est au gouvernail, je ne suis pas sûr de lui.

— Volontiers, répondit Marcus.

Et s'apercevant que cet homme semblait hésiter parfois dans la manœuvre de la roue, il le congédia et prit sa place.

Lorsque le navire vogua dans le golfe, John Keep eut l'air de chercher son second et le trouvant au gouvernail, le combla d'éloges si pompeux que le jeune marin y resta.

— De bons matelots, on en trouve facilement, lui dit-il, mais un bon manœuvrier est chose rare dans ces parages.

— Eh bien, capitaine, répliqua Marcus, pour le temps que nous avons à passer ensemble, laissez-moi au gouvernail ; j'aime autant cela que de commander en second votre brick.

— L'un n'empêche pas l'autre, dit John Keep. Toutefois, je vous serai reconnaissant de vouloir bien partager avec moi les fonctions de timonier jusqu'à Madras.

C'était très habile de sa part : il rehaussait de modestes fonctions en les partageant avec son second.

Nonor avait repris son ancien métier de maître coq.

La traversée de Jaggernat à Madras n'est que de trois cents lieues environ. Elle s'effectua sans incident. Marcus Gallois ne quittait presque pas le gaillard d'arrière et n'avait que peu ou point de rapports avec l'équipage. Cependant il crut y voir des figures nouvelles. Cela le surprit. Est-ce que John Keep avait augmenté le chiffre déjà si considérable de ses matelots ?

L'arrivée du navire à Madras changea le cours de ses idées.

Cette ville ne possède qu'une rade ouverte, où la mer, en tout temps, bat la côte avec violence, ce qui oblige les navires à mouiller à trois kilomètres et à employer des gabarres pour le chargement et le déchargement des marchandises. Marcus, laissant à bord le capitaine Keep, s'empressa de descendre à terre.

C'était un dimanche. Tous les comptoirs étaient fermés. La ville blanche lui parut presque déserte. C'est que tous les commerçants anglais et portugais résident à la campagne et ne viennent à Madras que pendant le temps des affaires. Il monta jusqu'au phare, qui se dresse à côté de l'Arsenal, et dont la tour a quarante mètres de hauteur au-dessus du niveau de la mer. De ce point, il aperçut tous les quartiers de la ville que domine le clocher de l'église Saint-André. Madras se déroulait sous ses yeux avec ses nombreux minarets, ses pagodes, ses mosquées et ses maisons à toits plats ; la partie européenne ou ville blanche, plongée dans une morne solitude, d'une architecture variée, élégante et riche ; la ville noire, séparée de la précédente par un canal, bruyante, tumultueuse, toute peuplée d'Indiens, de Turcs, de Chinois et de Juifs, mais irrégulière de forme, d'un aspect bizarre et tourmenté. Au loin, coulaient des canaux, des rivières qui répandent la fertilité dans les environs de la ville. Un instant son regard s'arrêta au bord de la mer, sur le fort Saint-Georges, entouré d'un triple rempart en briques et au milieu duquel a été érigée la statue de lord Cornwallis. Tout cela, cependant, ne valait point le magnifique panorama de Calcutta.

A la porte de l'Arsenal, il se croisa avec plusieurs individus qui riaient et causaient haut. C'étaient des Français de Pondichéry, venus à Madras pour vendre des dentelles et des fleurs artificielles. Marcus fut surpris et charmé en même temps, et, volontiers, il se fut jeté dans les bras de ces compatriotes inconnus.

C'est que, pour un Français, il n'est pas de musique plus douce à l'oreille que la langue maternelle, ni d'émotion plus agréable que la rencontre d'un compatriote, — surtout lorsque l'une et l'autre surgissent tout à coup à trois mille lieues de la patrie.

Curiosité, chauvinisme, — faiblesse, si l'on veut. — Voici qui est indéniable ; à l'étranger, jamais un Français n'entend parler la langue de son pays sans être ému, sans tourner la tête, sans prêter une oreille attentive, sans jeter un regard d'intérêt vers l'orateur. Au contraire, l'Anglais, l'Allemand, l'Italien, l'Espagnol passent, rapides, fermant l'oreille, indifférents, méfiants même.

Pourquoi cette différence ?

Ce n'est point à un Français qu'il appartient de répondre.

Le vent soufflait du Nord avec ténacité et violence. Le capitaine Kepp affirma que la mousson devenait menaçante ; qu'elle serait à coup sûr dangereuse et pourrait jeter le navire à la côte. En conséquence, il résolut de quitter la rade sans délai et de continuer son voyage. On leva l'ancre le jeudi matin par une brise carabinée qui poussait vivement le brick vers Pondichéry. Le *Fils du Diable* était donc resté juste quatre jours en face de Madras.

Mais Pondichéry et Karikal, les deux possessions françaises sur la rade de Coromandel, bien qu'elles fussent dans le programme que John Keep avait tracé à Marcus Gallois, furent dépassées, et le brick entra dans le golfe de Manar par le détroit de Palk. Sans doute que le capitaine avait de bonnes raisons pour agir ainsi.

Marcus ne se crut point le droit de faire aucune observation. Peu lui importait au surplus, que le *Fils du Diable* fît, à l'aller, escale à Pondichéry et à Karikal, puisque ce n'était qu'au retour du voyage de Bombay qu'il devait reprendre sa liberté.

Le golfe de Manar est un bras de mer de l'océan Indien qui sépare la côte sud-est de Karnatic de la côte occidentale de Ceylan. Il est parsemé d'îles qui, toutes, portent des noms hollandais : Amsterdam, Lyden, Rotterdam, Harlem, Middlebourg, etc. C'est que ces îles, avant d'appartenir aux Anglais, étaient la propriété des Hollandais. Dans les Indes, c'est absolument comme dans le conte du *Chat botté* de Perrault, avec cette différence toutefois que le marquis de Carabas, c'est l'Angleterre.

Le *Fils du Diable* se mit au mouillage non loin de la côte, dans un petit havre de l'île de Manar, où les cocotiers et les palmiers croissaient en abondance. En face, vers le sud-est, se trouvaient les pêcheries de perles, en pleine exploitation à cette époque de l'année. Dans l'après-midi, Marcus reçut de Keep l'ordre de descendre dans l'île avec Nonor et un homme de l'équipage pour renouveler la provision d'eau douce.

— Prenez un fusil, de la poudre et du plomb, ajouta John Keep ; l'île est très giboyeuse, et j'espère bien que vous nous apporterez quelques belles pièces pour notre table. Lorsque la nuit sera venue, je vous enverrai la chaloupe.

Marcus prit le canot, dans lequel on plaça quelques fûts vides, et descendit sur l'île en compagnie de Nonor et d'un matelot.

Il laissa les deux hommes s'occuper du soin de remplir les futailles et marcha à l'aventure devant lui, son fusil sur l'épaule et une hache à sa ceinture.  longueur, sur une largeur de trois kilomètres. Marcus, tout en admirant cette merveilleuse végétation des tropiques, les innombrables orchidées, les fougères, les arbres gigantes-

L'île de Manar est de petite étendue ; elle compte à peine sept kilomètres de ques qui lui cachaient l'horizon, les cocotiers, les tecks, le sandal, les palmiers, les canneliers, les muscadiers, les cardamomes, dont la cime s'enguirlandait de lianes qu'on eût prises pour de vrais hamacs se balançant doucement sous la brise de mer, Marcus, disons-nous, se mit en chasse. John Keep avait dit vrai : le gibier abondait dans l'île de Manar. Sous l'épais feuillage de la forêt, il vit d'innombrables perroquets, des perruches, des kakatoès, des pigeons blancs, des ramiers et des milliers d'oiseaux aux couleurs les plus éclatantes, dont les noms lui étaient inconnus ; dans les arbres couraient toute la famille des singes ; sous bois, il aperçut des élans et des gazelles.

Après deux heures de marche, le jeune marin se trouva de l'autre côté de l'île, en face de Ceylan.

La grande île indienne a une étendue de 420 kilomètres et compte deux millions d'habitants. Elle surgissait des flots, avec ses falaises aux formes fantastiques, ses côtes escarpées, sa chaîne de récifs, percée çà et là de gorges étroites, d'excavations et de cavernes profondes, où la vague s'élance, s'engouffre bouillonnante et se démène furieuse ; puis, recule, irritée, indomptable, hurlante, semblable à une démoniaque.

En avant, au milieu des eaux plus calmes, se dressaient, hardis comme des flèches de cathédrales, des pans de rochers, des pitons granitiques que la mer battait depuis des siècles, lançant vers leurs cimes tourmentées son écume blanche et ses jets d'humide poussière, dans lesquels se jouaient les animaux aquatiques.

Marcus s'assit sur un bloc de pierre, alluma sa pipe, et, pour se délasser, s'absorba dans la contemplation de cette mer qui semble être sans bornes, dont le spectacle est toujours nouveau, et qui possède l'étrange faculté d'entraîner la pensée de l'homme vers l'infini dont elle est l'image.

Se doute-t-on de l'importance de la mer dans la création ?

La surface de la terre est évaluée à 5,298,857 myriamètres carrés. Eh bien, les eaux en occupent à peu près les deux tiers, soit 3,832,558 myriamètres carrés. Donc à la surface du globe, l'eau est la généralité, la terre est l'exception.

On a calculé que l'Océan doit contenir à peu près deux milliards deux cent cinquante millions de mille mètres cubes d'eau, et l'on croit que si la mer était mise à sec, tous les fleuves de la terre devraient verser leurs eaux pendant QUARANTE MILLE ANS pour en combler de nouveau le bassin (1).

Le jour baissait sans que Marcus, absorbé dans sa contemplation, s'aperçût de l'arrivée de la nuit. Tout à coup, il crut entendre un bruit qui ressemblait à des détonations lointaines d'armes à feu. Il se pencha sur les flots, et, dans ce grand silence de la nature, prêta une oreille attentive. On sait combien l'eau est conductrice du son. Aucun doute ne pouvait plus exister : les détonations étaient bien

---

(1) Frédol, *Le Monde de la mer.*

réelles ; mais si lointaines qu'elles ne pouvaient provenir de la partie de l'île où il avait laissé Nonor et le matelot. Cependant, il crut que ceux-ci, inquiets de ne pas le voir revenir et ne sachant où le trouver, lui donnaient le signal du retour. Il reprit, en toute hâte, la voie qu'il avait déjà parcourue, suivant, autant que possible, la ligne droite ; mais l'obscurité le surprit au milieu de la forêt, et, lorsqu'il arriva à la lisière, sur la côte, à quelques centaines de mètres du lieu où devaient se trouver ses compagnons, il faisait nuit noire. Dans le golfe, du côté des pêcheries de perles, il entendit comme de vagues clameurs et il vit des barques, éclairées à l'aide de bois résineux, qui évoluaient le long de la côte.

Que se passait-il dans la baie ?

Une voix l'appelait à grands cris, c'était celle de Nonor. Il descendit en courant et arriva bientôt à l'endroit où les deux marins, étonnés de sa longue absence, et surpris, eux aussi, de ces rumeurs lointaines, l'attendaient anxieux.

Au moment où Marcus allait interroger le nègre, une masse sombre apparut sur les flots. C'était la chaloupe du brick. Elle marchait à la voile et semblait tellement chargée que sa ligne de flottaison était à peine visible.

Une voix s'éleva de la chaloupe et demanda en français :

— Vous êtes là, Marcus Gallois ?

— Oui, capitaine, répondit le jeune homme qui avait reconnu la voix de John Keep.

— Laissez là les futailles, que l'on viendra chercher demain matin, et rejoignez le brick avec le canot.

Mais comme deux futailles étaient déjà placées sur la petite embarcation, et que leur déchargement eût demandé beaucoup de temps, à cause des ténèbres, les trois hommes poussèrent le canot au large et gagnèrent lentement le brick.

Lorsqu'ils arrivèrent à bord, la chaloupe avait repris sa place accoutumée sur le pont, et tout l'équipage, à l'exception des hommes de quart et du capitaine, semblait endormi.

4

— Je prends le premier quart de nuit, dit laconiquement John Keep à Marcus. Vous pouvez aller vous coucher.

Cette absolue tranquillité du capitaine rassura Marcus. Dès que son chef n'était pas ému de ce qui se passait dans la baie, c'est que la chose était sans importance. Il entra dans sa cabine, se jeta tout habillé sur son lit et s'endormit de ce bon sommeil de la jeunesse qui résiste aux plaintes du navire battu par la lame et parfois même aux mugissements du vent.

Mais Nonor veillait; et bientôt — trop tard, hélas! — allaient se découvrir les scélératesses du capitaine John Keep.

CHAPITRE IX

La nacre et les perles sont les produits d'un coquillage bivalve que les naturalistes désignent sous le nom de pintadine, — mère aux perles; on le trouve en grande quantité dans le golfe du Bengale, les mers de Chine et du Japon, l'archipel Indien, et particulièrement dans le golfe de Manar. Au cap Comorin, à l'issue du golfe, la pintadine est remplacée par un autre mollusque nommé le mytile à perles.

La nacre est la matière précieuse que forme la partie interne des valves ou coquilles; elle est blanche, soyeuse, très brillante, un peu azurée et plus ou moins irisée. Sa dureté est telle, qu'elle résiste à tous les instruments qu'elle émousse en peu de temps; elle présente donc une grande difficulté pour la travailler. L'acide sulfurique l'entame facilement, et c'est avec son aide qu'on parvient à la tourner et à la ciseler. L'industrie parisienne en fait de charmants objets de tabletterie, d'ébénisterie, des manches de couteaux, des boutons, etc.

Les perles, ces gouttes de rosée solidifiées, pour parler comme les Orientaux, sont des sécrétions maladives de l'organe de la nacre, ou, si l'on préfère, le produit de quelques animaux vivant dans ces coquilles ; ces mollusques sont sujets à une sorte de maladie causée par des corps étrangers qui se sont introduits entre les valves. La substance nacrée, au lieu de s'étendre en couches sur la coquille, enveloppe alors ces corps pour mettre le parenchyme à l'abri des irritations qu'ils produisent. La perle est formée de couches minces et concentriques, autour du grain de sable, de l'œuf de poisson ou de l'animalcule arrondi, origine de sa formation.

Les Indiens et les Chinois surtout ont mis à profit cette observation pour faire produire à divers bivalves soit des perles, soit des camées artificiels, en introduisant dans le mollusque les fragments arrondis de verre ou de métal.

Une seule pintadine ou un mytile contient souvent plusieurs perles. On en cite qui en contenaient jusqu'à cent cinquante. Le fait est invraisemblable.

Les perles s'accroissent par couches annuelles. Leur éclat et leur nuance varient comme ceux de la nacre qui les produit. Celles qui sont adhérentes à la coquille se nomment baroques, leur forme est plus ou moins irrégulière ; elles se vendent au poids. On appelle vierges ou parangons les perles isolées nées dans le tissu de l'animal. Elles sont globuleuses, ovoïdes ou piriformes ; elles se vendent à la pièce et peuvent atteindre les prix les plus élevés. On affirme que le voyageur Tavernier en vendit une, d'une grosseur extraordinaire, au shah de Perse, pour le prix de trois millions. A beau mentir qui vient de loin !

Il ne faudrait pas croire, cependant, que les perles sont retirées de l'intérieur des mollusques dans l'état de perfection où on les voit aux vitrines des joailliers. Elles sont d'abord travaillées avec de la poudre de nacre, afin de leur donner de la rondeur et du poli.

Il nous reste à indiquer comment se pêchent les huîtres perlières dans le golfe de Manar Ces détails, croyons nous, seront d'un grand intérêt pour le lecteur.

Chaque barque se livrant à la pêche des pintadines ou des mytiles est montée par vingt hommes, — des Indiens généralement, — se divisant en deux groupes : les rameurs et les plongeurs. Ceux-ci travaillent et se reposent alternativement. Ils descendent à une profondeur qui varie de dix à douze mètres, en se servant, pour accélérer leur descente, d'une pierre attachée par une corde, dont l'extrémité vient s'amarrer au bateau. Au moment de la descente, chaque plongeur passe entre les doigts de son pied droit la corde à laquelle la pierre est attachée; il place entre ceux du pied gauche le filet qui doit recevoir les huîtres ; puis, saisissant de la main droite une corde d'appel convenablement disposée, et se bouchant les narines de la main gauche, il plonge, se tenant droit ou accroupi sur ses talons. Arrivé au fond, il retire ses doigts de la corde; on remonte la pierre, qu'on accroche à l'aviron, et le plongeur, dans l'espace de trente à quarante secondes qu'il reste sous l'eau, ramasse au fond et place dans son filet toutes les pintadines qu'il peut atteindre.

Quand il veut remonter, il secoue la corde d'appel et on le retire le plus vite possible. Il y a toujours, pour une pierre à plonger, deux pêcheurs qui descendent alternativement ; l'un se repose pendant que l'autre travaille (1).

Comme on le voit, le moyen est très primitif. L'emploi du scaphandre serait plus fructueux, mais les Indiens se sont toujours refusés à l'accepter. Chaque plongeur fait quinze à vingt descentes de l'aurore à midi. Ce travail est très pénible, et presque toujours, après chaque descente, les pêcheurs d'huîtres perlières rendent le sang par le nez et par les oreilles.

Le produit des pêcheries de perles en Asie est estimé à vingt millions.

Lorsque les perles ont été extraites des mollusques, ce qui n'a lieu qu'après diverses opérations, elles sont confiées au régisseur de la pêche, qui occupe un bateau spécial ; cette pêche dure trente jours, c'est-à-dire tout le mois de juin.

Devine-t-on quel projet avait conçu le capitaine John Keep?

Tout simplement de s'emparer par la ruse — et par la force, si cela était nécessaire — des perles qui devaient se trouver dans le bateau du régisseur de la pêche. Et comme la présence de Marcus Gallois lui

---

(1) Frédol, *Monde de la Mer.*

eût été un obstacle, probablement insurmontable, il s'en était débarrassé en l'envoyant dans l'île de Manar.

Après le départ de son second et des deux aides de celui-ci, John
Keep fit appeler le maître d'équipage, un lascar de la pire espèce, et
lui donna ses instructions : A la brune, on mettrait la chaloupe à la
mer, et, montée par seize hommes de l'équipage, sous le commandement de John Keep, elle irait faire un tour du côté des pêcheries.

Le maître d'équipage savait ce que cela voulait dire.

— Surtout, ajouta John Keep, point d'armes à feu : rien que des
kriss, des poignards et des haches.

Malheureusement pour master Keep, — heureusement pour les
pêcheurs de perles, ceux-ci avaient pris des dispositions qui rendaient les attaques à peu près impossibles, à moins de disposer de
forces considérables, ce qui n'était point le cas du capitaine.

Les bateaux de pêche formaient un demi-cercle, s'appuyant sur
deux points de la côte ; au centre se trouvait l'embarcation du régisseur. Donc, pour y arriver, il fallait franchir l'enceinte, et par consé-
quent, ouvrir la lutte avec au moins deux cent cinquante hommes,
peu braves il est vrai, mais dont le nombre constituait cependant
une force numérique que la chaloupe ne pouvait affronter.

John Keep reconnut tout de suite que l'attaque était impossible,
et qu'il fallait procéder par la ruse.

Il mit à terre deux de ses matelots, armés de kriss. Ces hommes
devaient gagner à la nage le bateau du régisseur, s'y introduire,
grâce à l'obscurité, assassiner le régisseur et ses aides, s'emparer
des perles, et revenir par la même voie à un endroit de la côte où ils
trouveraient Keep et son équipage. Pendant ce temps, la chaloupe
se livrerait à des évolutions dans la baie, en face des bateaux de
pêche, ce qui devait faire une diversion et attirer l'attention des
pêcheurs de perles.

Mais il arriva que dès que la chaloupe fut signalée, les bateaux se
couvrirent de feux et hélèrent l'embarcation inconnue. Personne
n'ayant répondu à bord de celle-ci, elle fut criblée d'une décharge
de coups de fusils, et dut, pour ne pas être atteinte, se tenir au large.

Il s'écoula quelques instants pendant lesquels Keep et ses hommes continuèrent leurs évolutions nautiques. Mais, tout à coup, apparut un feu rouge sur le bateau du régisseur. A ce signal, les autres barques rétrécirent le cercle et formèrent un groupe presque compact près de la côte.

Il venait de se passer là quelque incident inconnu : peut-être les deux matelots du *Fils du Diable* avaient-ils échoué dans l'audacieuse tentative combinée par master Keep. Celui-ci fit manœuvrer vers le point de la côte où il devait les retrouver. Ce fut vainement qu'il les attendit : les deux matelots ne se montrèrent point. Ou ils avaient trahi, ou ils étaient tombés dans un piège et y étaient restés. Pour comble de disgrâce, une balle s'était logée dans la coque de la chaloupe et, peu à peu, avait donné naissance à une voie d'eau. Il fallait retourner à bord au plus vite, et appareiller sur le champ. L'affaire était manquée.

John Keep blasphéma comme un païen qu'il était, et regagna son navire, sans oublier Marcus et ses deux compagnons qui devaient attendre la chaloupe à l'île de Manar. Ce n'était pas le moment, ayant déjà perdu deux hommes, de faire le sacrifice de trois autres.

. . . .

Marcus, dont le sommeil n'était pas troublé par les bruits de navire, s'éveilla soudainement à un petit coup frappé à la porte de sa cabine.

Il se jeta au bas du lit, sur lequel il était couché tout habillé, et ouvrit la porte.

Il vit devant lui une grande ombre noire. C'était Nonor.

— Que veux-tu ? lui demanda-t-il.

Le nègre mit un doigt sur ses lèvres, et se penchant vers le jeune homme, répondit tout bas dans le langage laconique qui lui était habituel :

— Navire en marche, sous huniers et petit foc... cap Nord-Est, vers la grande mer... chaloupe trouée de balles... caisses d'armes dans la cale.

— Hein ! fit Marcus qui ne comprenait pas.

Nonor tout tremblant voulut se sauver; Marcus le saisit par le bras.

— Explique-toi ! lui dit-il.

Le nègre montra du doigt John Keep assis sur un paquet de cordages et le dos appuyé au grand mât, puis les voiles se gonflant sous
le vent qui soufflait de l'arrière ; le navire, sous cette impulsion, allait
quitter le golfe de Manar et marchait vers le nord-est, c'est-à-dire
dans une direction opposée à celle du cap Comorin, qu'il fallait franchir pour se rendre à Mahé, Goa et Bombay.

— Là-bas, Comorin ! dit Nonor en désignant la droite ; ici la
grande île.

Il indiquait Ceylan qui se trouvait à gauche.

Marcus bondit sur le pont, et Nonor, délivré de l'étreinte de son
chef, disparut vers l'avant.

Le jeune marin s'adressa à John Keep ; sa voix tremblait d'indignation et de colère.

— Capitaine Keep, répondez, s'il vous plaît. Pourquoi avez-vous
quitté subitement le mouillage ? Où allons-nous ? Comment se
fait-il que la chaloupe est trouée de balles ? A quel usage destinez-
vous les armes qui sont dans la cale ?

John Keep fronça le sourcil.

— Oh ! oh ! mon camarade, répliqua-t-il, vous êtes curieux, à ce
qu'il paraît ! Eh bien ! je vais vous satisfaire. Mais n'y revenez pas
une seconde fois, je n'aime pas qu'on m'interroge, ni qu'on discute
avec moi. Pourquoi j'ai quitté subitement le mouillage ? Parce qu'il
ne me convenait pas d'y rester plus longtemps. Où nous allons ?
Vers Sumatra et les îles avoisinantes. Dans quel but ? Afin d'arrêter
au passage les barques malaises qui font le trafic des esclaves, et
d'aller les vendre ensuite pour mon compte en Birmanie ou à Siam.
Pourquoi la chaloupe a des avaries ? Parce que, ce soir, j'ai eu la
malchance d'échouer dans une tentative qui, si elle eût réussi, me
livrait les perles des pêcheries du golfe de Manar. A quel usage je
destine les armes qui sont dans la cale du brick ? Tout simplement à
m'aider dans les différentes négociations qui sont mon commerce
habituel. Voilà qui est net et catégorique et doit vous donner pleine
satisfaction, je suppose.

Marcus recula stupéfait.

— J'ai mal entendu ! dit-il.

— Parfaitement, au contraire.

— Mais alors, je suis tombé dans un piège infâme ! au milieu de bandits, de pirates !...

— Un piège !... des bandits, des pirates !... des mots, tout cela !... Vous vous êtes volontairement engagé à bord du *Son of the Devil*, un honnête navire dont les papiers sont en règle, et que j'ai l'honneur de commander... Or, vous êtes trop bon marin pour ne pas savoir que ma qualité de capitaine me donne le droit de brûler la cervelle aux mécontents, aux récalcitrants, à qui enfin refuse de m'obéir. Donc, prenez-en bravement votre parti... c'est ce qu'il y a de plus sage... d'autant mieux que la fortune est au bout... Et maintenant, à votre poste de timonier, ajouta John Keep avec un geste de commandement.

— Jamais ! dit énergiquement Marcus.

— C'est votre dernier mot ?

— C'est mon dernier mot ! Faites de moi ce que vous voudrez.

John Keep eut un étrange sourire.

— Un autre que vous aurait déjà un lingot dans la tête, dit-il. Mais je tiens à votre personne et je m'attendais à cette rébellion. Je vous donne huit jours pour réfléchir, après lesquels j'aviserai, et cette fois ce ne sera pas long, je vous en préviens.

Il fit entendre un appel strident à travers son sifflet. Quatre hommes apparurent.

— A fond de cale ! ordonna-t-il en désignant Marcus ; les fers aux pieds, et à demi-ration.

Le jeune homme eut la pensée d'appeler Nonor, de se saisir d'une barre d'anspect et de se ruer sur John Keep et ses matelots. Mais il semblait que le capitaine eût deviné son intention, car il s'était armé de son inséparable revolver dont il menaçait Marcus. Au surplus, celui-ci l'eût-il voulu, qu'il n'eût pas eu le temps de mettre son projet à exécution. En un clin d'œil, il fut saisi, garotté, descendu dans l'entrepont et de là à fond de cale, où les matelots le laissèrent, après l'avoir enchaîné au pied du mât, dans ce lieu effroyable qu'on nomme la *fosse aux lions.*

Le navire venait de quitter le golfe et filait, près le vent, dans le grand océan Indien.

— Larguez les ris, et toutes voiles dehors ! ordonna John Keep.

Le brick se pencha légèrement sur la vague, puis, se redressant sous l'impulsion du gouvernail, prit une allure rapide.

Pendant ce temps, Nonor se martelait la tête à coups de poings afin d'en faire jaillir une idée maîtresse qui fût à la fois le salut de son capitaine et le sien.

Mais le pauvre nègre avait la conception lente et difficile, et l'idée ne vint point.

CHAPITRE X

Voilà donc notre ami Marcus Gallois plongé dans la plus douloureuse des alternatives ; prisonnier et menacé de mort ou complice
de pirates ! Et quelle prison !...

La *fosse aux lions*, ou cachot de bord, est une sorte d'enclave
carrée qui préserve à fond de cale le grand mât ; on ne peut s'y
tenir ni debout, ni couché, et on est là dans une atmosphère chaude,
lourde, méphitique, presque empoisonnée, livré aux attaques des rats
et en proie à la vermine qui y pullule. Et, cependant, Marcus était
bien décidé à subir cette condition misérable, à braver même la mort,
plutôt que de se faire l'aide de l'infâme John Keep.

Ah ! combien il regrettait d'avoir cédé à la fatale curiosité qui
l'avait conduit dans une fumerie d'opium de Calcutta ! N'était cela,
il serait maintenant à bord du *Jeune Henri*, voguant vers la France,
son cher pays, vers cette pointe de terre, à l'embouchure de la Loire,
où la vie était si douce, où tout les habitants étaient ses amis. Quel
remords et quel désespoir ! Sa pensée s'exaltait, et, franchissant l'espace, il se transportait, par l'imagination, sur la jetée de Saint-Nazaire, où se trouvaient réunis tous ceux qu'il aimait, l'excellent M.
Vandersluys, son parrain, son second père, les frères Leguay, ses
armateurs, ses voisins, ses amis. Le trois-mâts, toutes voiles dehors

et la flamme au vent, franchissait la passe aux acclamations de la
foule, et jetait l'ancre dans le bassin. Le canot de la santé quittait la
rive et approchait du navire.

— Tout va bien ? demandait le capitaine du port.

— Tout va bien !

— Point de malades ?

— Aucun.

— Equipage complet ?

— Non ! Il manque deux hommes : Marcus Gallois, le second capitaine, et Nonor, le cuisinier.

— Morts ?

— Désertés à Calcutta, la veille du départ !

Et alors, une voix émue, vibrante, s'élevait de la jetée. C'était la
voix indignée de M. Vandersluys.

— Non ! non ! criait-il avec véhémence, je proteste de toutes mes
forces. Marcus Gallois, mon filleul, mon fils d'adoption, ne s'est
point rendu coupable du crime qu'on lui impute, c'est un honnête
homme et un brave marin ; je réponds de lui comme de moi-même ;
il est mort, ou il a été victime d'un guet-apens tendu par les Anglais.

Et comme la foule restait silencieuse, de grosses larmes coulaient
des yeux du courtier-interprète, et, courbant la tête sous ce silence
qui était une réprobation, il rentrait chez lui pour y cacher son chagrin et ses pleurs.

Oh ! la cruelle vision ! Elle l'atteignait au cœur et le brisait.

Quoiqu'il advînt, son honneur était atteint, sa vie était perdue ! Qui
croirait à la vérité ? Il avait quitté le *Jeune Henri* en cachette, sans
prévenir son capitaine. On traiterait de fables son aventure à Calcutta, sa présence inconsciente à bord d'un navire faisant la piraterie.
N'était-ce pas volontairement, et après sa mise à terre à Jaggernat,
qu'il avait signé un engagement de second sur le *Fils du Diable* ?...
Il était resté plus d'une semaine au milieu d'un équipage de forbans,
sans savoir qu'il vivait avec des bandits, était-ce croyable ? Nu¹
n'admettrait sa bonne foi. C'était bien fini, d'une façon ou de l'autre.

La fièvre le prit, et il s'y abandonna sans résistance, se disant que la lutte était inutile et qu'il valait mieux mourir que vivre déshonoré. Brave en face d'un danger matériel, la souffrance morale l'atteignait vivement et il ne savait pas y résister. Nous l'avons dit : Marcus Gallois était un mélancolique, un rêveur, une nature facilement irritable, mais flegmatique, plus lymphatique que sanguin.

Les huit jours fixés par John Keep allaient bientôt prendre fin, et aucun changement ne s'était opéré dans la condition misérable de Marcus, toujours prisonnier.

Un matin, le capitaine du *Fils du Diable* dit à Nonor :

— Tu sais que Marcus Gallois est au fers, à fond de cale, pour cause de rébellion. Va le trouver et préviens-le qu'il ait à obéir ou à se préparer à la mort.

Le nègre, tout tremblant, descendit dans la *fosse aux lions*.

Dans quel état, grand Dieu! devait-il trouver le malheureux Marcus!

Divaguant, hâve, farouche, amaigri, courbaturé, affamé, en proie à la fièvre, dévoré par la vermine, plus malade encore d'esprit que de corps!

Si John Keep se fût trouvé là, il n'est pas douteux que Nonor, exaspéré par la vue des souffrances de son capitaine, et devenu subitement brave, n'eut fait un mauvais parti au pirate.

Il s'était muni d'une fiole de rhum, dont il fit boire quelques gorgées à Marcus; la chaude liqueur apaisa les plaintes d'estomac du prisonnier.

— Il faut vivre, lui dit le nègre.

— Vivre ! Pourquoi faire ?

— Pour être libres ! — Nous voilà près des îles... vous et moi sommes bons nageurs ; il nous sera facile d'abandonner le navire et de gagner la côte.

— Et après ?

— Après! Nous retournerons en France, à Saint-Nazaire.

Retourner en France, revoir Saint-Nazaire, était l'idée fixe de Nonor.

— Non ! non ! Jamais ! dit Marcus qu'épouvantait l'accusation de désertion.

— Mais auparavant, s'empressa d'ajouter le nègre, nous nous vengerons de l'Anglais.

Décidément, Nonor se faisait courageux.

Sans s'en douter, il caressait une chimère qui, depuis quelques jours, avait pris naissance dans le cerveau exalté et maladif de Marcus.

— Oui, répliqua celui-ci, dont le regard brilla d'un feu sombre, il faut purger les mers de ce bandit et de son équipage. .

La pensée de Nonor n'allait pas jusque-là. Mais si cet espoir était un moyen pour déterminer Marcus à une soumission momentanée qui devait faciliter leur évasion, il fallait n'y point faire d'opposition.

— Venez! dit-il au jeune homme, usons de ruse, et dans quelques jours, nous serons libres et en état d'exécuter vos projets.

En même temps, il lui enleva les fers qui emprisonnaient ses deux jambes et l'aida à monter sur le pont.

— Hurrah, mes *boys !* s'écria John Keep en les apercevant tous les deux et enchanté du succès de l'ambassade du nègre. Vous voilà redevenu raisonnable, Marcus Gallois, j'en suis ravi, vrai ! Et j'espère que dorénavant, vous et moi nous ferons bon ménage. Reprenez vite votre place au gouvernail, mon camarade, et ouvrez l'œil; je ne vous demande pas autre chose.

La brise de mer et ses aromes vivifiants opéraient déjà sur Marcus. L'espoir d'une prochaine délivrance lui rendait tout son courage.

Il se dirigea vers l'arrière. John Keep l'arrêta d'un geste.

— Voyez si je suis bon compagnon, lui dit-il, je ne vous demande même pas votre parole que vous n'essayerez point de quitter le brick. Donc, vous êtes absolument libre de tenter l'évasion; toutefois je dois vous faire connaître quelle précaution je vais prendre pour en empêcher l'exécution.

Il appela un de ses matelots.

— Ici, Chouang, dit-il, et écoute bien : Prends ce revolver, dont je te fais cadeau, et place-toi sur la dunette, à deux pas de Marcus Gallois, mon second. A la moindre hésitation de sa part, dans l'exécution de mes ordres, à toute fausse manœuvre, à toute tentative de fuite, je t'ordonne de lui brûler la cervelle.

Puis, s'adressant à Nonor:

— Et toi, maître coq, à tes fourneaux, et vivement le déjeûner !

Ah ! on ne le prenait pas sans vert le capitaine John Keep !

CHAPITRE XI

CATASTROPHE

Le *Fils du Diable* tirait des bordées entre Sumatra et les groupes d'îles de Poulo-Mintao, Poulo-Nias et de Hag, poussant des pointes jusqu'à Poulo-Way et les Nicobar. Il louvoyait lentement au milieu de ces petits archipels, tandis que la chaloupe, montée par une quinzaine d'hommes, faisait des excursions à droite et à gauche sur les côtes avoisinantes, se livrant au vol et au pillage, ou courait sus aux barques malaises qui voyageaient entre les îles. Le brick, grâce à son faible tirant d'eau, était là, toujours prêt à appuyer les rapines et les audacieuses attaques de son équipage. La cale s'emplissait de marchandises et l'entrepont se garnissait de prisonniers, de femmes et de jeunes filles surtout, que master Keep se proposait d'aller vendre sur les marchés de la presqu'île ou à Martaban, en Birmanie. Parfois c'était le brick lui-même qui se mettait de la partie, lorsqu'il s'agissait de quelque chebec arabe, d'une proa malaise ou d'un lourd bâtiment de commerce signalé par l'homme en vigie. Alors, le *Fils du Diable*, qui arborait, suivant la circonstance, soit le pavillon national japonais, blanc, traversé au milieu par une longue bande noire horizontale ; soit celui de Siam, rouge, avec un éléphant blanc au centre ;

soit celui de Chine, jaune, dentelé en forme de demi-ovale allongée, orné d'un dragon d'or à cinq griffes ; soit celui de la Cochinchine, jaune aussi, mais sans dragon, et à la bordure noire, dentelée à sa partie inférieure ; ou encore les drapeaux européens, s'élançait subitement sur sa proie. Les grappins tombaient des vergues, s'accrochaient aux manœuvres et aux bastingages, et l'abordage avait lieu. Haches, sabres, piques, poignards, faisaient leur office : trouant les corps, fendant les têtes, cassant les membres, jusqu'à ce que le navire ou la barque se rendissent. John Keep ne faisait de quartier que lorsqu'il s'agissait de Malais, indifférents habituellement sur le maître qu'ils doivent servir, et lorsqu'il avait besoin de compléter son équiqage. On s'emparait de la cargaison, des esclaves ; on coulait bas le navire, et tout était dit jusqu'à la prochaine attaque.

Il est certain que le timonier, dans ces manœuvres difficiles au milieu d'îles, jouait un rôle considérable. Or ce timonier était notre ami Marcus Gallois, toujours surveillé par le matelot Chouang, le menaçant de son revolver.

Ces scènes de vol, de piraterie et de carnage se renouvelaient deux ou trois fois par semaine, et affolaient le malheureux marin ; son cerveau se détraquait peu à peu.

Un incident qui surgit à la suite d'une des expédition de la chaloupe, vint encore augmenter la haine de Marcus contre les bandits au milieu desquels il était contraint de vivre, et apporter une perturbation plus profonde dans son intelligence.

Parmi les prisonniers se trouva une jeune femme allaitant son enfant.

John Keep en voyant ce pauvre petit être, se mit en grande colère.

— Mon navire n'est pas un bureau de nourrices ! s'écria-t-il.

Il arracha l'enfant des bras de sa mère et le jeta par-dessus bord.

La malheureuse femme poussa un cri déchirant et bondit au milieu des flots.

Hélas ! l'enfant était déjà devenu la proie d'un affreux squale, dont on pouvait voir dans la nuit la phosphorescence verdâtre et sépulcrale.

Cette chute à la mer fut suivie d'une seconde, puis d'une troisième.

Marcus avait aperçu le requin et s'était précipité au secours de la pauvre mère, et Nonor au secours de tous les deux.

Le brick était à l'ancre en ce moment; le sauvetage devenait facile.

La femme, évanouie, Marcus et Nonor furent recueillis à bord.

— Passe pour la femme ! dit John Keep à Marcus, parce qu'elle représente une certaine somme ; mais si tu avais ramené l'enfant, je te logeais une balle dans la tête. Quant à celui-ci, ajouta-t-il en désignant Nonor à ses matelots, dans le tas, avec les esclaves : il sera vendu avec les autres au marché de Martaban.

On descendit le nègre et la femme dans l'entrepont. L'acte de dévouement de Marcus était fatal à son compagnon ; et peut-être la pauvre mère, en revenant à la vie, dut-elle regretter de n'avoir pas partagé le sort de son enfant.

On comprend sans peine que de pareils faits devaient pousser Marcus à des exaltations voisines de la folie.

Un jour, près du détroit de Malacca, alors que le brick faisait route pour l'archipel de Mergui, le *Fils du Diable* fut assailli par un grain qui tomba à l'improviste sur le navire. La nuit était arrivée, et ce fut au milieu des éclairs et du tonnerre, formidable dans ses détonations réitérées et dans des chutes d'eau qui ressemblaient à des cataractes, que l'équipage dut courir aux vergues pour serrer les voiles.

La pluie cessa bientôt, mais le tonnerre grondait sans interruption, la nue se déchirait et des jets de feu éblouissants emplissaient l'atmosphère. Sur la pointe des mâts, sur les vergues et même sur les cordages, on vit courir des flammes bleuâtres qu'on eût prises pour des langues de feu. Cependant, phénomène bizarre, ces lueurs sinistres ne brûlaient point. C'était le feu Saint-Elme, combustion apparente, mais inoffensive, produite par la phosphorescence de la mer. A son éclat, on pouvait apercevoir, nageant à la surface des flots, des hyales, des beroës, des biphores et des hydrophis zébrés de jaune et de noir. Les hydrophis sont des serpents venimeux qui vivent dans les eaux tièdes ; au premier aspect on les prendrait pour des anguilles ; il en ont la forme svelte et la queue aplatie, mais l'absence de nageoires ne permet pas de les confondre avec celles-ci.

5

Le terrible ophidien demeure sur les eaux dans un état d'immobilité parfaite, et lorsqu'une proie passe à sa portée, il se précipite sur elle, la mord avec rage, et la victime meurt en quelques minutes par l'effet du poison que lui a inoculé l'hydrophis.

Puis le feu Saint-Elme disparut, le tonnerre cessa de gronder et la nuit se fit complètement noire ; la chaleur de l'atmosphère laissait prévoir pour bientôt un nouvel orage.

Cependant la nuit fut assez calme ; mais à l'aurore, le soleil se montra d'un jaune terne, sans rayons, ce qui était l'indice d'une prochaine tempête. De plus, le grain de la veille avait fait dévier le brick de sa route : il se trouvait dans le détroit, entre les îles Poulo-Lancava et les îles Djankseyton. Que la tempête le surprît dans ces parages et il pouvait être jeté à ta côte.

— Toutes les bonnettes au vent ! ordonna le capitaine.

Le brick gagna rapidement la haute mer.

Mais alors l'homme en vigie cria :

— Voile sous le vent !

John Keep sauta sur la dunette, sa longue vue à la main.

— Corvette de guerre ! murmura-t-il, corvette mixte... machine et voiles... dans une heure elle sera sur nos talons !... et pas moyen de longer les côtes... Nous sommes flambés !

En effet, la corvette, aidée par le vent et sa puissante hélice, gagnait du terrain sur le brick. On apercevait facilement sa mâture et le pavillon tricolore flottait au mât de misaine. C'était un navire de guerre français.

Marcus se découvrit et tout rayonnant cria :

— Vive la France !

John Keep jeta sur lui un regard sournois qui laissait deviner de sinistres projets.

— Tout le monde sur le pont ! ordonna-t-il, et carguez les voiles.

Cette manœuvre, dont personne ne prévoyait le but, fut aussitôt exécutée. Le brick demeura à peu près stationnaire.

— Maintenant, ajouta John Keep, la chaloupe à l'eau, avec les avirons, des vivres et des armes ; plantez le mât et qu'on se prépare à hisser la voile.

Il entra dans sa cabine, se munit de quelques papiers, de ses valeurs, d'une boussole et revint sur le pont.

La chaloupe était bord à bord avec le brick : on y descendait des caisses et deux ou trois tonneaux.

John Keep appela le maître d'équipage et lui parla tout bas à l'oreille. Celui-ci eut une lueur d'hésitation, mais il disparut dans l'entrepont, et lorsqu'il se montra de nouveau, il ferma derrière lui les panneaux et les écoutilles.

— C'est fait ? demanda John Keep.

— C'est fait ! répondit le maître d'équipage,

— En ce cas, que tout le monde descende dans la chaloupe et vivement.

Mais une voix protesta contre cet ordre. C'était la voix de Marcus Gallois.

— Moi, je reste ! dit-il.

— Ah ! je t'avais oublié ! toi ! s'écria John Keep. Eh bien, sois satisfait !... Qu'on attache solidement cet homme au grand mât !

Marcus fut saisi, lié et garrotté ainsi que l'avait prescrit le forban.

— Bonne chance, mon garçon ! lui dit-il en raillant.

Tous les hommes étaient descendus dans la chaloupe, où il les rejoignit.

— Coupez l'amarre ! ordonna-t-il.

Il s'empara du gouvernail et mit le cap sur la côte, où la corvette ne pouvait l'atteindre.

A ce moment un boulet vint s'abattre sur le brick et emporta un bordage.

Au même instant aussi, le vent s'éleva, subit, mugissant, impétueux, destructeur, poussant devant lui des lames hautes comme des montagnes. Le tonnerre grondait au loin et l'atmosphère devint d'un noir sombre : la tempête commençait. Le navire n'étant plus gouverné, fut emporté comme un fétu de paille dans le tourbillon.

Et cependant, tout à coup, un bruit sans nom domina la tempête.

C'était une clameur immense, des cris n'ayant rien d'humain qui semblaient partir des flancs du brick. Marcus tressaillit dans tout son être; ses cheveux se dressèrent d'horreur sur sa tête... Le feu était au bâtiment!... cent cinquante prisonniers, parmi lesquels se trouvait Nonor, brûlaient dans la cale et dans l'entrepont. L'infâme John Keep n'avait rien trouvé de mieux, pour se débarrasser des poursuites de la corvette française et anéantir la preuve de ses crimes!...

Marcus fit les plus violents efforts pour rompre les cordes qui l'attachaient. Efforts inutiles, hélas! Il y usa tout ce qui lui restait d'énergie et de courage. Alors son regard affolé se porta vers la nue en feu; il poussa un râle de désespérance, et, défaillant, presque inconscient, il s'affaissa inanimé au pied du mât et attendit la mort. Qu'elle vînt maintenant par l'eau ou par le feu, peu lui importait. C'était bien fini.

Eh, non! tout n'était pas fini, car il se produisit soudain un incident tellement imprévu, tellement extraordinaire qu'on pouvait le tenir pour miraculeux.

CHAPITRE XII

QUI DÉCIDE DE LA VOCATION DE MARCUS GALLOIS

La tempête sévissait dans toute son horreur, — une de ces tempêtes foudroyantes, comme il n'en surgit que dans l'océan Indien, où la nature ne fait rien à demi — que son œuvre soit création ou destruction.

S'imagine-t-on un état plus désespéré que celui de Marcus Gallois!... Tous les éléments en révolte semblaient avoir conspiré sa perte. Un fait providentiel pouvait seul le sauver. Or ce fait se produisit, avons-nous dit.

L'un des panneaux, poussé du dedans par une force surhumaine, eut une sorte d'ondulation semblable au mouvement des flots, et, la pression intérieure augmentant, il vola en éclat.

Ce résultat était dû à la concentration, dans un foyer hermétiquement clos, d'une chaleur intense.

Jusque-là le feu avait couvé dans l'intérieur du bâtiment, brûlant lentement et produisant plus de fumée asphyxiante que de flammes ; mais dès que l'air pénétra dans l'entrepont, l'incendie prit aussirôt un développement formidable : la fumée faisait place aux flammes : elles s'échappaient par l'ouverture béante et gagnaient les manœuvres, les cordages, les mâts tous enduits de goudron ; elles couraient sur le pont, poussées par le vent, comme une lave dévorante.

Les clameurs entendues par Marcus devenaient des cris désespérés qui ressemblaient plutôt à des hurlements de fauves qu'à des plaintes humaines. Mais Marcus y paraissait insensible. On eût dit que la vie l'avait abandonné.

Tout à coup un homme aux cheveux roussis, aux vêtements en lambeaux et à demi calcinés, surgit de l'écoutille et sauta sur le pont. C'était Nonor! Nonor armé d'une hache, Nonor ayant le sentiment de sa force, Nonor plein de courage et d'énergie et bravant tempête et incendie; Nonor, enfin, appelant à grands cris son capitaine.

Il le vit affaissé au pied du grand mât auquel il était attaché et paraissant plus mort que vif. D'un coup de hache, il coupa les cordes qui liaient Marcus, le prit dans ses bras et le porta sous la dunette, afin qu'il ne fut pas atteint par le feu ou emporté par le vent, dont la violence ne diminuait pas.

Derrière Nonor étaient sortis de l'entrepont ceux des prisonniers que l'asphyxie et les flammes n'avaient pas atteints; et les femmes affolées par la peur continuaient leurs terrifiantes clameurs.

A ceux-là Nonor criait : — Radeau ! radeau !

Et sans perdre une seconde, il assemblait des espars, des tonneaux vides, des bordages qu'il détachait à coups de hache, et, croisant, assemblant, superposant, aussi bien que possible, tous ces matériaux, reliés ensemble par des cordages, il en faisait un moyen de sauvetage, — le seul à utiliser dans une situation aussi critique, presque désepérée.

Mais nul ne l'écoutait; aucun des prisonniers ne songeait à l'aider ou à l'imiter; ils couraient éperdus çà et là, fuyant l'incendie, et étaient emportés par la tempête; d'autres grimpaient dans les huniers, mais la flamme, toujours envahissante, finissait par les atteindre, et ils se jetaient à demi-brûlés dans les flots où les attendait la troupe vorace des requins, dont on apercevait dans la nuit les nageoires phosphorescentes; d'autres, enfin, hagards, hébétés, attendaient, immobiles, impassibles, l'inexorable mort.

Jamais spectacle plus effroyable ne frappa l'œil humain.

Lorsque le radeau fut à peu près en état de tenir la mer, Nonor l'attacha au navire par un câble et le lança sur les flots; il y jeta tout ce qui lui tomba sous la main : quelques planches, des lambeaux de toile, des parties de mâts, des cordages, un grappin et quelques vivres qu'il trouva dans sa cuisine.

Puis, il revint sous la dunette et enleva Marcus comme il eut fait d'un enfant. A ce moment Nonor eut une idée vraiment heureuse, dont l'existence ne se fut point soupçonnée sous son crâne épais, — le désir de sauver son capitaine, ouvrait cette intelligence jusque-là fermée : — il s'empara du livre de bord qu'il fourra sous sa vareuse, et, comprenant qu'il n'y avait plus une minute à perdre sous peine d'être atteint par l'incendie, portant toujours Marcus dans ses bras, il descendit sur le radeau, et, de sa hache, rompit l'amarre qui le retenait au brik.

Il était temps ! Quelques secondes plus tard le *Fils du Diable*, dévoré par un vaste embrâsement, s'engloutissait dans les flots.

La tempête continuait son

œuvre de furie et de dévastation

Quant au radeau, sur lequel Nonor s'occupait davantage du salut de Marcus que de sa propre conservation , il voguait à l'aventure, jouet docile, hélas ! des vents et des vagues.

Combien de temps dura cette affreuse situation ? Nonor n'eût pu le dire. Mais il arriva un moment où une lame monstrueuse, dernier effort de la tempête, saisit le radeau et le jeta sur la rive. Lorsque la lame se retira, la frêle embarcation resta engravée sur une plage sablonneuse.

Marcus et Nonor étaient sauvés !...

Et alors il se fit dans l'atmosphère une subite accalmie, le vent tomba, les nuages disparurent, de nouveau le soleil se montra au firmament, réconfortant de sa bienfaisante chaleur les membres endoloris du pauvre nègre.

Marcus, lui, pris de fièvre, délirant, le cerveau atrophié, rêvait, nouveau Don Quichotte, de purger les mers des pirates, des trafiquants de chair humaine et des monstres marins.

CHAPITRE XIII

UNE OASIS EN MALAISIE

C'est au milieu de l'océan Indien, dans le détroit de Malacca,
que la nature a réalisé ce qui est
le rêve de beaucoup de gens : un
printemps perpétuel ! Là se trouve un merveilleux coin de terre,
une oasis, un Eden qui n'est guère plus grand, il est vrai, que l'île de
Jersey et qui se nomme l'île du Prince-de-Galles ou Poulo-Pinang.
Comme Jersey, elle appartient à l'Angleterre. C'est une des quatre
possessions anglaises dans la presqu'île de Malacca.

Un jour, le roi du Khédah, un des souverains de la presqu'île,
ayant marié sa fille avec un de ces marchands de la Grande-Bretagne,
qui envahissent le monde, lui donna, comme bouquet de noce, cette
île enchantée. L'époux la nomma île du Prince-de-Galles, et l'offrit
à l'Angleterre... qui s'empressa de l'accepter. Elle n'est habitée que
par des Hindous, des Malais, des Chinois, des prêtres des missions
étrangères, et les heureux possesseurs de ce domaine, dont la fécondité est sans pareille.

Sur ce sol privilégié, mûrissent les fruits de toutes les zones tro-

picales, et c'est en vain qu'on y chercherait un coin de terre inculte.
Quant à sa flore, c'est un enchantement des yeux. On y trouve des
fleurs de toutes les contrées : le lotus, la rose, le frangipanier, le
camélia odorant, la tubéreuse, les volkamerias ; ses plaines sont
envahies par la canne à sucre, dont les tiges robustes atteignent la
dimension des gigantesques bambous ; sur ses côteaux, croissent en
abondance le giroflier, le cannelier aux aromes enivrants, le musca-
dier aux fleurs couleur d'or, et, avec tout cela, la température tiède
des régions océaniennes, une nature constamment parée, un ciel sans
nuages, une mer dont la voix est une chanson sans fin, et des
femmes belles, douces et soumises. Un vrai paradis, quoi !

C'est sur les rives de cet île parfumée, que vint échouer le radeau
qui portait Marcus et Nonor — Marcus, pris de fièvre, divaguant,
délirant, et Nonor ne sachant trop comment il achèverait son sauvetage.

Devant lui, à travers un rideau de grands arbres, dont la cime s'élevait à plus de cent pieds de terre, et tout entremêlés d'arbustes, de
plantes herbacées et de fougères aux tiges minces et flexibles, il aperçut des maisons blanches, propres, gracieuses, coquettes. C'était la
ville, pittoresquement assise au bord de la mer. Il était impossible
que Nonor ne trouvât pas là quelqu'un disposé à lui venir en aide.

Il prit Marcus dans ses bras, et commença à gravir un sentier tout
ombragé par des entrelacements de branches, formant un dôme impé-
nétrable. Ce sentier devait le conduire vers la ville. Il se trouva en
face de cabanes en bambous, sortes de nids humains, construits
sous des arbres en fleurs et habités par des Malais. A la porte d'une
de ces cabanes, se tenaient son propriétaire, sa femme et ses enfants,
— quatre ou cinq personnes.

Dans les arbres couraient des singes et voletaient des perroquets
de toutes les couleurs ; sur l'herbe épaisse et drue sautaient les bou-
quetins de la Malaisie, pas plus gros qu'un lièvre de nos contrées.
Dans un petit étang nageaient de magnifiques canards, et à travers
l'eau limpide, on pouvait apercevoir des poissons d'espèces inconnues, lès uns, arrondis comme des disques rayés de jaune et de noir,

portaient sur leurs nageoires dorsales une longue épine dorée ; d'autres avec des becs.

Rien n'était gracieux comme ce tableau de la vie nonchalante et tranquille sous le plus beau climat du monde.

Les indigènes malais sont méfiants, soupçonneux, et n'ouvrent que très difficilement leurs portes aux étrangers.

Cependant à l'apparition de Nonor portant Marcus, le Malais se leva, vint au-devant du nègre et lui dit :

— Celui que tu portes dans tes bras est-il vivant ou mort ?

— Il est vivant, répondit le nègre, mais bien malade.

— D'où viens-tu et où vas-tu ?

— Je viens de là, répliqua Nonor, montrant la mer, et je me dirige vers la ville afin d'y implorer aide et secours pour mon capitaine. Lui et moi, nous sommes de malheureux naufragés. Comment se nomme cette île ?

— L'île du Prince de Galles.

— Et la ville que j'aperçois à travers les arbres ?

— Pinang.

— On y trouve des Français ?

— Oui... les pères des missions étrangères... et d'autres encore.

— Merci !

Nonor voulut continuer sa route, mais le Malais l'arrêta.

— Entre dans ma maison, lui dit-il, il y a place pour toi et ton capitaine ; lui, y trouvera des amis pour le soigner et le guérir ; toi, tu y trouveras de quoi apaiser ta faim et ta soif.

Nonor hésitait, tout surpris de cet accueil.

— J'ai été marin, aussi moi, reprit le Malais avec orgueil, et j'ai commandé une proa qui comptait un équipage de quarante hommes.

A coup sûr il avait dû se livrer quelque peu à la piraterie, ce brave Malais ; mais présentement il était retiré des affaires et vivait là, dans son petit domaine, plus heureux qu'un nabab de Calcutta.

Marcus fut transporté dans une petite chambre de la maison et couché dans un lit placé sur une estrade et entouré d'un moustiquaire afin de le mettre à l'abri des termites et des moustiques, ces fléaux des régions tropicales. Par la fenêtre ouverte, pénétraient toutes les senteurs aromatiques du dehors et l'air vivifiant de la mer. Il était impossible que sous l'action réparatrice de cet heureux climat, dans ce milieu où tout respirait la plus douce quiétude et la sérénité d'une existence tranquille, Marcus ne revînt pas promptement à la santé. La santé physique, cela n'était pas douteux ; mais guérirait-il aussi facilement des perturbations de son cerveau ?...

Nonor voulut s'installer auprès de son capitaine et ne le point quitter.

Le Malais s'y opposa.

— Le meilleur remède à toutes les maladies, lui dit-il, c'est le sommeil. Je sais un moyen de le faire venir et de procurer au malade un repos bienfaisant. Tu vas voir.

Il prit sur une planche un flacon contenant une liqueur d'un jaune d'or et dont le parfum pénétrant emplit subitement toute la chambre, et il en fit avaler quelques gouttes à Marcus.

Nonor n'était pas sans inquiétude sur le résultat de cette médication, et s'il l'eût osé, il s'y fut opposé ; mais il se rassura bientôt. En effet, quelques minutes après l'absorption du généreux liquide, Marcus s'endormit d'un sommeil calme et tranquille.

Le Malais eut un bon sourire.

— Reconnais que je ne t'ai pas trompé, dit-il à Nonor, et viens prendre place à notre repas.

Et il sortit, emmenant avec lui le nègre sous l'espèce de vérandah où se trouvait réunie sa famille.

Lorsque, trois heures plus tard, Marcus se réveilla, il se crut le jouet d'un rêve, mais d'un rêve heureux cette fois.

Le tableau qu'il avait sous les yeux était bien de nature à lui faire douter qu'il se trouvait en face de la réalité.

Il était couché dans un bon lit, calme, reposé et presque sans fièvre. La brise de mer, fraîche et toute saturée de parfums, arrivait jusqu'à lui par la fenêtre ouverte, et dans l'atmosphère toute pleine de rayons d'or, des milliers d'insectes brillants se jouaient au milieu du fluide lumineux, montant, descendant, exécutant dans leur vol rapide les plus capricieuses arabesques. Tout près, à la cime des grands arbres, suspendus aux plus hautes branches, un groupe de singes, grands animaux d'un noir de jais, portant autour de leur museau bistré un colier de barbe d'un blanc mat, causaient avec vivacité. On eût dit de vieux nègres tenant un grand conseil. Bientôt la conversation dégénéra en querelle et la réunion se fit tumultueuse, prête à en venir aux mains. Les femelles et les petits se tenaient prudemment à l'extrémité des branches, criant, gesticulant et envoyant sans doute à leurs adversaires des paroles de mépris et d'exécration. Rien ne ressemblait mieux à une troupe de clowns exécutant dans le cirque une de ces scènes populaires qui font la joie des spectateurs.

Tout à coup, au milieu de ces clameurs, se fit entendre une voix grave et pleine d'autorité, et il surgit de derrière l'épais feuillage un singe d'une taille colossale, à la figure sérieuse, au maintien austère, au pelage brillant, aux membres robustes et vigoureux. C'était sans doute le chef, le roi de cette troupe folâtre qui, vivant à l'écart comme toutes les majestés absolues, avait été troublé dans son royal isolement par les criailleries de ses sujets. Dès que les autres singes l'aperçurent, ils l'entourèrent à distance d'un cercle respectueux et firent silence. Il prononça quelques paroles, et la troupe turbulente se dispersa à travers les branches dans l'ordre le plus parfait.

Cette image de la force et de l'intelligence s'imposant aux masses faibles et ignorantes, fit sourire Marcus.

Dans la chambre — toute fleurie — où s'abaissa son regard, il vit à ses côtés deux groupes, se composant, l'un, de Nonor et d'un gros singe roux qui semblait avoir pris le nègre en grande affection, et qui déjà vivait avec lui sur le pied de la plus complète familiarité. Il se tenait juché sur l'épaule du maître coq et se livrait à d'actives recherches dans la chevelure crépue du noir ; l'autre, plus charmant à coup sûr, de la femme et de la fille du Malais à qui il devait l'hospitalité.

Les deux femmes travaillaient à une robe de mousseline, et de temps en temps la plus jeune levait les yeux de dessus son ouvrage et les portait curieusement vers Marcus.

C'était un type pur et admirablement beau de la jeune fille malaise, à la condition, bien entendu, de ne pas tenir compte de la couleur de sa peau d'un jaune safran. Elle avait des mains d'une petitesse merveilleuse, avec des doigts effilés qui se terminaient par des ongles roses et taillés en ovale ; un front superbe au-dessus duquel se tordaient d'épaisses nattes noires ; des yeux bruns tout chargés de langueur ; des sourcils qui semblaient tracés par le pinceau délicat d'un peintre chinois ; et ses lèvres entr'ouvertes, rouges comme la fleur du cactus, laissaient voir des dents, petites et nacrées, d'une blancheur laiteuse, ce qui démontrait que, jusque-là, elle n'avait pas fait usage de bétel, qui donne aux dents une couleur d'un brun foncé.

Elle portait le simple costume de son pays : un léger corsage flottant et une robe d'indienne peinte ; ses bras nus, souples et arrondis, son cou fin et délicat s'ornaient d'anneaux et de colliers qui, à cause de leur couleur jaune, semblaient faire corps avec son épiderme dorée. N'eussent été ses gracieux mouvements de tête, la mobilité de son regard et le jeu de son aiguille courant dans la mousseline, on l'eût prise volontiers pour une de ces statues devant lesquelles on se prosterne dans les pagodes de l'Inde. Elle se nommait Miria et parlait l'anglais avec un accent de mignardise ajoutant encore au charme qui se dégageait de toute sa personne.

Marcus, tout surpris de cette belle apparition, fit un mouvement pour se lever.

La jeune Malaise se leva, courut au lit et contraignant doucement Marcus à se recoucher, elle lui dit :

— Il faut dormir encore, mon cher seigneur !

Puis de ses doigts fuselés, elle ferma les paupières du marin et revint prendre place à côté de sa mère.

Sur la joue noire de Nonor roulait une larme d'attendrissement et de reconnaissance. S'il l'eût osé, il se fût agenouillé devant la jeune fille.

CHAPITRE XIV

CONVALESCENCE

Marcus Gallois ne tarda pas à reconquérir la santé, et ce fut plus encore l'affection et l'espérance qui contribuèrent à ce résultat que la jeunesse et les bons soins.

Il adorait Miria !...

Les longues heures passées en tête à tête avec la jeune fille, avaient fait naître en lui un sentiment idéal ; il payait son tribut à la nature. Les jours, les semaines, les mois mêmes s'étaient écoulés sans qu'il songeât au départ. Il avait oublié la France, les perfidies et les mauvais traitements de John Keep, ses projets de purger les mers des forbans, des bandits, des pirates, des trafiquants de chair humaine ; de protéger les faibles contre les forts, les opprimés contre les oppresseurs ; il ne voyait plus dans la nature ni monstres, ni fauves, ni scélérats à combattre et à anéantir. En un mot, ses idées s'étaient transformées, et, se trouvant heureux, il pensait que tous devaient l'être. Le don Quichotte devenait, sans s'en douter, un vulgaire égoïste. Peut-être n'avait-il pas absolument tort.

Mais, nous l'avons dit, Marcus Gallois n'était point né pour le bonheur et les joies tranquilles de la famille ; les déceptions, la souffrance, les luttes épiques devaient seules occuper et remplir sa vie.

Là où il avait cru trouver la femme, il n'existait en réalité que l'esclave. C'était, en effet, du sang d'esclave qui coulait dans les veines de la jeune Malaise. Elle était douce, caressante, humble même, mais comme toutes les races inférieures, elle n'avait que des instincts et point de cœur.

L'espoir qu'il caressait en secret d'épouser Miria et de passer sa vie sur ce sol privilégié où s'était offerte à lui une si cordiale hospitalité, surgit un matin qu'il se promenait avec Nonor dans cet Eden, dont on pouvait presque en une journée faire le tour à l'abri des arbres qui lui font une ceinture toujours verte, et qui, avec ses plaines, ses vallées, ses fleuves et même ses montagnes, représentait à lui tout seul un monde en miniature. Tout le conviait, du reste, à réaliser le rêve d'une existence à deux dans ce nouveau paradis terrestre où il croyait avoir trouvé l'Eve : c'était le ruisseau babillard qui serpentait entre les larges feuilles de lotus, les hautes tiges de bambous et les aréquiers; c'était la nature toujours en fleurs, printemps perpétuel, véritable image d'un inaltérable bonheur ; c'était l'existence facile, presque sans travail, que lui offrait cette île fortunée, où la nature avait semé tout ce qui est nécessaire à la vie de l'homme, où il n'était besoin pour être riche ni de grands domaines, ni de gros revenus. Ce fut, enfin, un incident bien inattendu qui le créait tout à coup l'égal, par la fortune, des plus considérables habitants de l'île.

Il était arrivé au pied de la montagne verdoyante et élancée qui domine la ville comme un gigantesque observatoire, et s'apprêtait à gravir le sentier en spirale qui y conduit, s'arrêtant à chaque pas à la contemplation des mystérieuses maisonnettes enfouies sous les fleurs ou à demi voilées par des bouquets d'arbres, lorsqu'il fit la rencontre d'un des prêtres des missions étrangères. Son costume disait non seulement sa profession, mais encore sa nationalité.

Marcus s'empressa de le saluer dans la langue de la commune patrie.

Le missionnaire s'arrêta et lui ayant rendu son salut, lui demanda :

— Vous êtes Français, monsieur ?

— Oui, répondit Marcus.

— Je suis heureux de rencontrer un nouveau compatriote dans cette île malaise, si loin de la France ; et si vous voulez bien, dans vos promenades, vous arrêter à notre maison, notre directeur sera heureux de vous y recevoir. C'est pour nous une joie bien grande lorsqu'un Français vient frapper à notre porte.

— Je sais, répliqua Marcus, que tous ceux qui se présentent chez

vous sont accueillis par un sourire et d'affectueuses paroles. Je ne
manquerai pas de vous rendre visite un de ces plus prochains jours.

— J'annoncerai votre visite à nos pères, dit le prêtre, et si nous
devons voir en vous un nouveau résident, ce nous sera un vrai
bonheur. Vous venez à Pinang pour y faire le commerce ?

— Non, mon compagnon et moi, nous sommes marins. C'est un
accident de mer qui nous a conduits dans cette île.

— J'ignorais, répliqua le missionnaire, qu'il y eût un navire français dans le détroit.

— Il n'y en a pas, que je sache. Nous avons été jetés à la côte sur
un radeau, à la
suite d'une vio-
lente tempête, et
recueillis de la fa-
çon la plus cordia-
le par une famille
malaise.

— Mais il y a
quelques mois de
cela, il me semble.
J'ai, en effet, en-

tendu dire qu'on
avait trouvé des
épaves le long de
la côte.

— Oui, répon-
dit Marcus en
rougissant sans
trop savoir pour-
quoi.

— Excusez-moi,
monsieur, si la
question que je vais vous adresser vous paraît indiscrète. Vous en
saurez la cause tout à l'heure. Votre nom, s'il vous plaît ?

— Marcus Gallois.

Le prêtre fit un geste de surprise.

— Second capitaine à bord du *Jeune Henri*, un trois-mâts du port
de Saint-Nazaire ? demanda-t-il.

— Oui ! fit Marcus plus surpris encore que ne l'avait été le missionnaire.

— Et, ajouta celui-ci, votre compagnon se nomme Nonor et était
cuisinier à bord du même navire ?

— C'est bien cela !.. Mais comment savez-vous ?...

Nonor ouvrait les yeux et les oreilles et, superstitieux par nature,
croyait à quelque miracle.

— Si vous voulez bien m'accompagner à notre collège, répondit le prêtre en souriant, vous aurez l'explication de ce que mes paroles peuvent avoir d'extraordinaire pour vous.

— Volontiers, répliqua Marcus un peu anxieux de ce qu'il allait apprendre.

Il suivit le guide obligeant qui le conduisit au collège de Poulo-Ticoux, administré par les missionnaires français.

Là, ils trouvèrent le directeur de la mission qui leur fit l'accueil le plus empressé et communiqua à Marcus un exemplaire du journal *The Singapore Free Press,* lequel contenait l'annonce suivante :

« AVIS IMPORTANT. — Quiconque pourrait fournir des renseigne-
» ments sur les nommés Marcus Gallois, ayant été second capitaine
» à bord du trois-mâts-barque français, le *Jeune Henri*, du port de
» Saint Nazaire (Loire-Inférieure), et Nonor, nègre, cuisinier sur le
» même navire, est prié de les transmettre, soit à Calcutta, soit à
» Madras, soit à Bombay, au chancelier du consulat français ou à
» l'agence du Comptoir d'escompte de Paris ; soit à Singapore, au
» consulat de France, ou chez MM. A. Renard et Ce, négociants fran-
» çais ; soit enfin par lettre au notaire soussigné. Pour le cas où le
» présent avis parviendrait à Marcus Gallois, il est prévenu que
» l. C. Vandersluys, son parrain, est décédé lui léguant toute sa
» fortune qui s'élève à environ trois cent mille francs. Sur la justifi-
» cation de son identité, les personnes et agents sus désignés sont
» autorisés à lui faire telles avances dont il pourrait avoir besoin. »

Cet avis était signé Louis Besnard, notaire à Saint-Nazaire-sur-Loire (France).

Plus bas se trouvait l'approbation du directeur du Comptoir d'escompte de Paris, dont la signature était légalisée par l'autorité compétente.

— Ainsi vous voilà riche, monsieur Marcus Gallois, lui dit le directeur des missions, et il vous suffira de justifier de votre identité pour trouver les moyens vous facilitant un prompt retour en France.

Rentrer en France !... Il n'y songeait nullement !

Toutefois, une larme amère vint mouiller ses yeux au souvenir de

6

son excellent parrain qui, seul, peut-être, ne l'avait pas cru capable
du crime de désertion.

Restait à fournir la preuve de son indentité.

C'était bien difficile.

Il en fit la remarque au missionnaire.

— C'est vrai, dit celui-ci, rien ne prouve légalement, si vous
n'avez conservé aucuns papiers, que vous êtes Marcus Gallois. Quoi
qu'il en soit, je me mets à votre disposition pour faire constater votre
naufrage et votre arrivée dans l'île, et la bourse de notre commu-
nauté vous est ouverte pour payer votre passage à Singapore par le
plus proche steamer.

— Des papiers ! déclara Nonor qui jusque-là avait gardé le silence,
mais en voilà !...

Et il tira de sa poitrine le livre de bord du *Fils du Diable* qu'il
avait précieusement conservé.

— Qu'est cela ? demanda le supérieur des missions.

— C'est le journal du navire que nous montions au moment du
naufrage ; il relate notre engagement et porte notre signature.

— Voilà qui lève les difficultés : l'identité sera établie par des
signatures qu'on comparera à celles de ce journal, et si elles sont
semblables, vous serez mis en possession de l'héritage dès votre
arrrivée à Singapore.

Marcus remercia les pères des missions de leurs bons offices et de
leurs offres bienveillantes ; il prit le numéro du *The Singapore Free
Press* et quitta les missionnaires, après leur avoir promis de revenir
bientôt les voir.

Lorsqu'il fut dehors, il dit au nègre :

— Tu as fait preuve d'intelligence en t'emparant du livre de bord
du *Fils du Diable*. Je te devais déjà la vie, maintenant je te dois la
fortune : part à deux !

— Vous ne me devez rien, répondit Nonor ; et je me tiendrai pour
heureux si vous me gardez avec vous.

— Même pour rester à Pinang ?

Nonor eut un regard à la fois surpris et chagrin.

Il rêvait de la France, le pauvre noir, et ne comprenait pas que, pouvant y revenir, Marcus préférât habiter l'île du Prince de Galles. Il ne songeait pas à Miria, lui, Nonor !

— Même pour rester à Pinang, dit-il après un temps de silence.

Marcus avait la joie au cœur.

Il allait pouvoir réaliser son rêve, mais cette fois avec le luxe et le confort que donnent la fortune. Ce n'était plus une simple maisonnette qui abriterait son ménage, ce serait un vaste domaine qu'il créerait sur un des versants de la montagne, dans quelque vallée délicieuse, entourée d'arbres aux fruits savoureux et de fleurs aux enivrants parfums. Et là, en compagnie de sa femme, de Nonor et de quelques amis fidèles, s'écoulerait doucement sa vie jusqu'au jour où il irait rejoindre, dans l'infini, son cher parrain.

Mais nous l'avons dit, cela n'était qu'un rêve !...

Il courut plutôt qu'il ne marcha pour arriver plus vite chez ses amis les Malais. Il voulait, sans plus tarder, demander la main de Miria.

« C'est en marchant doucement qu'il faut aller au devant du bonheur, et c'est en courant qu'il faut aller au devant de l'adversité. »

La vérité de ce proverbe asiatique allait se démontrer encore une fois.

En effet, la douloureuse surprise qui l'attendait chez ses hôtes devait ébranler complètement sa raison et lui enlever sa plus chère — disons pour être plus vrai — sa dernière illusion.

CHAPITRE XV

LA FIN D'UNE IDYLLE

 l rencontra sous les arbres la femme du Malais qui le salua d'un :

— *Tabe toan !* salut, mon seigneur !

Puis, comme il allait s'engager dans l'escalier conduisant à la vérandah, il entendit des cris joyeux, des rires, des clameurs et des voix masculines qui s'exprimaient dans le plus pur accent anglais.

Marcus éprouva une vague appréhension qui lui serra le cœur, et sa jalousie s'éveilla.

Qu'étaient ces gens qui semblaient en si bons termes avec Miria et sa famille ?

Il voulut le savoir sans se montrer, et pour arriver à ce but, se glissa en cachette dans sa chambre, voisine de celle d'où s'échappaient ces clameurs joyeuses et ces accents britanniques.

Non seulement il entendit, mais encore, par une porte mal jointe, il vit ce qui se passait là.

Quelle déception, grand Dieu !

La colère, l'indignation, le mépris, le suffoquèrent ; et ce fut heureux sans doute, car, s'il eut cédé à l'entraînement d'un premier mouvement, la comédie se fut changée en drame.

Dans cette chambre se trouvaient réunis la famille malaise et deux marins anglais appartenant au petit état-major d'une frégate sur rade. Tout ce monde-là riait, chantait et s'abreuvait de ginger-bier. Miria, assise sur une natte, à côté d'un des marins, jouait avec les breloques et la chaîne de montre de celui-ci ; elle le contemplait avec une joie rayonnante. Ses parents semblaient attendris de ce spectacle touchant.

— Veux-tu me suivre à Londres ? demanda le matelot.

— Oui, quand tu m'auras épousée, répondit la jeune fille.

— Bon ! Alors il s'agit de naviguer habilement et d'en remontrer au commandant. Ça sera pour un de ces soirs. Tiens-toi prête.

L'Anglais fouilla dans ses poches et en tira une foule de bibelots sans valeur provenant des fabriques de Sheffield, de Birmingham et de Londres.

— Distribue cela à tes parents, ajouta-t-il en jetant toute cette bimbeloterie dans la jupe de Miria.

Enfants et grandes personnes se précipitèrent avec des cris de joie sur ces joujous, qu'ils se partagèrent.

— Elle est gentille, la petite, dit en se rapprochant de son compagnon celui des deux Anglais qui n'était pas le favori de Miria ; mais qu'est-ce que tu feras à Londres de cette sauvagesse couleur de miel ?

— Hé ! répond William, mon temps de service est terminé ; je monte un bar américain dans Pall Mall, le quartier des grands clubs, et j'installe Miria, que je fais passer pour la fille d'un prince indien, au comptoir. Une princesse jaune, ça ne se voit pas tous les jours dans une taverne anglaise. Elle me servira d'enseigne.

— Tiens ! pas bête ton idée !... Mais comment l'introduire à bord ?

— De nuit et sous un costume de mousse.

— Et après ?

— Après ça, vogue la galère ! nous serons en route pour Londres.

— Le commandant se mettra en colère !

— Un peu... beaucoup même. Mais il ne la fera pas jeter à la mer, je suppose...

— Non !

— Eh bien, je n'en demande pas davantage.

Ils rejoignirent la famille malaise et recommencèrent à boire et à discourir.

Marcus, cachant dans ses mains sa figure empourprée par la honte, s'était laissé tomber sur un banc.

Nonor, qui ne connaissait pas le secret du jeune marin, le regardait avec un mélange de curiosité et d'inquiétude, essayant de deviner quelles causes pouvaient amener ce profond accablement, succédant à une joie dont il n'avait pas fait mystère.

Tout à coup Marcus se leva.

— Viens ! dit-il à Nonor. Partons ! Je ne saurais rester une heure de plus dans cette maison.

— Où allons-nous ? demanda le nègre.

Mais Marcus ne l'entendait plus : il était déjà sur l'escalier.

— Et moi qui le croyais guéri ! murmura tristement Nonor.

Il brandit son énorme poing et s'écria :

— Ah ! ce John Keep !!! Si jamais je le rencontre !...

Puis il suivit son chef.

Celui-ci s'en allait tête nue, tout droit devant lui, jetant au vent mille paroles incohérentes, incompréhensibles pour son compagnon.

— Capitaine !... capitaine !... criait-il essayant de suivre Marcus dans sa marche désordonnée le long du rivage.

— Oui, oui, répondait Marcus, je t'entends, mon bon Nonor ! Nous allons quitter l'île... aujourd'hui même... nous reprendrons la mer. J'armerai un navire à Singapore ; nous lutterons contre John Keep et ses semblables ; nous les anéantirons tous... tous !

Et sa marche devenait plus rapide, plus saccadée, plus enfiévrée.

Elle lui semblait odieuse maintenant cette île qui, naguère encore, avait tant de charmes pour lui, et chaque fois qu'une femme malaise surgissait à travers les sentiers et apparaissait sur une vérandah, il poussait un cri rauque qui épouvantait l'oiseau niché sous la feuillée ou le singe gambadant au milieu des branches.

Cette course folle dura plusieurs heures.

Il arriva enfin un moment où Marcus tomba épuisé au pied d'un arbre.

La nuit était arrivée.

La brise du soir, toute saturée des parfums de l'île, le calma un peu.

— Capitaine, lui dit doucement Nonor, ne voulez-vous pas rentrer ?

Et comme le jeune marin gardait le silence, il le prit par le bras et l'aida à se remettre sur pied.

Ils marchèrent ainsi, côte à côte, et traversèrent la ville pour abréger le chemin, Marcus se laissant conduire comme un enfant.

Sans y songer, ils arrivèrent au collège des missionnaires.

Nonor eut une subite inspiration.

— Entrons chez les Français, se dit-il. Mieux vaut cette maison pour Marcus Gallois que celle du Malais.

Ils entrèrent.

— Mon capitaine est malade, dit simplement Nonor au missionnaire qui se présenta.

— Soyez les bien venus ! répondit celui-ci.

On les mena dans une pièce où il y avait deux hamacs, et on leur servit à souper. Marcus refusa toute nourriture et se jeta tout habillé sur un des hamacs. Nonor, seul, fit honneur au souper des missionnaires.

Il estimait, le brave garçon, qu'il ne faut se résigner au jeûne que lorsqu'on n'y est contraint par la famine.

Et il n'avait pas tort.

Trois jours plus tard, grâce au concours des missionnaires français Marcus et Nonor prenaient passage sur un navire qui allait les conduire à Singapore.

C'est ainsi que se termina l'idylle charmante de Marcus Gallois.

CHAPITRE XVI

ingapore — la ville du lion — sur l'îlot de ce nom, à l'extrémité de la presqu'île de Malacca, n'existait pas il y a soixante ans.

Elle a été fondée par sir Thomas Riffles en 1819 et s'est développée, sous l'influence de l'appât du lucre et du bien-être, par le génie européen, fécondé d'un auxiliaire puissant : la liberté! Où jadis ne se trouvaient que quelques habitations malaises, perchées sur le rivage, demeures de pirates et de pêcheurs, existe aujourd'hui une ville florissante dont la population s'élève à cent mille habitants.

La rade de Singapore est vaste et sûre, et les marchandises, provenant de toutes les parties du monde, y sont reçues en toute franchise. Dans les rues où s'alignent de beaux monuments publics, des églises, des mosquées, des temples hindous, des maisons de jeu chinoises, de confortables maisons européennes, d'immenses magasins regorgeant de marchandises et des bazars de toutes sortes, on coudoie l'iman coiffé de son turban, le bonze drapé dans sa longue robe, le brahme presque nu, le ministre protestant étranglé dans sa cravate

blanche et le missionnaire catholique enseveli dans sa soutane. Tout
ce monde, aux opinions, aux doctrines, aux goûts si divers, vit en
paix parce que chacun est animé de l'esprit de tolérance, et que toutes
les libertés y sont sérieusement pratiquées.

Singapore présente ce spectacle curieux qu'on n'y voit ni créneaux,
ni murailles, ni fortifications d'aucune sorte; cela change un peu les
voyageurs qui arrivent de Goa, de Java et de Manille où les prohibitions,
l'intolérance religieuse et la frénésie du militarisme paralysent tous
les développements et viennent en aide aux vieux préjugés. Disons
cependant, pour être vrai, qu'il existe à Singapore, sur un coin de
terre isolé, un tout petit fort, armé de canons hors de service et des-
servis par de pacifiques cipayes. Cette construction inoffensive, sacrifice fait au préjugé militaire, suffit pour donner aux Malais la croyance
que cette place est inexpugnable. Cette confiance est à l'éloge de l'Angleterre.

Le steamer sur lequel Marcus Gallois et Nonor avaient pris passage traversa la crique séparant la ville anglaise de la ville commerçante et vint mouiller en face de celle-ci.

Tous les pavillons et tout ce qui a été inventé de machines flottantes depuis l'arche biblique, semblent s'être donné rendez-vous dans
la rade de Singapore. On y trouve des jonques chinoises, véritables
villes flottantes, de lourds vaisseaux cochinchinois, imitations par à
peu près des constructions navales européennes, des proas malaises
effilées des deux bouts, des chebecs arabes, sveltes et élancés, de
vieux bateaux de Siam qui flottent depuis des siècles, des steamers
des compagnies anglaises et françaises, de pesantes galiotes hollandaises et des navires espagnols, portugais, suédois et norvégiens.

Vu de la grande rade, Singapore a un aspect charmant.

Les habitations, gaies à l'œil par leur éclatante blancheur et leur
entourage de muscadiers et de girofliers, sont plantées sur les coteaux
arrondis de l'île avec une entière indépendance; on voit que chacun
s'est fait un nid, au milieu des arbres et des fleurs, en ne consultant
que sa fantaisie et son goût.

Quelques-unes de ces habitations sont précédées d'une avenue ombragées par des cotonniers, des bananiers et bordées d'ananas au fruit d'un jaune d'or que surmonte une aigrette d'un vert intense.

Descendu à terre, Marcus, suivi de Nonor, se fit conduire chez M. Renard, le négociant français auquel il devait s'adresser. Il trouva en celui-ci un homme d'une obligeance extrême et tout disposé à le servir.

Après avoir entendu le récit des tristes aventures des deux marins, M. Renard les mena chez le consul français, où les constations nécessaires à l'établissement de leur identité furent faites.

— Maintenant, dit-il à Marcus, puisez dans ma caisse; elle vous est ouverte.

— Quelle somme pouvez-vous mettre à ma disposition?

— Fixez-là vous même.

— Cent mille francs?

— Cent mille francs, soit!... Quels sont vos projets?

— Acheter un navire, recruter un équipage et me livrer à la navigation dans l'archipel malais.

— J'espère, dit M. Renard en souriant, que vous ne ferez pas la folie de courir après l'infâme John Kepp.

Marcus ne répondit pas, mais une flamme ardente illumina son regard. Sans s'en douter, le négociant français venait de déposer dans l'esprit de Marcus le germe d'une espérance qu'il n'avait point, jusque-là, nettement osé concevoir.

— En attendant l'achat d'un navire et le recrutement d'un équipage, ce qui demandera un certain temps, il faut songer à vous. Tout vous manque, sans doute! Venez à mon bureau, je vais vous faire donner une somme comptant et un livre de chèques au moyen desquels vous payerez vos achats. En même temps, vous signerez cent mille francs de traites que nous adresserons en France par le premier paquebot. Vous pourrez profiter de l'occasion pour écrire au notaire de Saint-Nazaire. Et puis, je vous ferai conduire à l'hôtel de l'Espérance, qui est tenu par un de nos compatriotes. N'espérez pas trouver là le luxe d'un hôtel européen; mais, malgré sa simplicité un peu primitive, vous y serez bien. Enfin, faites-moi l'amitié d'accepter ce soir le dîner

que j'offre à mes amis; cela vous permettra de faire connaissance
avec la société de Singapore. C'est dit n'est-ce pas?

Marcus s'empressa d'accepter.

Pendant cette conversation, ils étaient revenus au comptoir du
négociant français. Celui-ci les fit conduire par un de ses employés à
l'hôtel de l'Espérance où on les installa dans deux chambres situées
au rez-de-chaussée. Les murs étaient nus, blanchis à la chaux; un
miroir, quelques patères, deux ou trois chaises en rotin, une grande
cuvette en porcelaine de Chine, une table et un lit composaient tout
le mobilier. Les lits étaient de grands cadres en jonc, garnis d'une
natte de palmier et de deux traversins, et cachés sous des mousti-
quaires. On couche sur ces lits tout habillé, c'est-à-dire vêtu d'une
sorte de robe de chambre très ample en toile des Indes.

Le soir, grâce à la diligence de son hôtelier, Marcus se présentait
chez M. Renard sous la tenue correcte d'un gentleman.

Les invités du négociant français étaient reçus dans l'avenue pré-
cédant l'habitation par des domestiques chinois, vêtus de blanc et
portant des torches enflammées; un péon indien, enveloppé dans
une longue robe blanche et coiffé d'un turban de mousseline, faisant
office de majordome ou d'huissier, introduisait les convives jusqu'à
la galerie où se tenaient le maître et la maitresse de la maison. Cette
galerie se composait de trois grandes pièces, séparées par des com-
partiments à jour à travers lesquels s'entrelaçait la flore grimpante
de l'Inde. La lumière se jouait au milieu des fleurs et de la verdure.
Là, tout ce que l'Inde et la Chine fournissent de raretés et d'œuvres
artistiques se trouvait réuni.

Dans la salle à manger, éblouissante de lumière et toute pleine
du parfum des fleurs, se tenaient de jeunes Chinois, agitant d'immenses éventails faits de feuilles de palmiers-raquette, afin de rafraî-
chir l'atmosphère. Par les larges baies, closes seulement d'un moustiquaire, l'on voyait s'agiter dans les jardins, semblables à des
étincelles vivantes, tous les insectes lumineux de la nuit.

C'était féérique.

Derrière chaque convive, se tenait un domestique hindou vêtu d'une tunique blanche et portant des anneaux d'argent au poignet et à la cheville nus. Les dames étaient servies par de jeunes Chinois âgés de dix à douze ans, très attentifs à leur service et vêtus avec une certaine élégance. Ces jeunes garçons sont utilisés comme femmes de chambre par les dames anglaises et américaines; ce sont eux qui lacent les brodequins et agraffent les robes.

Ce grand luxe asiatique, cette tiède atmosphère, ces femmes en toilette de bal, fraîches, roses, rayonnantes, et surtout cette gaieté française, si entraînante, si communicative, firent oublier à Marcus Gallois la maison malaise de Pinang et l'inconstante Miria.

Après le dîner, M. Renard présenta Marcus à un négociant chinois qui s'offrait à lui vendre un navire et à lui trouver un équipage.

— Acceptez l'offre de mon ami Chung, dit M. Renard au jeune homme, vous n'aurez point à vous en repentir, je crois.

— J'accepte de grand cœur, répondit Marcus, mais à une condition, c'est que je n'aurai à débattre aucun prix avec M. Chung. Toutes les questions d'argent seront réglées entre vous et lui.

Le négociant français sourit. M. Chung s'inclina en guise d'acquiescement — pas très satisfait, sans doute, de cet arrangement, mais se gardant bien de le laisser voir — et il demeura convenu que Marcus se rendrait le lendemain chez le Chinois, dont la maison était voisine de la rade intérieure où se trouvait le navire.

— Restez notre hôte jusqu'à demain matin, dit M. Renard à Marcus; je vous conduirai moi-même chez M. Chung.

La ville européenne est séparée de la ville commerçante par une rivière que traversent deux ponts. Chaque quartier est divisé selon la population qui l'habite. Ainsi, il y a des rues anglaises, des rues indiennes, des rues malaises et des rues chinoises.

Ce fut vers le quartier chinois que M. Renard et Marcus se dirigèrent le lendemain.

Marcus éprouva une grande surprise de l'animation fiévreuse qu'il vit là. A Singapore, les fils du Céleste Empire ne sont plus les indolents fumeurs d'opium qu'on trouve dans presque tous les ports chinois; ils sont actifs, affairés et toujours en quête d'un gain quelcon-

que ; leur quartier est encombré d'étalages, de marchandises de toutes
sortes et l'intérieur de leurs maisons est mieux garni que nos plus
immenses bazars. Ce sont de véritables arches de l'industrie humaine.
On y trouve de tout: la botte vernie, la poudre à poudrer, du cham-
pagne, des bibelots de la fête de Saint-Cloud, des articles de Paris,
des poupées mécaniques... et des cercueils.

M. Chung mena les deux Français voir le navire qu'il se proposait
de vendre à Marcus.

C'était un cutter de guerre anglais, mis à la réforme par suite
d'avaries. Le Chinois l'avait fait radouber et mettre en bon état. Il
portait quatre canons, pouvait suffire à cent hommes d'équipage et
devait faire un excellent service pour la navigation dans l'archipel.

— Les canons vous seront inutiles, dit le Chinois à Marcus ; si le
navire vous convient je les ferai descendre à terre.

— Le navire me convient, répliqua Marcus ; et je garde les canons.

On discuta le prix : M. Renard et le Chinois tombèrent d'accord à
30,000 francs.

Marcus ne voulant point qu'on connût ses projets, déclara qu'il
entendait s'occuper lui-même de l'armement du navire et que, dans
la journée, il en prendrait possession avec son matelot Nonor, qui
était resté à l'hôtel de l'Espérance.

— En ce cas, fit observer M. Renard, il est bon que vous connais-
siez le quartier malais, situé hors de la ville. C'est là que vous recru-
terez vos meilleurs matelots. Je vais vous y conduire. Puis, je vous
ramènerai ensuite à votre hôtel.

Après avoir pris rendez-vous pour l'après-midi avec le Chinois,
Marcus suivit M. Renard.

Les maisons malaises sont construites, au moyen de pilotis, sur
une rivière qui descend du point le plus élevé de l'île et communi-
que avec la mer. Tous les jours la marée envahit le lit de la rivière, le
lave et le nettoie et emporte avec elle les détritus organiques aban-
donnés au courant ; cela suffit pour placer les maisons dans de bonnes
conditions de salubrité. Plusieurs villes de l'archipel malais, Achem
et Holo par exemple, sont construites ainsi et placées sur des terrains

que le flux envahit journellement, et comme Singapore, elles ne laissent rien à désirer sous le rapport de la salubrité.

C'est dans la ville malaise que se trouvent les établissements où l'on prépare le sagou.

Tout le monde sait que le sagou est une substance féculente que l'on retire de la moelle d'un palmier qui croît en abondance à Bornéo, à Sumatra et aux Célèbes. Les troncs de ces arbres sont apportés à Singapore, on les fend longitudinalement et on enlève les parties qui en occupent le centre. On lave cette moelle à grande eau au-dessus d'un tamis qui retient les fragments ligneux et laisse passer le fécule. Puis, lorsque cette pâte est suffisamment sèche, on la roule sur une tôle en cuivre convenablement chauffée, jusqu'à ce qu'elle soit réduite en petits globules.

Ce sont de jeunes femmes malaises de quinze à vingt ans qui se livrent à la préparation du sagou; elles sont nues jusqu'aux hanches, toujours inondées de sueur et travaillent avec une extrême rapidité.

Dans les rues, Marcus vit des enfants jaunes, blancs, noirs, cuivrés, jouant dans les carrefours et formant sur le sol où ils étaient accroupis une sorte de marqueterie vivante; des cultivateurs chinois portant suspendues à un bambou des portions de boas ou de singes, ou bien conduisant des tigres solidement garrotés; des marchands anglais achetant et vendant des nids d'oiseaux, des ailerons de requins et de ces vers de mer connus sous le nom d'olothuries; et tout un monde d'ouvriers malais exposant dans leurs boutiques des bijoux admirablement ciselés.

M. Renard le fit entrer dans une école où un vieux Malais à barbe blanche enseignait à lire à une vingtaine d'enfants, tous accroupis sur le plancher.

— Vous croyez peut-être que ces enfants apprennent à lire dans un livre écrit en malais? dit-il à Marcus. Eh bien, non! ce qu'ils psalmodient à tue-tête, c'est de l'arabe... le Coran.

— Et ils le comprennent?

— Pas le moins du monde; mais comme Mahomet a écrit sa loi en arabe, c'est en arabe qu'on doit l'apprendre... sans le comprendre.

La traduire serait s'exposer à en altérer le sens et à commettre un sacrilège.

Marcus allait répliquer par une réflexion philosophique; mais ils étaient arrivés à l'hôtel.

Ils entrèrent.

CHAPITRE XVII

ADIEU-VA!

dieu-va! Telle est l'exclamation qui s'échappe de la bouche du marin quand il quitte le port pour commencer sa course à travers l'Océan. Ce cri est comme un avis donné à l'équipage et au hunier de se tenir prêt à virer de bord. Autrefois cette manœuvre était regardée comme si dangereuse, qu'on croyait devoir se recommander à Dieu. Aujourd'hui ce n'est plus qu'une sorte d'invocation pour exprimer que l'on se confie à la divinité dans ce voyage lointain.

A bord du cutter, la *Revanche* — c'était le nom que lui avait donné Marcus — il n'y eut que celui-ci, son second, un Français, et Nonor, élevé aux fonctions de maître d'équipage, qui poussèrent ce cri au moment où le navire abandonnait la rade de Singapore.

7

Tout le reste de l'équipage se composait d'affreux païens, cependant superstitieux comme le sont les enfants, les vieilles femmes... et les marins, quels que soient leur pays et leur religion.

En Europe, depuis l'amiral jusqu'au mousse ; en Asie, depuis le commandant des forces navales jusqu'au lascar, y compris le pirate malais et le matelot arabe, tous croient que c'est un funèbre augure que de commencer un voyage le vendredi, — jour de la consécration chez les musulmans et de la mort de Jésus pour les chrétiens. Or, le cutter appareillait précisément un vendredi!... Dans la pensée de l'équipage, le voyage devait se signaler par toutes sortes de calamités.

Mais pourquoi n'y avait-on pas songé plus tôt ? A dire vrai, nul ne croyait au départ pour ce jour-là. L'ordre de Marcus était arrivé subitement, et l'on avait dû s'y soumettre, pas sans quelques murmures, toutefois.

Un froncement de sourcils du capitaine eut bientôt raison de ces murmures.

Au reste, les Bengalis, les Malais et les Chinois des ports de mer sont assouplis à l'obéissance passive.

— Bravo, capitaine ! dit une voix derrière Marcus.

Celui-ci se retourna et se trouva en présence du docteur Railli, qu'il félicita de ne pas partager les préjugés des autres asiatiques.

Le médecin sourit en montrant des dents blanches, superbes, et des lèvres teintées du plus chaud incarnat.

C'était un jeune homme de vingt-cinq à vingt-huit ans, avec des yeux bleus ombragés de longs cils, et des cheveux noirs bouclés qui flottaient sur ses épaules.

— Oh! répliqua-t-il; je ne suis ni Malais, ni Hindou, ni musulman, ni même Chinois.

— Européen, peut-être ? demanda Marcus.

— Pas davantage. J'appartiens à la nation guèbre ou parsis, c'est-à-dire que je suis d'une race maudite dans l'Inde. Mes ancêtres habitaient la Perside ancienne. Moi, je suis né à Bombay, où mon père était le représentant d'une maison de commerce française. J'ai fait mes études médicales à Paris. C'est vous dire que sans renier la religion des

mages, je me suis affranchi de presque toutes les croyances supers-
titieuses de l'Inde. Le mépris dans lequel les musulmans et les brahmanes tiennent ma race, m'a fait prendre l'existence de Bombay en
dégoût. J'avais quelque fortune et la passion des voyages. Je suis
venu m'établir à Singapore, une ville cosmopolite, tolérante, où la
division par caste est inconnue, où, que l'on soit chrétien, juif, musulman, sectateurs de Zoroastre ou de Vichnou, chaque homme n'a de
valeur que celle qui lui est personnelle. Là, nous nous sommes ren-
contrés, vous m'avez plu, et j'ai accepté de faire avec vous, en qualité de médecin, un voyage d'exploration autour de l'île de Sumatra.

— Pas plus loin? interrogea Marcus dont le cœur s'ouvrait à la
sympathie.

— Plus loin encore, si vous le désirez. Je vous en ai fait l'aveu
tout à l'heure: j'ai le goût des voyages et l'esprit aventureux.

— Aimez-vous les Anglais, docteur Railli?

La question sembla singulière au médecin.

— Je ne saurais dire qui je déteste, étant trop jeune encore pour
avoir connu la haine, répondit-il; mais je puis vous affirmer que j'aime
la France et les Français, tout ce qui est noble, grand, généreux, et
que je suis prompt à l'enthousiasme. Cela vous suffit-il, capitaine?

— Oui, monsieur.

— Voulez-vous me permettre d'ajouter que les émotions violentes
ne me déplaisent pas, et que si je dois en trouver en votre compagnie, vous me verrez disposé à vous suivre... jusqu'au bout du monde.

— De sorte que si les excursions de la *Revanche* avaient un autre but
qu'une simple exploration, c'est-à-dire s'il s'agissait de satisfaire une
légitime vengeance, de secourir les faibles et les opprimés, de punir
les lâchetés et les oppressions de la force, vous n'y seriez pas rebelle?

— En aucune façon. Mon concours vous serait acquis de la façon
la plus absolue.

Marcus mit sa main dans celle du médecin et lui dit:

— Je vous remercie, mon cher docteur; et à mon tour je vous
promets des émotions de toutes sortes, mêmes les plus violentes.

— Sur mer?

— Sur mer et sur terre... selon l'occasion. Vous venez de me donner une preuve de sympathie. Je vous dois en échange une preuve de confiance. Sachez donc quels sont mes projets et le but auquel j'ai consacré ma vie.

Et alors, cédant à l'exaltation que faisait naître dans son cerveau malade le souvenir du piège infâme que lui avait tendu l'Anglais John Keep, Marcus Gallois fit au docteur Railli un tableau si dramatique et si saisissant des actes de piraterie et de cruauté dont il avait été témoin, il raconta d'un accent si ému l'incendie du brick, allumé par Keep lui-même et dévorant d'innocentes victimes, que le jeune médecin, prompt à l'enthousiasme ainsi qu'il l'avait déclaré, s'empressa d'applaudir à la résolution de Marcus de courir sus à tous ces forbans de la mer, et de se vouer à la défense du faible contre le fort, du persécuté contre le persécuteur.

— C'est une noble mission que vous avez entreprise, s'écria-t-il grisé par l'accent âpre et fermement convaincu de Marcus Gallois, et je m'y associe corps et âme. J'avais de la sympathie pour vous: maintenant c'est de l'admiration que j'éprouve.

C'était, en effet, très chevaleresque ce que voulait faire Marcus; mais, convenons-en, il ne faut pas toujours obéir aux entraînements irréfléchis, même les meilleurs !

Forts et faibles, persécuteurs et persécutés, dévorant et dévorés, il n'y a que cela sur la terre, sous les flots et dans les airs, hommes et bêtes s'égorgent, s'entre-tuent et se dévorent. Si telle est la loi générale, le but de la création, — et on serait tenté de le croire, — il est largement atteint !...

Nul être humain ne saurait, sans être victime, intervenir dans ce duel entre tout ce qui a vie ici-bas.

C'était pourtant cette chimère que caressait Marcus et son nouvel ami. L'un était fou et l'autre était jeune, ce qui est souvent la même chose! Nonor avait entendu toute cette conversation.

— Allons ! se dit-il avec un gros soupir, ce n'est pas encore ce médecin-là qui guérira mon pauvre capitaine !

Ni lui ni aucun autre: — Marcus était inguérissable !

CHAPITRE XVIII

MARCUS FAIT LA RENCONTRE D'UN PIRATE MALAIS ET D'UNE GALIOTE HOLLANDAISE

Marcus avait l'intention de remonter le détroit de Malacca afin de faire un croisière autour de l'île de Sumatra, infestée de pirates, et de gagner ensuite Java et la mer de la Sonde. Le cutter, comme on le pense bien, ne suivait pas la ligne parcourue par les paquebots venant de Calcutta, de Ceylan, de Madras et de Marseille; il naviguait entre les îles qui sont semées à profusion dans le détroit, et le plus près possible des côtes comme un simple navire de commerce se livrant au cabotage : le faible tirant d'eau de la *Revanche* lui permettait ce genre de navigation qui eut été dangereuse, sinon impossible, pour un navire de plus fort tonnage. Il longeait les côtes du royaume de Siak.

Siak ainsi qu'Achem et le pays des Battas sont les parties indépendantes de l'île, gouvernées par des sultans ou des rajahs. Le cutter courait des bordées à l'embouchure du fleuve, lorsque le matelot en vigie signala, au fond d'une baie, un navire européen bord à bord avec une forte proa malaise.

C'était suspect.

Marcus prit sa lunette et inspecta les navires en vue.

— A coup sûr, dit-il au docteur Railli qui se tenait à côté de lui sur la dunette, l'un des bâtiments est une galiote hollandaise et l'autre un pirate.

Il s'adressa à l'homme qui était au gouvernail :

— Laisse arriver, commanda-t-il, et manœuvre de façon à fermer la baie.

Bientôt les navires furent facilement en vue, et l'on put distinguer un va-et-vient, de la part des malais, de la galiote à la proa.

Sans doute les pirates s'occupaient de dévaliser le Hollandais, qui n'avait pu se défendre.

Mais quoi qu'ils fussent très occupés, les Malais avaient déjà aperçu le cutter, arrivant sur eux vent en poupe. Le pavillon français à une brise de sa voile aurique. Aussitôt ils abandonnèrent la galiote, détachèrent la proa et essayèrent de se jeter sur la côte où la *Revanche* n'aurait pu les suivre.

Marcus déjoua cette manœuvre en virant de bord pour prendre la proa en écharpe et lui montrer ses canons. Sans doute les Malais se crurent en présence d'un navire de guerre, car ils s'empressèrent de se jeter dans leurs pirogues et les canots de la galiote, et de gagner le rivage à force de rames. La proa flottait à l'abandon dans la baie.

La *Revanche* mit en panne, descendit un canot à la mer, et Marcus y monta avec quatre hommes, pour aller prendre possession de la proa. De la galiote personne ne bougeait.

On trouva dans la barque malaise une riche cargaison : quantité d'étoffes de soie, des châles de Cachemire, des perles, des coraux, de la poudre d'or, du camphre et des épices. Au fond de la cabane gisait, sous un amas de mousseline, une femme malaise, jeune encore, et assez jolie. Elle versait d'abondantes larmes et implora la pitié de Marcus.

— D'où êtes-vous et qui êtes-vous ? lui demanda celui-ci en anglais.

Et comme elle ne répondait pas, il ajouta :

— Ne craignez rien, il ne vous sera fait aucun mal.

Marcus était jeune, beau garçon, point farouche d'aspect et sa voix était douce.

Il n'en fallait pas tant pour rassurer la femme malaise.

Toutefois le récit, entremêlé de larmes, qu'elle fit à Marcus, ne brilla point par la clarté. Soit qu'elle y mit une certaine astuce, soit qu'elle ne voulut pas trahir les siens, elle dit qu'elle venait de Malacca et prétendit avoir été enlevée dans le détroit, ainsi que son mari, tous les deux montant une pirogue de pêche, par la proa malaise à bord de laquelle elle se trouvait.

— Et votre mari, qu'est-il devenu ? demanda Marcus.

Elle hésita un peu et finit par répondre qu'il avait été emmené par les pirates ; que si elle n'avait pas partagé son sort, c'est qu'au moment de l'abandon de la proa, elle s'était cachée dans la cabane, et que les pirates, ne la voyant plus, l'avaient oubliée.

Marcus lui proposa de la faire conduire à terre.

— Non ! dit-elle, j'aime mieux retourner à Malacca, dans le campong (village), où se trouvent tous les miens. Peut-être mon mari parviendra-t-il à m'y rejoindre.

— Soit ! je vous débarquerai à Malacca dans quelques jours. En attendant vous habiterez mon navire.

Il ordonna à deux matelots de mener cette femme à bord du cutter, et recommanda qu'elle fût bien traitée.

— Revenez tout de suite, ajouta Marcus à ses marins. Je désire rendre visite au capitaine hollandais qui est bien empêché de venir jusqu'à moi puisqu'il ne lui reste pas un seul canot.

Une demi-heure plus tard, Marcus montait à bord de la galiote.

Le Hollandais accueillit son sauveur avec les démonstrations de joie les plus vives. C'était un petit homme gros et court, joufflu, pansu, s'épongeant sans cesse la figure et reniflant comme un phoque. Sa reconnaissance s'exprimait d'une façon si expansive, si verbeuse qu'elle eût donné à réfléchir à un être moins naïf et moins confiant que ne l'était Marcus.

— Vous ne me devez rien, capitaine, lui dit-il, et je n'ai fait que mon devoir en venant à votre secours.

Mais Copius Peereboom — c'était le nom du capitaine de la galiote — ne l'entendait pas ainsi.

— Du tout! du tout! s'écria-t-il avec force poignées de main. C'est entre vous et moi à la vie et à la mort. Copius Peereboom sait ce qu'il doit à un officier français qui lui a sauvé la fortune et la vie. Votre nom monsieur, pour que je l'inscrive sur mon livre de bord et dans mes souvenirs ; il y tiendra, ici et là, la meilleure place.

— Marcus Gallois, répondit le jeune homme en souriant.

— Et votre cutter, *commandant*, comment se nomme-t-il ?

— La *Revanche* ; mais, s'empressa d'ajouter Marcus, ne me donnez pas le titre de commandant. Je n'appartiens pas à la marine de l'État. Je suis un simple capitaine de marine marchande, voyageant pour son agrément.

— Ah ! fit le rusé Néerlandais, clignant de l'œil, je croyais... à cause de vos canons... Mais cela ne diminue en rien ma reconnaissance et mon admiration. Diable ! c'est héroïque ce que vous avez fait là, capitaine... il est vrai que vous avez de jolis canons et un équipage qui me paraît nombreux .

— Un peu plus nombreux que le vôtre, j'en conviens. Je regrette de n'avoir pas aperçu plus tôt ces misérables pirates, pas un seul ne se fût échappé. Mais comment vous trouvez-vous dans cette baie ?

— J'y ai été amené de force. Je longeais la côte, comme j'en ai l'habitude, venant de Palembang avec une cargaison d'épices que j'allais vendre à Singapoore, lorsque j'ai été capturé et conduit dans cette baie, voisine de l'embouchure de la Siak, un pays de forbans ! Comment me défendre contre cinquante sauvages armés jusqu'aux dents ? C'était m'exposer sûrement à la mort. Ces coquins-là ne font aucun cas de la vie d'un chrétien. J'ai préféré me soumettre et abandonner ma cargaison. Les épices de Sumatra, ça vaut de l'or en barre, c'est vrai ; mais la vie vaut encore mieux.

— Parfaitement raisonné, capitaine. Cette fois, vous en serez quitte pour la peur ; et même vous y gagnerez quelque chose — un honnête profit, veux-je dire, — car, outre vos épices, que vous reprendrez, je vous abandonne la moitié de la cargaison de la proa.

— Ah ! capitaine, quelle générosité ! s'écria le Hollandais. Et de quoi se compose cette cargaison ?

— Mais d'étoffes de soie, de châles de l'Inde, de perles, de coraux, de poudre d'or.

— Oh ! oh ! fit Copius Peereboom en se pourlèchant les lèvres.

— Faites hisser votre hunier. Nous allons prendre la proa à la remorque et la conduire vers mon cutter. Là, nous nous occuperons du transbordement des marchandises. Dans quelques heures, si vous le voulez, vous pourrez reprendre votre route.

Le Hollandais donna les ordres nécessaires, et bientôt la proa se trouva placée bord à bord, entre le cutter et la galiote.

Tout le monde se mit à l'œuvre.

Le Hollandais reprit ses épices, — un peu plus peut-être de ce qui lui appartenait, — et une forte part des marchandises trouvées dans la proa.

Peereboom était d'une gaieté folle.

Deux ou trois affaires de ce genre-là, et sa fortune s'arrondissait singulièrement.

Il en fit sans doute la réflexion, et cette réflexion lui suggéra une pensée perfide.

La nuit arrivait, nuit noire et accompagnée d'un vent de terre qui devait aider à la traîtrise qu'il méditait.

— Capitaine, dit-il à Marcus, je ne vous quitterai pas sans avoir rompu avec vous le pain de l'amitié. Faites-moi l'honneur et le plaisir de venir souper à bord de mon navire. Mais, auparavant, prenons nos précautions. Nous sommes trop près de terre, et il se pourrait que les gens de Siak, voulant prendre une revanche, vinssent en force nous attaquer cette nuit. Si vous m'en croyez, gagnons un mouillage à l'entrée de la baie.

— J'accepte l'invitation et j'approuve la proposition, répliqua Marcus. Vous tenez la tête, prenez la proa à la remorque, et moi, je vais vous suivre avec mon cutter. C'est vous qui donnerez le signal du mouillage.

La galiote s'achemina tout doucement à l'entrée de la baie, et le cutter vint jeter l'ancre à quelques encâblures de la proa qui se trouvait, ainsi placée, entre les deux navires.

Puis, Marcus Gallois, le docteur Railli et le second capitaine, nommé Péniguet, descendirent dans un canot et se firent conduire par deux hommes à bord de la galiote.

— Vous viendrez nous chercher à onze heures, dit Marcus à ses matelots.

Peereboom voulut les retenir.

— Ils souperont avec mon équipage, proposa-t-il ; il y aura fête à l'arrière et à l'avant.

Mais Marcus s'y refusa obstinément ; il tenait à la bonne discipline de ses hommes, qui pouvait se trouver compromise dans de de trop fortes libations.

Cette résolution, sans qu'il s'en doutât, allait lui sauver la vie.

CHAPITRE XIX

OU IL EST DÉMONTRÉ QU'ON PEUT ÊTRE HOLLANDAIS ET PIRATE

Le souper était excellent, ce qui disposa tout le monde à la gaieté. Rien de tel comme un bon repas pour laisser voir la vie en rose, ce qui a fait dire à un gastronome que les satisfactions de l'estomac étaient préférables à celles de l'esprit. C'est tout simplement un propos de goinfre. Ce qu'il y a de certain, c'est que le maître-coq de la galiote savait tirer parti des excellentes conserves que contenait son garde-manger, et que la cambuse n'était point vide de bons vins de France. Ajoutez à cela des fruits exquis de l'île de Sumatra, tels que les goyaves, les bananes, l'ananas, la pamplemousse et les oranges fraîches, et les fines liqueurs de Hollande, les plus parfaites de toutes les liqueurs, après celles de la Martinique.

Les convives étaient au nombre de cinq : Marcus, Péniguet, le docteur Railli, Copius Peereboom, et son second, nommé Van Zip, un colossal garçon de six pieds, à l'air un peu ahuri, mélancolique, mais doué d'étonnantes facultés d'absorption. Un seul homme lui tenait tête : c'était le second Péniguet, qui, lui, en sa qualité de Breton bretonnant, buvait d'une façon démesurée.

A un certain moment, Péniguet proposa de *faire un trou*. C'est une coutume en grand honneur en Bretagne et en Normandie, le pays des grands mangeurs et des grands buveurs. *Faire un trou* est une sorte de coup du milieu, — kirsch, eau-de-vie ou rhum, — qui pousse à la digestion et dispose à recommencer sur de nouveaux frais.

— Va pour le trou ! applaudit Copius Peereboom. Aimez-vous le genièvre, capitaine Péniguet ?

— J'aime tout ce qui est bon.

— Et vous, messieurs ?

— Il est certain qu'un petit verre de genièvre, au milieu d'un repas, ne peut être qu'une excellente chose, répondit le médecin.

— En ce cas, apportez le genièvre, maître-coq, et le rhum, par la même occasion, ordonna Peereboom. Je dois avouer, messieurs ajouta-t-il, qu'ayant eu, il y a une dizaine d'années, la faiblesse de me griser avec du genièvre, je ne puis plus en boire depuis ce moment-là.

— Oui, c'est l'effet que ça produit tout d'abord, dit Péniguet; mais ensuite, c'est bien différent : on y revient avec plaisir.

Van Zip, de ses gros yeux vairons, contemplait Peereboom, et cherchait à comprendre. Il y avait, sans doute, dans le langage de son capitaine, un fait inexplicable pour lui.

Le maître-coq servit le genièvre et le rhum.

De la première liqueur, le Hollandais emplit quatre verres, et se versa pour lui un verre de rhum.

On trinqua, et chacun des convives porta son verre à sa bouche, Van Zip comme les autres. Mais, au moment où il allait en avaler le contenu, Peereboom lui décocha, par-dessous la table, un tel coup de pied dans le devant des jambes, que la liqueur s'épancha à droite et à gauche, sans arriver à sa destination.

Van Zip regarda son capitaine, qui clignait si formidablement de l'œil gauche, qu'on eût dit qu'il louchait. Cette grimace, le geste violent qui l'avait précédé, la fable de Peereboom à propos du genièvre, tout cela voulait dire quelque chose, s'abstenir, sans doute ! Van Zip toussa, fit mine d'avoir avalé de travers et ne souffla mot.

Marcus, le médecin et Péniguet avaient vidé leur verre. Celui-ci avait même redoublé, sous prétexte que la faiblesse de son estomac appelait les toniques.

Le souper se continua, et l'on arriva sans incident au café et aux cigares. Nous devons dire, toutefois, que la loquacité des convives s'était singulièrement ralentie. Pour être vrai, même, il convient d'ajouter que le second du cutter, après un semblant de résistance, s'était laissé aller au sommeil, et ronflait à poings fermés sur son fauteuil en rotin.

Quant à Marcus et au docteur, ils s'abandonnaient inconsciem-

ment à une douce somnolence, prélude irrésistible d'un sommeil qui
s'annonçait lourd et impérieux ; les paroles de leur hôte n'arrivaient
plus à leurs oreilles que d'une façon confuse et intermittente ; sa face
toute ronde, éclatante comme une pivoine, leur semblait grimaçante,
indécise, et comme noyée dans des vapeurs grises dont le carré
paraissait s'emplir à chaque instant. Marcus murmurait des mots
sans suite ; le médecin cherchait à fixer dans ses souvenirs un chant
bengali qui lui était, depuis quelques instants, une obsession impor-
tune. C'était sans doute la chaleur, les vins français, le genièvre, les
liqueurs et les cigares de Manille qui produisaient cet état de torpeur
et d'engourdissement, peut-être autre chose aussi !

Finalement, Marcus et le docteur Railli s'étant accotés, l'un à la
boiserie, l'autre à la table, leurs yeux se fermèrent complètement, et
ils succombèrent à un invincible sommeil.

— *Ecco !* fit joyeusement Peereboom qui parlait toutes les langues.
Son second, Van Zip, les coudes appuyés sur la table, le cigare éteint
aux lèvres, le regard perdu dans l'espace, essayait de saisir une
vision lointaine à laquelle il souriait. Sa pensée errait bien certainement sur les rives de l'Amstel ou se promenait dans les environs du
grand canal, à Amsterdam.

Peereboom tira sa montre de son gousset.

— Encore une heure, murmura-t-il ; bien employée, elle doit nous
suffire.

Et s'adressant à son second, toujours plongé dans le rêve, il lui dit :

— Van Zip, mon garçon, écoutez-moi !

Le regard de Van Zip se fixa sur son chef. En même temps, il vit le
groupe des trois officiers français plongés dans le sommeil.

— Quelle heure ? demanda-t-il, sans paraître autrement supris.

— Dix heures, répondit Peereboom. Mais il s'agit d'autre chose
que de l'heure, quoique celle-ci ait son importance.

— Je vous écoute, capitaine, dit respectueusement Van Zip.

— Je connais à Amsterdam, reprit Peereboom, tout près de Trip-
penhuizen (1), une jeune personne nommée Katt Pistorius, la propre

(1) Musée des beaux-arts.

fille de maître Salomon Pistorius, courtier en drogueries et en épices, qui a la faiblesse d'aimer un grand garçon de votre connaissance, répondant au nom de Van Zip, et présentement second, aux appointements de soixante-quinze florins par mois (1), à bord de la galiote la *Couronne*. Vous y êtes, n'est-ce pas ?

Le second rougit et fit un signe de tête en guise d'affirmation.

— De son côté, continua Peereboom, Van Zip est amoureux comme une grosse bête de Katt Pistorius. J'ajoute, amoureux sans espoir, car maître Pistorius, un homme pratique, impose à son futur gendre de justifier d'un avoir de douze mille florins ; or, Van Zip, à l'heure présente, ne possède pas dix ducats, et il s'écoulera tant d'années avant qu'il ait économisé sur ses appointements la somme de douze mille florins, que la belle Katt se fatiguera vraisemblablement de l'attendre, et se décidera à épouser un certain Mispelblom, garçon assez bien tourné, riche, et le rival de Van Zip.

Le second de la *Couronne* exhala un énorme soupir.

— Vous reconnaissez l'exactitude de mes renseignements, dit Peereboom après une pause. Cela va me permettre d'arriver tout de suite à ma péroraison. Aussi bien, l'heure me presse, et chaque minute qui s'écoule vaut de l'or. Van Zip, si réellement vous aimez Katt Pistorius, avant huit jours vous serez en route pour Amsterdam, ayant dans votre poche une traite de 12,000 florins sur *the European Bank, d'Amsterdam*, que va vous signer le bon, l'excellent, le digne Copius Peereboom, votre capitaine.

Van Zip se leva d'un bond.

— Que faut-il faire pour cela ? demanda-t-il tout enfiévré.

— Tandis que je vais monter sur le pont, pour donner l'ordre de lever l'ancre et de mettre à la voile, prendre délicatement, et tour à tour, chacun de nos trois convives, qui dorment avec tant de bonne volonté, et les jeter sans bruit par-dessus bord.

Van Zip, disons-le à sa louange, recula de trois pas en arrière, et ne se fut point arrêté si la cloison ne lui eût été un obstacle infran-

---

(1) 160 fr. 50. Le florin hollandais vaut 2 fr. 11 de monnaie de France.

chissable. En même temps, il ouvrit démesurément les yeux, et, pensant avoir mal entendu ou tout ou moins mal compris, il s'écria :

— Vous dites, capitaine ?

— Je dis, mon garçon, que tu vas me débarrasser de ces trois Français, des flibustiers de la pire espèce, moyennant quoi je te donnerai les 12,000 florins qui te sont nécessaires pour épouser Katt Pistorius. C'est clair, il me semble.

— J'avais bien entendu, murmura Van Zip tout frémissant.

— Et tu acceptes ?

— Je refuse !

— Alors, mon garçon, c'est toi qui va aller donner l'ordre de mettre à la voile, et c'est moi qui jetterai les Français à la mer. Katt Pistorius épousera ton rival Mispelblom, et...

Le tableau de la félicité de son rival lui était sans doute un cauchemar insupportable, car le malheureux Van Zip se confondit en gémissements.

— Je te donne trente secondes pour réfléchir, dit froidement Copius Peereboom.

— Mais, s'ils allaient se réveiller ! objecta Van Zip.

Hélas ! il capitulait !... l'amour l'emportait sur l'honnêteté, sur l'humanité.

— Pas avant d'être dans l'eau, reprit le capitaine ; j'ai pris mes précautions pour cela ; mais nous serons déjà loin. Après tout, un bain froid n'est pas la mort d'un homme. Il ne s'agit que de savoir nager et d'éviter la congestion et les requins. Songe à Katt Pistorius !... Je vais surveiller le départ, sois attentif.

Van Zip, resté seul, prit sa grosse tête dans ses deux mains et essaya de réfléchir. Ce lui fut complètement impossible. Son cerveau était troublé par mille pensées, à la fois désespérément accablantes et d'une joie sans pareille. Une sorte de fantasmagorie papillotait devant ses yeux : Katt Pistorius, l'adorable blonde, Mispelblom, son rival, les 12,000 florins promis par Peereboom, les cadavres des trois marins dansaient la sarabande dans son esprit détraqué.

— Que faire ? se demanda-t-il.

Il chercha une inspiration dans le rhum, et en avala successivement plusieurs verres.

Il se grisait pour se donner du courage — car il n'était pas douteux qu'il allait succomber à la tentation.

— Après tout, se dit-il, si ce n'est pas moi qui jette les trois Français à la mer, ce sera Copius Peereboom, et le résultat sera le même pour eux ; Copius me prendra en haine, et tôt ou tard, se débarrassera de moi d'une façon violente. Que deviendra Katt, alors ? la femme de Mispelblom...

Un coup, frappé doucement à la porte, interrompit son monologue. En même temps, le navire oscilla légèrement, et Van Zip comprit que la galiote se mettait en marche.

Toute hésitation disparut.

— Peereboom aura la proa, et tout ce qu'elle contient, à lui tout seul, se dit-il ; mais moi, j'aurai Katt Pistorius !...

Il ouvrit le sabord et s'aperçut que la nuit était noire. La galiote laissait derrière elle un sillage écumeux, et la vague, soulevée par la brise, battait avec des bruits mystérieux les flancs du navire.

Van Zip ferma les yeux et étendit sa large main vers les trois dormeurs. Ce fut Péniguet qu'elle rencontra. Elle le saisit, le fit glisser par le sabord et se détendit.

Il y eut un bruit sourd, presque imperceptible, et ce fut tout.

Puis vint le tour du docteur Railli, et enfin celui de Marcus Gallois.

Le drame était accompli.

Van Zip referma précipitamment le sabord ; pas assez vite cependant pour ne pas entendre une sorte d'appel, comme un cri d'angoisse et de détresse. Une sueur glacée coulait sur le corps du misérable second de la *Couronne*, et la crainte, le remords envahissaient tout son être.

Ce cri était-il une réalité ou une illusion de son cerveau apeuré ?...

CHAPITRE XX

MARCUS, SAUVÉ PAR NONOR, TOMBE DANS UN NOUVEAU PÉRIL

Non ! ce n'était pas une illusion !... ce cri avait existé, et, après lui, un autre, plus aigu, plus désespéré encore que le premier; et c'était Marcus, éveillé subitement au contact de l'eau ; Marcus plongeant dans l'abîme, éprouvant toutes les affres de la dernière heure ; Marcus roulé par la vague et faisant des efforts convulsifs pour remonter à la surface des flots, qui avait eu la présence d'esprit d'appeler Nonor à son aide.

Le froid de la mort le pénétrait; il éprouvait la sensation douloureuse d'une descente rapide au fond de la mer; au-dessus de lui, un bruissement de vagues, puis, à mesure qu'il descendait, le silence ; au-dessous, un bruit éclatant, plein de sonorités étranges, quelque chose qui ressemblait aux mugissements de la tempête par les nuits désolées d'hiver sur la côte bretonne.

En était-ce donc fait de Marcus Gallois ? Allait-il, au début de sa vie d'aventure, périr misérablement, victime d'un coquin dont il avait, par bonté d'âme, sauvé la vie et la fortune ?

A bord de la *Revanche*, tous les feux étaient éteints; un seul homme veillait : Nonor. Car les deux matelots qui devaient aller chercher leurs officiers à onze heures à bord de la galiote, s'étaient endormis sur le pont. Nonor, assis à califourchon à l'arrière, fumait tranquillement sa pipe, et tout en inspectant la baie, que son regard, habitué à l'obscurité, parcourait dans toute sa profondeur, il songeait au doux pays de France, dont les séductions infinies lui apparaissaient chaque jours plus enviables.

Le vent soufflait de terre, avons-nous dit, et apportait aux oreilles du nègre toutes les vagues clameurs de la côte et des forêts voisines

8

peuplées de singes, de tapirs, de buffles, d'éléphants, de rhinocéros, d'antilopes, de daims, de sangliers, d'ours noirs, et du plus féroce de tous les fauves, du tigre royal. Soudain, il tressaillit et se retourna vivement.

Une voix humaine, faible, haletante, venait de se faire entendre à l'avant du cutter, dans les eaux de la galiote. Mais n'était-ce pas plutôt la note plaintive de l'alcyon, tenu éveillé par la violence du vent ?

Nonor se pencha sur les flots, en dehors du cutter, ému, attentif, essayant de percer les ténèbres qui se faisaient plus obscures de ce côté, à cause des hautes falaises et des vagues qui déferlaient violemment à l'entrée de la baie.

Le cri se renouvela.

Cette fois, Nonor ne pouvait se tromper. C'était une voix bien connue, la voix de Marcus qu'il entendait ; c'était son nom à lui, Nonor, qui arrivait à son oreille dans un appel désespéré. Et cette voix partait des flots, de la crête des vagues, pour ainsi dire !...

Nonor, tout palpitant, courut aux deux matelots endormis, les éveilla brusquement, leur cria : « Vite, au canot ! » Et, les poussant devant lui, sauta dans l'embarcation.

La proa et la galiote, sur la même ligne que le cutter, devaient se trouver à la droite du canot. Nonor chercha dans l'obscurité à apercevoir leurs masses sombres. Chose étrange, il ne vit rien ! Était-ce donc l'émotion poignante dont il était atteint qui troublait à ce point ses facultés ?

— Aux avirons ! cria-t-il.

Et, debout, le pied sur la barre du gouvernail, il plongeait son regard anxieux sur les eaux.

Le canot, ayant à lutter contre la marée montante, n'avançait que lentement.

— Souquez ferme, mes garçons ! ordonna le nègre d'une voix étranglée.

Un effort violent des deux rameurs porta l'embarcation à une vingtaine de mètres en avant, où elle resta comme suspendue à la vague.

— Bordez les avirons ! cria Nonor en se penchant avec une telle

rapidité et si complètement sur la gauche que le canot eût infaillible-
ment capoté, si deux bras émergeant des flots, ne se fussent cramponnés du côté droit à la faible embarcation. Ces deux bras furent
suivis d'une tête, puis d'un torse et enfin d'un corps qui s'empressa
d'enjamber le bordage. C'était le docteur Railli. En même temps,
Nonor amenait de l'autre côté un corps inanimé qu'il venait de saisir
dans le creux de la vague. C'était Marcus !

— Hurrah ! fit le nègre dans un transport de joie. Vite au cutter !
ajouta-t-il en s'adressant aux matelots.

— Il y a encore le second à sauver ! dit une voix derrière lui.

— Le médecin ! s'écria Nonor.

— Sain et sauf, grâce à vous, mon brave Nonor !

A ce moment, une lueur phosphorescente apparut sur les flots.

— Un requin ! fit le nègre.

— Oui, répliqua le docteur Railli ; une minute de plus et ç'en était
fait de nous !... Pourvu que Péniguet ait pu lui échapper !...

Le canot s'avança vers l'entrée de la baie, à la recherche du second.
On l'appelait à grands cris pour aider à son sauvetage ; ce fut vainement. Péniguet, pris de congestion, avait coulé à fond ou avait été
dévoré par un requin.

On revint à bord du cutter, où le médecin et Nonor s'occupèrent
de ramener Marcus à la vie.

Une heure plus tard, le capitaine reprenait ses sens et essayait de
rappeler ses souvenirs.

— Que s'est-il donc passé à bord de la galiote ? demanda-t-il au
docteur Railli.

— Je ne sais, répondit le médecin ; tout est obscurité et confusion
dans mon cerveau.

— Et Péniguet?

— Mort, sans doute !

Marcus se renferma alors dans un silence farouche ; mais les premières lueurs du jour le trouvèrent sur le pont, cherchant du
regard la proa et la galiote.

La baie était solitaire et silencieuse.

Marcus s'enferma dans sa cabine et y resta jusqu'à l'heure du déjeûner, essayant de faire la lumière dans les étranges incidents de la veille.

Il ne put y parvenir. Son cerveau avait d'irréparables fêlures.

Quand il reparut sur le pont, Nonor lui demanda ce qu'il comptait faire de la femme malaise qu'il avait envoyée la veille à bord de la *Revanche*.

— Ah ! fit Marcus tout joyeux, je l'avais oubliée... En route pour Malacca, maître ! je vais rendre cette femme à sa famille.

De la galiote hollandaise et de son capitaine, il ne devait plus en être jamais question ; le docteur Railli lui-même évita d'en parler.

Mais au moment de mettre à la voile, on s'aperçut qu'une légère voie d'eau s'était déclarée à bord du cutter. D'où provenait-elle ? On chercha, et l'on reconnut qu'une des feuilles de cuivre de la coque était déclouée.

— Qu'un homme descende avec une drisse attachée sous les aisselles, pour réparer la feuille de cuivre, ordonna Marcus.

Un des marins se mit aussitôt en devoir d'exécuter cet ordre.

Il attacha la corde qui le soutenait à l'une des manœuvres, et, muni d'un marteau et de clous, il descendit le long du navire.

Personne ne s'occupait de lui.

Tout à coup Marcus et Nonor, qui étaient sur le pont, entendirent des cris perçants.

Ils regardèrent par-dessus bord vers l'endroit d'où partaient les cris, et ils aperçurent le calfat aux prises avec un énorme requin qui venait de saisir les deux jambes du malheureux matelot et faisait des efforts pour entraîner sa proie au fond de la mer ; le squale couvrait l'eau d'écume, agitait ses nageoires et sa queue, et faisait des bonds désordonnés.

Le matelot, tout en se cramponnant à une manœuvre dormante, luttait énergiquement pour échapper au requin.

— Capitaine ! capitaine ! criait-il, sauvez-moi !

Marcus n'hésita pas un instant.

Son poignard aux dents, il sauta dans les flots et fut immédiate-

ment suivi par Nonor, armé aussi lui d'un kriss. Tous les deux atta-
quèrent le monstre, et, nageant entre deux eaux, lui firent aux flancs
de larges blessures d'où le sang s'échappait en bouillonnant. Alors
le requin lâcha prise ; et ce fut entre les deux hommes et l'animal un
duel terrible, une lutte où la moindre imprudence pouvait amener la
mort de Marcus et de son fidèle compagnon.

Tout l'équipage se tenait, haletant, sur le pont, ne sachant
comment aller au secours des
deux courageux marins.

Enfin, le monstre fut vaincu, et Marcus et Nonor purent
remonter à bord, escortés par
les cris enthousiastes des matelots.

Quand au calfat, les os de
ses jambes avaient été broyés,
et les chairs étaient horriblement déchirées. L'amputation
devenait nécessaire. Mais la
faiblesse du malheureux était
si grande qu'on dut y renoncer. Il mourut dans la nuit.

Cette première expédition de
Marcus, qui n'avait eu d'autre
résultat que de faire la fortune
d'un filou et le mariage d'un imbécile, lui coûtait la vie de deux hommes
sans compter la sienne et celle du médecin qui avaient failli y rester. Un
autre que le jeune marin eût aussitôt renoncé au rôle de providence
qu'il s'était imposé. Mais la généreuse folie de Marcus était incurable.

De son côté, l'équipage du cutter attribua tous ces malheurs au
jour néfaste du départ, un vendredi !

Un sage, consulté, n'eut pas trouvé entre la folie de Marcus et l'idée
superstitieuse des matelots l'épaisseur d'une feuille de rose !

CHAPITRE XXI

MALACCA. — MARCUS COURT AU-DEVANT D'UNE NOUVELLE AVENTURE.

La ville de Malacca a été fondée par les Malais vers 1252. Elle fut prise par les Portugais au commencement du seizième siècle et occupée par eux jusqu'en 1641, époque où elle devint possession hollandaise. Les Anglais l'occupent depuis 1825. Cette ville a été le marché de l'Inde entière, de la Chine, des Moluques, de Siam, de Java, de Sumatra et des autres îles environnantes. Mais elle a beaucoup perdu de son ancienne splendeur, et Singapore l'a remplacée comme centre de commerce. Toutefois elle mérite d'être connue de nos lecteurs.

En entrant dans la rade, on découvre à gauche, s'avançant dans la mer, une rangée de maisons en bois établies sur pilotis et habitées par des Malais, qui sont pour ainsi dire les maraîchers de cette partie de l'Océan.

Chaque jour leurs pirogues, chargées de cocos, de bananes, et de tous les fruits savoureux du pays, vont explorer les côtes, à la recherche de navires privés depuis longtemps de vivres frais. Ils portent également avec eux des cages de jonc toutes pleines de petites perruches à la robe vert émeraude, aux ailes nuancées de rose ; d'oiseaux jaseurs au plumage qui ressemble à de la moire et coiffés de deux caroncules d'un jaune tendre ; de podarges au bec bleu, de trogons au dos bruns, à la poitrine cramoisie, aux ailes diaprées des plus éclatantes couleurs ; des barbets verts, des martins-pêcheurs, des colombes à la poitrine rouge et des nectirias à livrée métallique qu'ils offrent aux marins en même temps que les fruits dont leurs pirogues sont chargées. Parfois aussi, quand les acheteurs font défaut, ils se lancent dans quelque entreprise aventureuse, et considèrent le gain qui en résulte comme légitimement acquis lorsqu'il a été acheté au prix de quelque danger.

Les Malais sont de toutes les nations de l'Orient et même de toute la race humaine, excepté les Arabes, ceux qui respectent le moins la propriété d'autrui ; on pourrait dire qu'ils ne croient pas commettre un crime quand ils volent ou qu'ils tuent.

Une rivière boueuse divise la ville de Malacca en deux parties unies par un pont et quelques passerelles qui consistent en une simple poutre placée horizontalement. Dans la ville officielle s'élève une éminence couverte d'arbres au centre de laquelle est bâti le palais du gouverneur. Ce palais domine une agglomération de maisons européennes qui s'étendent le long de la mer, et sont ombragées par des cocotiers et baignées par les eaux limpides de la rade. La ville commerçante est formée de maisons à un étage établies directement sur le sol, ou construites sur de longs pieux avec un auvent formé par la toiture qui avance sur le mur de façade. Les premières appartiennent aux Chinois, en très grand nombre à Malacca, les autres aux Malais ; mais celles-ci sont placées au milieu de vastes jardins, et comme enfouies sous les mangoustaniers, les durians et les palmiers qui les entourent. Çà et là on rencontre quelques constructions européennes ; mais elles sont en quelque sorte perdues au milieu des maisons chinoises et malaises. Dans les magasins des quartiers marchands, on trouve des comestibles qui se ressentent du voisinage des fils du Céleste-Empire ; ce sont des gelées de fucus aux noms barbares. Des éléphants se promènent gravement dans les rues, et parfois, d'humeur folâtre, provoquent les passants de leur trompe inoffensive.

Les descendants des anciens conquérants de la Malaisie, postérité dégénérée des Vasco, des Souza, des Albuquerque, vivent dans l'abandon, la dégradation et la misère. Le Chinois, au contraire, est tout simplement un pauvre diable arrivé à Malacca sans un sou vaillant, n'ayant d'autres ressources que l'esprit rusé et entreprenant de sa race. A force de soins, de travail, de persévérance, de privations, il est parvenu à monter sa misérable boutique. Dès ce moment sa fortune est assurée; il poursuivra les Malais et les résidents étrangers de ses obsessions mercantiles, jusqu'à ce qu'il ait fait passser de leur poche dans la sienne une petite fortune, de laquelle il vivra fort tranquillement. Ici, comme dans presque tous les pays, la haute aristocratie disparaît et les classes laborieuses la remplacent.

Quant aux Malais de Malacca, il n'y a point proprement dit de marchands parmi eux, et, en général, ils n'ont ni métier, ni profession; ils sont pêcheurs ou matelots. Quelques-uns cultivent la terre et vont porter leurs fruits et leurs légumes aux navires qui passent dans le détroit; souvent ce n'est qu'un prétexte à la piraterie. En fin de compte, le Malais travaille aussi peu que possible.

Lorsque la nuit arrive, les rues habitées par les Chinois sont illuminées. Boutiques, maisons, ateliers éclatent sous d'immenses lanternes en étoffe de soie sur lesquelles sont peintes des fleurs, des oiseaux, des dragons fantastiques et des caractères qui relatent le nom et la profession du maître de la maison. La rue occupée par les forgerons chinois est pleine de clartés éblouissantes. Ces adroits et laborieux industriels confectionnent les kriss, les campilans, les fers de lance si appréciés des amateurs de la vieille ferraille malaise. Les lueurs de la forge et du fer rougi jettent une teinte bizarre sur leur peau couleur de jonquille; ils travaillent silencieusement et avec entrain.

Malacca est un des arsenaux de la Malaisie; il partage ce privilège avec Holo et Bornéo. Les marchands de kriss, de sabres, de lances garnies de crins rouges et noirs, de boucliers en peau de buffle, en cuir de rhinocéros, de sarbacanes en bambou, d'arcs et de flèches empoisonnées y abondent. Jadis, les Malais seuls fabriquaient ces armes redoutables; mais depuis que la manie européenne s'est mise à la recherche de ce bric-à-brac, les Chinois établis dans le détroit en confectionnent de quoi satisfaire l'avidité du collectionneur.

Il en est aujourd'hui des armes malaises comme des vases étrusques, des vieux tableaux, des meubles de la Renaissance et des médailles antiques; d'avides marchands les contrefont avec un art incomparable. Les prétendues chevelures d'ennemis vaincus qui ornent les bois de lances sont tout simplement des dépouilles de singes, de chats sauvages, ou des crins de cheval; les flèches empoisonnées, d'innocents joujoux. On ne pourrait en dire autant des kriss dont les blessures sont presque toujours mortelles. C'est de Malacca, aux environs du mont Ophir qui recèle des diamants et de l'or dans son sein, que nous viennent les plus beaux joncs.

Dès que la *Revanche* eût jeté l'ancre dans la rade, mille embarcations malaises vinrent entourer le cutter. Ces pirogues, creusées dans un tronc d'arbre, étaient montées par des hommes petits, grêles, mais bien conformés et complètement jaunes, presque nus, ils ne portent qu'un simple langouti voilant à peine le milieu du corps. Un mouchoir plié en forme de turban, ou un chapeau de bambou, large comme un parasol, couvre leurs cheveux rudes et noirs. Ces hommes sont les Malais fournisseurs nomades de fruits, de légumes et d'oiseaux.

Ils voulurent monter à bord de la *Revanche*, Marcus s'y opposa. Tous ces gens là ne lui inspiraient nulle confiance; il ne voulait voir en eux que de misérables pirates. Il fallut user de menaces pour les déterminer à abandonner le navire.

Quelques-uns, plus opiniâtres que les autres, suivirent le canot de Marcus, lorsque celui-ci descendit à terre en compagnie de la femme malaise et du docteur Railli.

— Vous avez peut-être eu tort, mon cher capitaine, dit le médecin à Marcus, de ne pas confier cette femme à une des pirogues qui assiégeaient notre navire. Dans une heure la nuit sera arrivée, et vous ne savez où cette Malaise vous conduira. C'est imprudent de vous lancer avec elle dans les campongs éloignés de la ville.

— J'ai promis de la mener dans sa famille, répondit Marcus avec son obstination bretonne, et je tiendrai la promesse que j'ai faite.

— Permettez-moi de vous accompagner !

Marcus haussa les épaules.

— Je vois, dit-il, que vous me prenez pour une vieille femme poltronne !... C'est désobligeant pour moi.

— Je n'insiste plus. Avez-vous des armes, au moins ?

— Mon kriss et un excellent revolver.

— Bon ! Je vais faire un tour par la ville et je viendrai vous attendre à l'endroit où nous allons laisser notre canot.

— C'est entendu.

Ce dialogue s'était échangé en langue française entre les deux hommes. La Malaise, comme si elle eût essayé de comprendre, plongeait vers eux ses grands yeux noirs tout parsemés de paillettes d'or.

On arriva à quai. Elle sourit lorsque Marcus lui offrit son bras.

— A tout à l'heure, dit celui-ci au médecin.

Et comme entraîné par la femme malaise, il disparut bientôt dans une rue sombre.

CHAPITRE XXII

près avoir traversé le pont qui sépare les deux parties de Malacca et toute la ville indigène, Marcus et sa compagne s'engagèrent au milieu d'un dédale de rues, dans un faubourg qui conduisait au campong de la Malaise.

Ils arrivèrent à un plateau élevé d'où l'on apercevait la rade et les milliers de cocotiers dont les colonnes élégantes font à la ville une ceinture toujours verte. Cette vue rappela à Marcus Poulo-Pinang, cette autre île au sol privilégié, qui, comme sa voisine, n'a pas besoin d'être fécondée par le travail humain, et un soupir, un regret, s'exhala de ses lèvres. Il oubliait la Malaise et ne se souvenait plus que de la belle Miria.

Après une marche assez longue en dehors de la ville, ils arrivèrent à un verger au milieu duquel s'élevaient quelques habitations cachées sous des arbres donnant les plus beaux fruits du monde; on n'apercevait sous ces dômes de verdure entremêlés de fleurs, aucune trace de la main de l'homme. Là, cependant, croissaient le manguier, l'eugénia, le durian, le ramboustan, le garcinia, le papayer, le jacquier, le diospiros, le longhang, le bananier, l'arbre à pain, le jambou, l'ananas et cent autres fruits savoureux et sucrés qui ne ressemblent en rien aux fruits acides de nos contrées et aux fruits âpres de l'Amérique.

Ils s'approchèrent d'une de ces habitations. Le dessous de la maison servait à abriter une quantité de ces beaux joncs dont on fait à Malacca un commerce si considérable. Une vérandah entourait complètement la maison dans laquelle on ne pénétrait que par un escalier placé en dehors.

Deux femmes et un vieillard étaient sous la vérandah. Les premières étaient occupées à tisser des nattes en feuilles de palmier ; le vieillard détachait à l'aide d'une pince de fer l'amande que renferme la noix de coco. Quelques poules malaises au plumage animé des plus vives couleurs, erraient çà et là, grattant la terre ; l'une d'elles couvait des œufs d'un jaune d'or. Sur un petit monticule exposé au soleil, des cocos commençaient à lever. La feuille était complètement dévéloppée et la tige échappait déjà à ses embrassements.

Marcus s'arrêta devant ce tableau de la vie champêtre, qui ressemblait par le calme, la quiétude, la splendeur de la nature. à une sorte de paradis terrestre.

— C'est ici, dit la Malaise à demi-voix. Ne voulez-vous pas entrer, seigneur Français ?

— Non, répondit Marcus. Mais comment savez-vous que je suis Français ? demanda-t-il tout surpris.

Elle hésita un peu et finit par répondre :

— Par la langue que vous parliez tout à l'heure, dans le canot qui nous a conduits à terre.

— Vous la comprenez donc ?

Elle secoua négativement la tête.

Puis, tout à coup, s'emparant de la main de Marcus, elle la baisa et dit au jeune marin ;

— Partez vite, voici la nuit !

Et, rapide comme l'éclair, elle disparut dans le verger.

— Singulière femme, murmura Marcus en reprenant le chemin qu'il venait de parcourir.

A peine eut-il fait quelques pas, qu'il entendit comme une querelle dans l'enclos qu'il venait de quitter. Au milieu des voix féminines s'élevait la voix plus accentuée, comme violente d'un homme. Marcus n'y prit pas garde et poursuivit sa route.

Lorsqu'il arriva à l'entrée du faubourg, la nuit était arrivée, et dans le grand silence qui se faisait autour de lui, il entendait la voix de la marée montante, endormant de son bruit rythmé les heureux habitants de la presqu'île. Les premiers rayons de la lune se jouaient sur les flots, rendus comme argentés par la phosphorescence des poissons de la rade. La brise du soir faisait onduler la cime des grands arbres, et le vent, en passant à travers leur épais feuillage, apportait à l'oreille de Marcus d'harmonieux murmures. Il marchait lentement, s'abandonnant à une douce mélancolie, tout rêveur, et se croyant l'objet d'un songe heureux.

Une réalité, inattendue et terrible, allait l'assaillir bientôt.

Trompé par l'obscurité, rendue encore plus grande par les larges auvents en saillie sur la façade des maisons, il se perdit dans le dédale de ruelles désertes où il s'était imprudemment engagé. Alors, il revint sur ses pas; mais à ce moment un bruit léger et persistant qui se faisait derrière lui le porta à croire qu'on le suivait. Il s'arrêta à l'entrée d'un carrefour; le bruit cessa. Dans l'espace relativement large où il se trouvait, les rayons de la lune tombaient sur lui. Son ombre se dessinait obliquement sur le sol poudreux. A côté de son ombre surgit soudain un bras levé, armé d'un kriss d'une longueur démesurée qui s'abattit sur lui.

Marcus fit un bond de côté et para le coup avec son bras; mais le kriss violemment projeté entama assez profondément les chairs. Le jeune marin poussa un cri, se jeta en arrière, et tirant son revolver de sa poche, essaya de le décharger en pleine poitrine de l'assaillant. L'arme ne partit pas : un grain de sable s'était introduit dans le mécanisme et paralysait la détente. Marcus se saisit de son kriss et se mit en mesure non plus seulement de se défendre contre une nouvelle tentative, mais encore d'attaquer lui-même l'assassin. Celui-ci, croyant avoir accompli sa vengeance, prit la fuite. Marcus, que la douleur qu'il ressentait au bras excitait, se mit à sa poursuite; malheureusement, à chaque pas en avant il allait se heurter, à cause des ténèbres, à tous les angles des maisons, aux obstacles qui semblaient naître comme par enchantement devant lui.

— Lâche !... misérable !... criait-il en le menaçant de son revolver ; arrête ou je fais feu !

Mais, se souvenant tout-à-coup que sa menace était vaine, que l'arme qu'il bran-dissait ne pouvait lui être utile, en-flammé de colère, il la lança dans les jambes du fuyard, qui trébucha. Ils ar-rivèrent ainsi, l'un fuyant toujours, l'autre courant a-près son assassin, jusqu'au bord de la rivière, à un en-droit éloigné du pont. La fuite n'é-tait plus possible, et le jeune marin, pensant que son en-nemi allait se re-tourner pour l'atta-quer de nouveau, s'apprêta à défendre chèrement sa vie. A sa profonde stupé-faction, l'assaillant avait disparu.

— Où diable est-il passé ? se deman-da Marcus.

Il entendit une voix railleuse qui lui disait en bon an-glais :

— Tu vas mou-rir là comme un chien... Mon kriss est empoisonné !

D'où partait cette voix ? Rien de visi-ble n'apparaissait aux yeux du capi-taine de la *Revan-che*, et la rivière était là, à quelques pas devant lui, com-me un obstacle in-franchissable.

Un rayon de la lune, qui surgit ino-pinément, lui dé-voila le mystère.

Son ennemi s'é-tait hardiment avancé, malgré les ténèbres, sur une de ces poutres qui traversaient horizontalement la rivière, et là, bien campé sur ses pieds nus, narguait Marcus.

— Je suis le Malais que tu as dépouillé de sa prise à l'embouchure de la Siak. Tu m'as volé mon bien, ma proa et ma femme ; je me suis vengé !

Cet homme était le chef des pirates qui avaient capturé la galiote hollandaise et le mari de la jeune femme que Marcus venait de conduire à son campong.

— Ah, scélérat! lui cria-t-il, exaspéré par le souvenir d'incidents qui avaient failli lui coûter la vie, c'est à l'heure où je viens de te rendre ta femme que tu m'assassines! Eh bien, tu mourras avec moi!

Et il se précipita sur la poutre, courant comme un insensé à la rencontre du Malais. Celui-ci, surpris de l'audace de Marcus, n'eut pas le temps de fuir, et la violence du choc fut telle que les deux hommes perdirent l'équilibre. Le Malais, s'accrochant à la veste du marin, essayait de l'entraîner avec lui dans la rivière vaseuse. Mais Marcus se cramponnait vigoureusement à la poutre et son vêtement finit par se déchirer. Le Malais tomba au fond du gouffre en poussant une clameur sourde.

Notre héros, contusionné, blessé, perdant son sang, dans un état pitoyable, en un mot, regagna péniblement le bord, et, tout haletant, contempla le fond de la rivière où il avait failli s'engloutir. Les clapotements, les cris navrants qui montaient de là le glaçaient de terreur. C'était le pirate malais qui se débattait contre la mort, une mort horrible, implacable.

La vase molle l'engloutissait peu à peu, et chaque effort qu'il faisait pour en sortir, rendait sa situation plus désespérée. Il haletait et soufflait, battait de ses mains le mélange mou où il s'enfonçait sans nul moyen de secours. Bientôt Marcus ne vit plus qu'une masse noire et confuse, se tordant et gémissant dans les affres de la mort. Puis la vision disparut; le gouffre s'était refermé, enveloppant dans ses masses vaseuses le corps du Malais.

Tout à coup Marcus fut pris d'un tremblement convulsif. Une sorte d'affolement s'empara de lui; il se leva d'un bond, et toujours courant, franchissant inconsciemment tous les obstacles, il gagna le rivage, où il tomba évanoui dans les bras du docteur Railli.

On le déposa dans le canot, et quelques minutes plus tard on le hissait, toujours sans connaissance, à bord du cutter.

Huit jours après, la solide constitution de Marcus et la science du médecin avaient rendu la santé au jeune capitaine.

Pendant sa convalescence, il demanda au docteur Railli si le kriss dont l'avait frappé le Malais était empoisonné.

— N'en doutez pas, répondit le docteur.

— Mais alors comment se fait-il que je sois vivant?

— Rien de plus simple, grâce à mon contre-poison.

— Vous connaissez donc le secret de l'empoisonnement des armes malaises?

— Oui.

— Qui vous l'a appris?

— Je vais vous le dire. Pendant mon séjour à Singapore, je m'étais lié d'amitié avec un Malais, propriétaire d'un bazar où se trouvaient de nombreux kriss.

— « On assure lui demandai-je, que les armes des Malais sont empoisonnées; cela est-il vrai?»

Pour toute réponse, il prit un kriss dans sa boutique, se fit apporter une poule, et l'ayant piquée avec son arme, la poule mourut quelques minutes après.

— « Comment s'opère l'empoisonnement de ces poignards? »

Le Malais tira d'un meuble divers ingrédients qu'il me permit d'examiner.

Il y avait là de la chaux coquillère, une substance blanche se présentant sous la forme d'une poudre impalpable, de l'huile de coco, un citron et un extrait d'un noir clair et d'une odeur vireuse.

Le marchand prit une lame qui sortait de la forge et n'était pas encore montée; il frotta l'un des côtés avec la chaux coquillère, le saupoudra de la substance blanche et exprima dessus quelques gouttes de jus de citron. Puis il exposa la lame au soleil. Quand elle fut sèche, il y étendit l'extrait à odeur vireuse et l'enduisit ensuite d'huile de coco. Il procéda de la même manière sur la face opposée.

— « Voilà ! me dit-il en me tendant l'arme. Je vous en fais cadeau. Vous pourrez, quand il vous plaira, essayer si l'intoxication est parfaite. »

J'essayai, en effet, cette lame sur plusieurs animaux et tous furent frappés de mort.

Le secret du Malais n'en était plus un pour moi ; je l'avais surpris pendant l'opération à laquelle il venait de se livrer, la substance en poudre était de l'acide arsénieux, et le corps extractif, l'extrait concentré de la racine du *meni-spermum coculus,* un toxique violent. Voilà, mon cher capitaine, comment j'ai pu vous guérir d'une blessure empoisonnée. La curiosité et un peu d'observation m'ont mis à même de vous sauver la vie.

— Dites, répliqua Marcus très ému, votre incomparable science et votre absolu dévouement !

Il tendit sa main ouverte au médecin.

— Railli, à partir de ce jour vous devenez mon frère ! Acceptez vous ?

— J'accepte !

Et les mains des deux jeunes hommes s'unirent dans une étreinte cordiale.

CHAPITRE XXIII

MARCUS GALLOIS REÇOIT UNE NOUVELLE LEÇON QUI NE LE CORRIGE PAS
PLUS QUE LES PRÉCÉDENTES.

Marcus ayant engagé comme second, afin de remplacer Péniguet,
un officier américain, nommé James Brown, qui se trouvait sans
emploi à Malacca, la *Revanche* reprit la mer et remonta le détroit
afin de croiser sur la côte ouest de Sumatra, peu fréquentée des navires de guerre, et à cause de cela et de ses nombreux groupes d'îles,
refuge de pirates et de marchands d'esclaves. D'Achim au détroit de
la Sonde on compte huit groupes principaux, qui sont: Babi, Nias,
Mintao, Sebeirou, Poggy, Nassau et Enganna. Ce fut entre ces îles et
la côte de Sumatra que la *Revanche* établit son champ de manœuvres.
Toute cette partie de la côte est encore sous la domination exclusive
des princes indigènes.

Ce qui, dans ces parages, frappa tout d'abord Marcus et excita
son admiration, fut le nombre considérable d'embarcations, grandes et petites, naviguant entre les îles, et la rapidité merveilleuse de
leur marche. Les Européens leur ont donné le nom de *proues volantes*, et jamais appellation n'a été mieux méritée. Le cutter si bon
marcheur qu'il fût, n'était point en état de lutter de vitesse avec elles.
Comment Marcus ferait-il pour atteindre celles qui, montées par
des pirates ou des marchands d'esclaves, éviteraient sa rencontre
par la fuite? Son navire, qu'il avait admiré jusque-là à cause de sa
sveltesse, lui sembla être un vieux sabot à côté de ces embarcations
dont la marche rapide et assurée ressemblait au vol des oiseaux

aquatiques. Allait-il donc être contraint d'échanger son cutter contre une proa ? Il en eut un moment l'intention.

Un de ces bâtiments vint à passer sous le vent de la *Revanche*, alors que le cutter filait dix nœuds à l'heure, ce qui était une allure superbe, et cependant l'embarcation malaise laissa la *Revanche* derrière elle comme si le navire de Marcus eût été stationnaire. C'était désespérant ! Deux hommes qu'on apercevait sur les boute-hors, à l'avant et à l'arrière, paraissaient voler sur les eaux. La pirogue ne glissait pas sur les vagues courtes et brisées, elle les coupait. On la voyait tour à tour s'élever et s'abaisser, toute blanche de l'écume de la mer et semblable à un jet d'eau qui bondit et retombe. L'arrière et l'avant étant de construction identique, elles ne virent jamais de bord : on peut aller indifféremment, ayant toujours le même côté au vent, avec l'une ou l'autre extrémité, selon le besoin. Le corps du navire ne se compose que de quelques planches, cousues ensemble et dont les coutures sont calfatées d'étoupes. Pas un clou, pas un morceau de métal n'entrent dans sa construction. La voile est une natte, le mât et les vergues sont des bambous. On pourrait dire qu'elles courent à l'égal du vent.

Depuis quelques semaines déjà, la *Revanche* tirait des bordées entre les nombreuses îles des groupes Babi et Nias et la côte de Natal à Sousou, sans avoir pu approcher d'une seule barque malaise ; il semblait qu'elles n'eussent aucun souci de ce petit bâtiment aux allures indécises, fantasques, ou qu'elles l'évitassent avec soin, ce qui leur était facile. Cependant Marcus savait que de l'île Nias on exportait une grande quantité d'esclaves, chacune des tribus de ce pays, dont la population s'élève à près de deux cent mille âmes, étant constamment en guerre. Les rajahs, par cupidité, excitent cet état d'hostilité afin d'entretenir un exécrable trafic qui leur rapporte de grosses sommes. Les femmes de l'île Nias sont considérées, après celles de Holo, comme les plus jolies et les plus aimables de l'archipel malais et sont l'objet d'un commerce révoltant, que ni les croiseurs anglais ni la sévérité plus apparente que réelle des Hollandais ne peuvent ou ne veulent empêcher.

Étant un jour au mouillage devant Souambara, un excellent port de la côte méridionale de l'île Nias, Marcus descendit à terre et fut témoin de faits qui l'exaspérèrent. La chaleur était insupportable et l'air empesté par les marécages et les brouillards ; les crocodiles grouillaient dans les rivières vaseuses, les insectes et les fourmis blanches ou termites pullulaient sur terre et dans l'atmosphère, infligeant aux malheureux esclaves les supplices les plus intolérables, et cependant ceux-ci subissaient un travail exorbitant, pire que celui imposé aux bêtes de somme; leurs corps nus et couverts de plaies ruisselaient de sueur qui trempait la terre comme s'ils fussent sortis de l'eau; leurs chairs saignantes, dévorées par les mouches et les insectes, étaient fouettées et aiguillonnées par des maîtres cruels n'ayant d'autre objectif que le plus abominable intérêt.

Un malheureux esclave rentrant de son travail eut l'imprudence de laver sa figure et ses mains dans un bassin d'eau courante où se baignait habituellement la femme de son maître. Celui-ci, qui l'avait aperçut de la véranda sous laquelle il s'était couché, prit un morceau de bois de teck, fracassa la tête de l'esclave et ordonna de jeter le cadavre dans le cours d'eau afin de servir de pâture aux écrevisses qu'il y faisait nourrir pour sa table. De cette façon, même mort, l'esclave lui était encore utile.

Tout cela était odieux et affolait Marcus.

Il jura de nouveau de punir ces oppresseurs inhumains, ces barbares pour lesquels la vie humaine n'avait d'autre valeur que la satisfaction d'un caprice, de la vanité ou de l'intérêt, mais il était plus facile de prendre cet engagement que de l'exécuter. Que pouvait un homme là où échouaient des nations !

Cependant il eut une idée qu'il crut heureuse et qu'il voulut mettre à exécution sans délai.

Il quitta le port de Souambara et vint s'embusquer, sur le chemin que suivaient les barques malaises, entre Nias et Babi, dans un petit hâvre désert mais bien en vue. Il ordonna de jeter l'ancre, d'abattre les mâts et de couvrir le pont de vieux prélarts afin d'abriter l'équipage. Dans cet état le cutter ressemblait à un vieux ponton ou à un navire qui venait d'être le jouet de la tempête. Il devait, dans de pareilles conditions, tenter la cupidité des pirates et des marchands d'esclaves.

C'était un peu la mise en action de la fable du chat qui :

> Blanchit sa robe et s'enfarine ;
> Et de la sorte déguisé,
> Se niche et se blottit dans une huche ouverte,

pour mieux attirer les rats et les souris.

Mais, chose bizarre, plusieurs proas passèrent en vue du cutter sans se déranger de leur route, sans être tentée par cette proie facile.

Peut-être que, comme le vieux rat du bonhomme La Fontaine, les patrons de ces barques se disaient-ils :

> Ce bloc enfariné ne me dit rien qui vaille.

Cependant, le troisième jour, l'homme de quart vint annoncer à Marcus qu'une proa gouvernait sur la *Revanche*.

Le capitaine regarda attentivement à travers sa lunette le point signalé, et reconnut que c'était une forte embarcation malaise, munie de pierriers, chargée de monde, et qui, bien certainement, ne pouvait être montée que par des pirates.

Alors, sans perdre de temps, Marcus fit appeler l'Américain James Brown, son second, et ordonna à Nonor de faire enlever les prélarts, d'allumer les mèches et de distribuer les armes à l'équipage.

Le docteur Railli, à son poste dans l'entrepont, préparait instruments, charpie et bandes de linge pour panser les blessés.

Tandis que le capitaine et son second arrêtaient les dispositions à prendre, Nonor se présenta de nouveau à l'arrière.

— Que veux-tu? lui demanda Marcus.

— Les matelots refusent d'obéir, répondit Nonor.

— Sous quel prétexte?

— Ils disent qu'ils sont à bord du cutter pour exécuter les manœuvres et faire le service et non pour se battre. Et, là-dessus, ils se sont nonchalamment recouchés sur le pont.

Comme on le pense bien, Marcus entra dans une violente colère.

— Ah ! les lâches ! s'écria-t-il. Je les ai engagés pour m'obéir en toute chose ; ils se battront ou je leur casserai la tête. Va le leur dire.

Nonor ne connaissait que les ordres de son chef.

— Oui, capitaine ! fit-il.

Et il disparut vers le pont.

L'Américain souriait dans sa grosse barbe blonde.

Il dit à Marcus :

— Capitaine, laissez-moi, je vous prie, le soin de faire marcher droit ces mutins. Je voyage dans l'archipel malais depuis trente ans et je sais comment il faut s'y prendre pour donner du cœur au ventre à tous ces lascars et aux Chinois.

— Que voulez-vous faire ?

— Vous allez voir. Montons sur le pont. Mais n'oublions pas nos revolvers.

Il passa ses armes dans sa ceinture, se munit d'un fort gourdin et précéda Marcus.

— Qu'est-ce que j'apprends ! dit celui-ci s'adressant à l'équipage, vous refusez de vous battre ?

— Oui, déclarèrent d'une voix unanime les matelots.

— Permettez, capitaine, fit l'Américain en prenant la parole. C'est peut-être votre droit, ajouta-t-il répondant aux matelots ; mais vos officiers en ont un autre, eux, c'est celui de vous broyer à coups de gourdin et de barre d'anspect pour vous contraindre à l'obéissance, et de vous brûler la cervelle en cas de mutinerie. Ce droit, nous allons en user. Le gourdin d'abord, les balles ensuite. Imitez-moi, capitaine !

Et, sans plus attendre, master James Brown tomba à bras raccourci sur l'équipage. Son terrible gourdin s'abattait sur les épaules des matelots et y traçait des lignes bleues d'où le sang jaillissait bientôt.

Les lascars et les Chinois effrayés de cette attaque, ne songeaient plus qu'à se soustraire aux coups de l'inexorable second dont le bras manœuvrait toujours ; ils couraient de ci de là sur le pont, se cachaient derrière les apparaux, derrière les cordages, essayaient de pénétrer dans l'entrepont, mais le gourdin de James Brown ne s'arrêtait pas et ne tombait jamais dans le vide.

— Capitaine! capitaine! criait-il, imitez-moi donc!

Marcus, qui voyait la proa s'approcher, fronça les sourcils et arma son revolver.

Quant à Nonor il riait à se tordre.

L'arme de Marcus fit encore plus d'effet sur l'équipage que les coups de bâton de l'Américain. Tous les matelots se jetèrent aux pieds de leur capitaine et jurèrent de se battre avec l'intrépidité du tigre.

— C'est très bien, mes camarades, leur dit master James. Je sais qu'avec la douceur et les bons procédés on obtient de vous tout ce que l'on veut. Toutefois, ne renouvelez pas la plaisanterie, il vous en cuirait. Et, maintenant, à vos armes, et ne bronchons pas d'un pouce, s'il vous plaît. Le premier qui recule, je lui casse la tête.

Alors, comme par enchantement, tous ces hommes s'armèrent de piques, de sabres, de kriss, de haches, de revolvers et firent face à l'ennemi. Le second et Nonor se placèrent, mèche allumée, à côté des canons.

L'embarcation malaise arrivait sur la *Revanche*, qu'elle prenait sans doute pour une épave abandonnée, comme la flèche qui traverse l'espace sans bruit, les voiles pliées, ne laissant sur les flots qu'un sillon à peine visible.

Dès qu'elle fut par la hanche du cutter, Marcus cria :

— Feu à tribord et à l'abordage!

Nous convenons sans peine que l'agression de Marcus Gallois était brutale et point motivée du tout ; car il pouvait se faire que les marins de la proa fussent de très honnêtes gens attirés là seulement par l'état d'abandon dans lequel semblait être le navire français. Rien de leur part, enfin, ne justifiait cette brusque attaque qui ressemblait plutôt à un guet-apens qu'à un combat loyal. Mais nous le savons, Marcus, l'esprit mal équilibré, ne voyait partout que fourberie, astuce et abus de la force. Il est certain que toutes ces choses sont malheureusement fort communes dans les sociétés humaines. Toutefois, cela ne l'excusait pas, quoique au fond son but fût louable, d'user, aussi lui, de pareils moyens.

Fort heureusement, grâce à la légéreté de la proa et au mouvement des vagues, les canons du cutter avaient fait plus de bruit que de mal. Aucun Malais n'avait été atteint, et l'embarcation elle-même n'avait souffert que dans ses mâts.

On entendit des cris de détresse, des voix de femmes et d'enfants à bord du malais. La proa était retenue bord à bord avec le cutter par des grappins, et les matelots de la *Revanche,* pris d'une soudaine bravoure, l'envahissaient à l'abordage et frappaient comme des sourds. Quelques-uns des prétendus pirates se défendaient bravement; mais, bientôt accablés par le nombre, ils se réfugièrent à l'arrière en faisant un rempart de leur corps aux femmes et aux enfants dont les plaintes déchirantes se mêlaient aux cris des animaux couchés au fond de la barque.

La fumée s'était dissipée, Marcus sauta dans la proa et vit que les Malais, qui pouvaient lui faire beaucoup de mal avec leurs pierriers, n'avaient même pas songé à s'en servir. Cela lui parut étrange.

— Voilà de singuliers bandits ! pensa-t-il.

Et il ordonna de cesser une lutte qui semblait inutile.

On s'expliqua — tardivement il est vrai.

— Qu'êtes-vous? demanda Marcus à l'un des hommes qui s'avançait à sa rencontre.

— Des Bokonaro de Poulo-Nias (1).

— C'est-à-dire des pirates, des écumeurs de mer !

L'homme protesta très dignement contre cette accusation.

— Marchands d'esclaves, alors? fit Marcus.

— Non!

— Mais ces femmes et ces enfants?

— Ce sont nos femmes et nos enfants... Vous pouvez les interroger.

Cette assurance déconcerta Marcus.

— Si vous n'êtes ni pirates, ni marchands d'esclaves, pourquoi votre barque est-elle munie de pierriers?

Le Malais frappa sur le canon avec la poignée de son kriss et ce ne fut point un son métallique qu'il rendit.

---

(1) Une des tribus de l'île. *Poulo,* en malais, veut dire île.

— Ils sont en bois ! dit-il, et ne sont là que pour intimider ceux qui auraient eu l'intention de nous attaquer.

Marcus se mordit les lèvres.

James Brown, qui avait espéré une part de prise, fit la grimace.

— Pourquoi avez-vous gouverné sur mon bâtiment au lieu de continuer votre route ? demanda enfin le capitaine de la *Revanche*.

— Nous avons pensé que le navire était abandonné.

— Et vous vouliez vous en emparer ! Où allez-vous ?

— A Poulo-Babi. Notre rajah a été battu et nous allions être vendus comme esclaves. Nous voulons rester libres et indépendants. C'est pourquoi nous émigrons avec nos femmes, nos enfants et les animaux que nous avons pu sauver.

Ce récit du Malais paraissait vraisemblable. Les tribus de l'île Nias étant perpétuellement en guerre afin d'entretenir le commerce des esclaves. Il fut corroboré par l'attitude des femmes et des enfants qui se groupèrent autour des Malais avec des marques de grande affection.

Les torts en cette aventure étaient du côté de Marcus. Il le reconnut mentalement, et quoiqu'il n'y eut personne de mort parmi les Malais, il leur donna quelques piastres, deux ou trois fusils et fit réparer la mâture de la proa par son charpentier. Quant aux blessés, ils gardèrent les horions qu'ils avaient reçus. C'est ainsi que les choses se passent habituellement.

Marcus se consola en songeant que nul ici-bas n'est exempt d'erreur.

CHAPITRE XXIV

Le serpent de mer a-t-il existé ?

Si l'on entend par serpent de mer *l'ichtyosaure*, dont on trouve les restes fossiles dans les couches des terrains secondaires que l'on désigne sous le nom de *calcaire jurassique*, en Angleterre, en Allemagne, en France, la question peut se résoudre affirmativement.

Rien de plus monstrueusement bizarre que la structure de cet animal. C'était un reptile marin de six à sept mètres de longueur, portant à l'extrémité d'une tête de lézard, une mâchoire de dauphin avec des dents de crocodile, et une colonne vertébrale de poisson avec des nageoires de cétacé, disposées pour la vie aquatique, quoiqu'on ne puisse dire d'une façon certaine si *l'ichtyosaure* vivait dans les eaux douces ou dans la mer.

Cela étant admis, tout ce qui a été dit et écrit au sujet de ce monstre marin s'explique par l'ignorance, la légende, la crédulité et les traditions.

Quelques écrivains ont été chercher des documents sur l'existence du serpent de mer jusque dans la Bible, où il est question, comme on on sait, du « *léviathan, ce serpent immense ; ce serpent à divers plis et replis, et qui fera mourir la baleine qui est dans la mer* » ; et, s'appuyant non seulement sur cette parole d'Isaïe, mais encore sur la description que donne Job du *léviathan*, sur ce qui est écrit dans le livre d'Amos (verset 3, chap. IX), ils affirment que les Israélites considéraient le léviathan comme un *serpent marin*, dont la bouche était garnie de dents redoutables, dont le corps était recouvert d'écailles serrées et dont les yeux étaient étincelants. Il semblait que de sa gueule sortaient des flammes. De ses naseaux s'échappaient des fusées de vapeur. Ses membres étaient métamorphosés en nageoires, comme ceux des amphibies. L'armure dont il était recouvert le rendait invulnérable à l'épée, à la fronde, à la flèche. Son arrivée était marquée par un remous, un bouillonnement de l'onde, et il était phosphorescent.

Tout cela, avec un peu de bonne volonté et en faisant la part à l'amplification si commune chez les Orientaux, pourrait s'appliquer à l'ichtyosaure et même au requin. Mais si nous devons en croire un très savant rabbin, que je n'ose nommer ici dans la crainte de blesser sa modestie, le *léviathan* de la Bible ne serait autre chose qu'une figure, caractérisant le génie du mal, — Satan, si l'on préfère.

Etant donnée la forme allégorique de la Bible, je crois fermement que l'opinion du savant rabbin est la seule vraie.

Dans l'antiquité païenne, il n'est nullement question du serpent de mer (1), et pour en retrouver la trace, il faut arriver jusqu'au moyen-âge et s'inspirer des légendes naïves des pays scandinaves. A coup sûr de pareilles autorités ne peuvent inspirer aucune confiance.

En 1752, l'évêque de Bergen (Norvège) raconte que dans ce pays, on a une foi crédule en l'existence de ce reptile. Pierre Das, un poète populaire du Nord, le chante sous le nom de *Soë-Armeu*. Nicolas Gramius, ministre de l'évangile, Olaüs Magnus, archevêque d'Upsal, Paul Egède et même Ruysch, dans son *Histoire naturelle,* affirment l'existence du serpent de mer. Ils font plus : ils déclarent l'avoir vu. « Il a une crinière, son corps est couvert d'écailles, ses yeux sont brillants ; il se lance contre les navires, happe et traîne à lui tout ce qu'il trouve », dit l'un. — « Il renverse tout sur son pas-

---

(1) Ce que disent Palladius et Pline, l'un du serpent du Gange, l'autre des prodigieux vers « bleus » qu'on trouve dans ce fleuve, et qui peuvent saisir et noyer un éléphant, doit s'appliquer au requin.

sage, animaux, arbres et cabanes, faisant entendre des cris épouvantables », dit un autre. — « Ce serpent marin a cinquante pieds de long ; vingt-cinq à trente mètres », prétendent les derniers.

Ces affirmations ne sont que fables et mensonges.

Maintenant si l'on pose de cette façon la question : Le serpent de mer existe-t-il ?

Voici ce que les modernes répondent :

M. Laurent de Ferry, capitaine à Bergen — toujours la Norvège ! — décrit ainsi, à la date du 21 janvier 1751, le monstre marin qu'il prétend avoir vu à trois lieues de Molde : « Le serpent nagea dans la même direction que nous, et malgré tous nos efforts, il nous eut bientôt dépassés. Je pris mon fusil, qui était chargé, et tirai sur lui. Il plongea presque au même instant et ne reparut plus, et nous vîmes que je l'avais atteint de quelques plombs, car l'eau resta rougeâtre pendant une ou deux minutes, à l'endroit où il avait plongé. Sa tête, qui s'élevait à plus de deux pieds au-dessus des vagues les plus hautes, ressemblait à celle du cheval. Il était de couleur grise, avec la bouche très brune, les yeux noirs et une longue crinière qui flottait sur son cou. Outre la tête de ce reptile, nous pûmes distinguer sept ou huit de ses replis qui étaient très gros, et renaissaient à une toise l'un de l'autre. »

Le pasteur Donald Maclan, s'adressant à la Société anglaise wesnérienne d'histoire naturelle, écrit des îles Hébrides, au sujet du serpent de mer.

« Si ma mémoire est fidèle, je l'aperçus en juin 1808 sur la côte de Coll..... A première vue, il m'avait paru comme un petit rocher... je l'examinai attentivement. Je vis alors qu'il s'élevait considérablement au-dessus du niveau de la mer, et je distinguai un de ses yeux... Tout à coup, nous vîmes le monstre plonger de notre côté. Persuadés qu'il nous poursuivait, nous fîmes force de rames..... à quelques toises de la barque, trouvant l'eau profonde, il redressa son horrible tête, et faisant un détour il parut évidemment embarrassé pour se dégager de la crique. Sa tête était grosse, d'une forme ovale et portée par un cou plus effilé que le reste du corps... Son corps allait en s'amincissant vers la queue, dont il était difficile de bien voir la forme, parce qu'il la tenait continuellement basse... Sa longueur pouvait être de soixante dix à quatre-vingts pieds. A la même époque, il fut aperçu dans les parages de l'île de Canna. Une barque le vit venir sur elle, la tête hors de l'eau. Un des hommes de cette barque déclara que sa tête était grosse comme un petit baril et ses yeux aussi larges qu'une assiette. »

Impossible d'être plus naïf que cet excellent pasteur!

Vers la même époque, dans l'une des Orcades, des juges de paix et divers savants(?) dressèrent un procès-verbal pour constater la présence sur la côte du corps d'un monstrueux serpent qui était venu s'échouer sur la plage. Ce monstre avait seize mètres soixante-quinze centimètres de longueur et trois mètres de circonférence. Une sorte de crinière hérissée s'étendait depuis le renflement qui succédait au cou jusqu'à un mètre environ de la queue. Les soies de ces crinières étaient phosphorescentes la nuit, et ses nageoires avaient un mètre soixante-quinze de longueur.

M. Armand Landrin, dans ses *Monstres marins,* déclare que c'est là une constatation officielle de l'existence du serpent de mer.

Nous n'avons pas la même confiance que lui dans les juges de paix et les savants anonymes des Orcades.

Au mois d'août 1817, rapporte le même auteur, on annonça à la Société linnéenne des Etats-Unis qu'un animal prodigieux avait été plusieurs fois rencontré à trente milles environ de Boston, dans la baie de Glocester. Son aspect général rappelait celui du serpent; il nageait avec une étonnante rapidité, semblable à une série de bouées ou de tonneaux qui chacun plongeait à son tour.

Un des témoins, qui n'avait vu le serpent que de loin et à travers salunette, compta huit fractions espacées. Un autre le vit, le 16 août, glissant avec rapidité entre deux eaux, et le 23, tranquillement étendu sur les flots, laissant effleurer son corps, de couleur brun foncé, sur une longueur de cinquante pieds.

Un troisième témoin compare sa tête à celle d'un serpent à sonnettes, mais aussi grosse que celle d'un cheval, et estime que son corps a cent pieds de long.

Il avait grandi!

Enfin un voyageur belge et un capitaine hollandais du nom de Verstraten, racontent qu'ils ont vu en mer, non loin de Java, un serpent de dimensions gigantesques.

C'est la dernière fois, ajoute l'auteur que nous venons de citer, qu'on entendit parler du curieux animal.

La dernière fois!... Eh bien, que devient la légende qu'on prête à cet excellent Constitutionnel!

Soyons sérieux. Des serpents de mer, il en existe et en grand nombre dans les mers chaudes et dans les eaux de la Nouvelle-Calédonie; mais la taille de ces serpents n'a jamais dépassé deux mètres, et ils sont absolument inoffensifs.

Ce qui, en outre de la légende, a pu faire croire à l'existence du grand serpent de mer, c'est un fait purement scientifique que nous allons raconter et que Frédol a décrit dans le *Monde de la mer*.

C'était la nuit, une de ces merveilleuses nuits d'Orient dont nous ne pouvons, sans les avoir vues, nous faire une idée exacte. Tous les objets, côtes accidentées et mer lointaine, se dessinaient dans une sorte d'éther fluide, aussi distinctement que dans la clarté d'un beau jour. Les rayons de la lune glissaient à travers les bois, les forêts, les coteaux et coloraient la mer, les fleurs, les feuilles, les fruits, les masses granitiques de tons doux et moelleux; ces teintes pâles et fondues, un léger vent du soir, frais et réconfortant, qui ranimait de son souffle humide la végétation fanée et les corps allanguis par l'atmosphère brûlante du jour, formaient un contraste délicieux avec le rayonnement volcanique du soleil, alors que sa lumière éblouissant les yeux, enflamme tout ce que l'on voit, tout ce que l'on touche et que l'on peut à peine respirer dans l'écrasante chaleur de ce foyer incandescent. Marcus, le docteur Railli, et James Brown, le second, fumant et causant, étaient assis à l'arrière. Les hommes de quart veillaient à l'avant.

Tout à coup, de l'horizon lointain de la mer, rembruni par la distance, apparut sur les flots tranquilles, venant vers le navire, avec des ondulations régulières, un corps allongé, lumineux, dont la longueur pouvait être estimée, vu la distance, à cinquante ou soixante mètres.

Aussitôt les hommes de quart, pris de frayeur, s'écrièrent :

— Le grand serpent de mer ! le grand serpent de mer !

Marcus, le docteur Railli et le second, attirés par les cris des matelots, regardèrent vers l'avant et aperçurent le prétendu monstre marin.

Alors James Brown, aussi lui, s'écria :

— Le grand serpent de mer !

De fait, l'illusion était complète, et sans avoir la crédulité et l'esprit superstitieux des Malais, on pouvait croire en voyant se dérouler dans la mer, par un mouvement lent et continu, des anneaux lumineux, à la présence du fameux reptile.

Le docteur sourit, et s'adressant à Marcus, qui contemplait silencieusement cette étrange apparition, il lui dit :

— Mon cher capitaine, faites mettre un canot à la mer ; nous allons aller au-devant du monstre.

Le canot fut descendu et l'on éveilla Nonor.

— Prends le commandement du quart, lui dit Marcus lorsque le nègre fut sur le pont.

Les trois marins, accompagnés d'un matelot, sautèrent dans l'embarcation.

— Et des armes ! fit James Brown.

— Elles seraient inutiles, répondit le médecin.

Marcus se plaça au gouvernail, le docteur à l'avant, le second et le matelot aux avirons.

A mesure qu'ils s'avançaient vers le monstre, le corps lumineux prenait des proportions plus gigantesques et ses ondulations devenaient plus accentuées.

Le matelot n'était pas tranquille.

Bientôt ils arrivèrent dans les eaux du reptile, et, comme par enchantement, l'illusion s'évanouit.

— Voilà votre serpent de mer, mon cher James Brown, dit le docteur Railli avec son fin sourire. Ce sont tout simplement des *salpes phosphorescentes* ou algues brunes qui flottent en un long cordon et que la nuit rend lumineuses.

Le second donna un coup d'aviron au milieu de ces animalcules et il en jaillit des étincelles.

— Les salpes reprit le docteur, sont des mollusques agrégés. Isolé, chacun d'eux a un corps long, à peu près cylindriques, brisé, contractile, ouvert à chaque extrémité. Réunies en files transparentes, comme en ce moment, et composées d'individus placés côte à côte et greffés transversalement à chaque extrémité, elles forment un double cordon parallèle que vous avez pris pour le grand serpent de mer. Êtes-vous convaincu, maintenant ?

— Mais, demanda l'Américain un peu confus, le grand serpent de mer n'existe donc pas ?

— L'étude des ossements fossiles a révélé, à une époque de la création, l'existence de reptiles plus extraordinaires que votre serpent. Quant à lui, croyez bien que personne ne l'a jamais vu.

— D'où vous concluez ?

— Ma foi, tirez la conclusion vous-même !

L'on revint à bord, où le matelot raconta à ses compagnons que ce qu'ils avaient pris pour le grand serpent de mer n'étaient autre chose que des algues marines.

Le crut-on sur parole ?

Nous n'oserions l'affirmer.

Mais, nous dira le lecteur, les *salpes phosphorescentes* n'ont ni tête qui s'élève au-dessus des flots, ni crinière, ni gueule enflammée, ni œil gros comme des assiettes.

Eh bien, cela prouve, cher lecteur, que nos marins sont moins crédules que par le passé, et que les fabricants de lunettes ont fait de grands progrès dans l'art de l'optique.

CHAPITRE XXV

BONNE ACTION MAL RÉCOMPENSÉE

L'équateur coupe obliquement Sumatra en deux parties à peu près égales ; néanmoins la côte ouest jouit d'une température assez modérée, à cause de ses vents humides. Mais elle est marécageuse et brumeuse ; on l'a nommé *côte de la peste,* parce que les équipages européens, qui viennent y chercher du poivre, du camphre, du benjoin, des nids d'oiseaux qu'on doit à la salangane, l'étain, ce rare et précieux métal, y son décimés par la dysenterie et les fièvres putrides qui naissent du voisinage des jungles. Les tempêtes, le tonnerre et les éclairs s'y renouvellent fréquemment, surtout dans la saison pluvieuse. Dans les rivières grouillent les crocodiles et toutes sortes de reptiles ; le caméléon et le lézard volant se montrent dans les broussailles, et nulle part les insectes ne sont plus nombreux ni plus importuns.

Dans ces conditions, un plus long séjour de la *Revanche* entre les îles Nias et Babi devenait dangereux pour l'équipage; déjà quelques matelots, atteint par la fièvre des jungles, qui corrompt le sang et conduit ses victimes à la folie, puis à la mort, avaient succombé et l'on avait dû s'empresser de jeter leurs cadavres à la mer, pour se délivrer de l'odeur méphytique qu'ils exhalaient.

La *Revanche* quitta donc son mouillage et fit voile dans la direction des grandes îles de la Sonde, où la piraterie s'exerce à peu près sans entraves. Dans ces îles, plus de deux milles proas armées, navires marchands en apparence, se livrent au brigandage maritime quand elles en trouvent l'occasion.

A la hauteur de l'île Angano, que Marcus voulait éviter parce qu'elle est entourée de récifs dangereux, la *Revanche* se trouva, un beau matin, au milieu d'une flottille de proas, montées par des pirates qui regagnaient Angano, leur repaire.

Ces proas s'étaient, dans la nuit, approchées de Sumatra, éloigné de trente lieues d'Angano, et, profitant de l'obscurité et aussi de l'impossibilité de fuir où se trouvaient les naturels de la côte, qui, dans ces pays marécageux, habitent des maisons flottantes attachées aux arbres, avaient fait prisonnier les femmes, les enfants et tous ceux qui n'avaient pu ni combattre, ni se sauver. Les pirates revenaient donc chez eux avec une cargaison vivante se composant de plus de deux cents personnes.

A l'apparition de la *Revanche*, les malheureux prisonniers se mirent à pousser des clameurs déchirantes, dans l'espoir de trouver aide, secours et protection dans le navire européen.

Leur attente ne fut pas déçue.

Marcus embossa son cutter devant Angano pour empêcher les proas de passer, et entama contre celles qui étaient en tête un feu nourri. En même temps la chaloupe, montée par vingt hommes commandés par James Brown, fut mise à la mer, afin de prendre en flanc les proas et de couper leur retraite vers la côte de Benkoulen.

Le premier boulet parti du cutter coula à fond la proa pilote, ce qui ne manqua pas de jeter la consternation parmi les pirates.

De leur côté, les prisonniers se voyant secourus, reprirent courage et aidèrent de leur mieux aux efforts de leurs sauveurs; ils étaient en majorité dans les proas, et, quoique sans armes , ils entamèrent une lutte corps à corps avec les forbans. Leur nombre suffisait pour que ceux-ci, intimidés déjà par la présence du navire européen, lâchassent pied et se réfugiassent à la nage, dans les proas non chargées, auxquelles leur rapidité permettait de fuir. Il y eut bien par-ci par-là, quelques têtes cassées, quelques poitrines trouées, quelques hommes noyés ; mais la flottille s'était débandée, et les embarcations montées par les pirates cherchaient le salut dans la fuite. Le cutter évoluait dans leurs eaux, et lançant des bordées de tribord et de bâbord, les criblait de mitraille. La chaloupe les poursuivait avec acharnement, les écrasant, quand elle se trouvait à portée, de ses décharges de mousqueterie.

Bref, la chasse devenait superbe et pleine d'émotions. Marcus, à la barre, faisait manœuvrer la *Revanche* comme il eut fait d'un canot à la voile dans une baie tranquille, et exalté, enfiévré, poussait des hourras de triomphe.

Jamais il n'avait été aussi heureux.

Enfin, ceux des pirates qui avaient pu s'échapper disparurent dans l'horizon lointain. Marcus, rallia la flottille, qui ne contenait plus que les prisonniers, mit en panne et se rendit, avec le canot de l'arrière, à bord de la proa la plus voisine.

On devine quel accueil enthousiaste lui firent les naturels du pays de Benkoulen, victimes des pirates. Hommes, femmes et enfants se jetèrent à ses pieds et baisèrent ses vêtements. S'il l'eût voulu, il n'est pas douteux que ces braves gens l'eussent proclamé leur chef et qu'il fût devenu très promptement rajah de cette importanse partie de la côte de Sumatra. Mais Marcus était sans ambition, ou plutôt il en avait une autre que nous connaissons.

— Mes amis, dit-il aux Malais, je reçois vos remerciements et ne veux rien de plus. Je suis trop heureux d'avoir pu vous rendre à la

liberté. De plus, je vous abandonne les barques que vous montez et
tout ce qu'elles contiennent; et, afin d'éviter une nouvelle attaque
possible de la part des pirates, je vais vous escorter avec mon navire
jusqu'à la côte de Benkoulen.

On ne pouvait être ni plus généreux, ni plus serviable.

Marcus retourna à son bord, et la flotte se dirigea vers la côte, où
elle arriva dans la soirée.

La *Revanche* se mit au mouillage dans une baie formée de trois
îlots inhabités. Aussitôt les Malais apportèrent à bord des fruits,
du poisson, des poules d'Inde et des faisans qui, à Sumatra, sont
plus gros que les faisans d'Europe et d'une richesse de plumage
extraordinaire.

L'atmosphère était d'une telle limpidité que, dans la baie, on dis-
tinguait le fond de la mer, le roc, les poissons et les coquillages, —
ceux-ci et ceux-là variés à l'infini; et parmi les poissons, l'horrible
scorpène dont les formes fantastiques en font un des monstres qui sur-
passent en laideur ce que l'imagination aurait pu enfanter de plus
capricieux; la chimère monstrueuse, longue de deux pieds, au dos
argenté, aux nageoires d'un brun éclatant. Au sommet de sa tête, se
trouve un appendice curieux : un os fixé dans le front, recourbé en
avant et hérissé d'aiguillons à la face inférieure. Quel est l'usage de
cet appareil? On l'ignore. Puis, à côté, le péristédion mallarmat dont
le corps est couvert de plaques osseuses, mobiles, qui lui forment une
arme défensive admirable. Le pilors filamenteux, le plus difforme et
le plus monstrueux de tous les poissons, d'après Cuvier. « Cet être
est tellement hideux, nous dit Landrin, que l'imagination a peine à
concevoir que son image ne soit pas le résultat des divagations d'un
fou bien plutôt que la scrupuleuse copie de la nature ». Le mono-
centre, dont le corps entier est cuirassé; la chironocte rude ou bau-
droie, que les marins appellent *diable de mer*, parce qu'il ressemble
à un de ces démons bizarres dont on voit l'image sur les gravures
anciennes; le mole, dont le corps est si aplati, si arrondi dans son
contour vertical qu'on le prendrait pour un disque: il est argenté et
brillant pendant le jour, phosphorescent pendant la nuit; le tétra-

don, à la forme arrondie et couvert de piquants triangulaires dont la
blessure est mortelle. Ce poisson possède l'étrange faculté de se gon-
fler en avalant l'air; il devient alors presque globuleux, hérissé d'épines et flotte, insaisissable, à la surface de la mer. Enfin, le marteau
dont la conformation est des plus extraordinaires qu'on connaisse,
squale long de six pieds, plus hardi, plus vorace et plus sanguinaire
que le requin, mais beaucoup moins fort; et toute la famille des poissons volants, les exocets, les dactyloptères, la scorpène volante, le
trigle volant, le prionote volant, le trigle lanterne et le pégase volant;
tous plus ou moins splendides par l'éclat de leurs nuances les plus
vives, les plus belles et les plus variées.

Au large, la mer était calme, nulle brise ne troublait sa surface.
Aussi loin que l'œil pouvait en embrasser l'étendue, elle paraissait
unie, et semblait ne se ressentir d'aucune agitation.

Des vapeurs grises, semblables à une gaze transparente, voilèrent
peu à peu les montagnes émergeant de la côte. La lune apparut, montrant un disque rouge, comme ensanglanté! Il faisait une chaleur écrasante; pas un souffle de vent ne courait dans l'atmosphère. C'était à
ce point que la flamme du fanal, qui brûlait à air libre, s'élevait aussi
tranquille que si elle se fût trouvée dans un appartement bien clos.
Derrière les marais de la côte, où s'abritaient des tigres, des éléphants,
des serpents, on entendait des cris de fauves, et çà et là, au milieu
des broussailles, surgissaient des lumières errantes ou stationnaires
dont l'existence restait inexplicable.

Tout à coup, les étoiles s'éteignirent et la nuit se fit noire. Des
éclairs surgirent subitement du col des montagnes et montrèrent à
la côte des lames monstrueuses qui venaient se briser avec fracas sur
la plage, comme si elles eussent été poussées par une formidable tempête.

— Le raz de marée! cria une voix à bord.

— Le simoun! répliqua une autre voix.

Le raz de marée se manifeste surtout dans les mers tropicales, où
l'action de la marée est presque insensible. Quelquefois ce phénomène est un signe précurseur de ces grands ouragans qui déso-

lent les pays intertropicaux et presque toujours ils l'accompagnent. Les raz de marée ne sont soumis à aucune loi de périodicité ; ils apparaissent dans les circonstances atmosphériques les plus différentes, tantôt par un temps calme et un ciel serein. Des courants croisés, des vagues tumultueuses sont les seuls indices qui marquent le passage des raz de marée en pleine mer ; mais à la côte, la mer est soulevée à une grande hauteur au-dessus de son niveau, et tellement remuée par de soudaines commotions, que les rochers du rivage en sont ébranlés.

En même temps que ces cris étaient poussés, il se fit entendre un assourdissant coup de tonnerre dont les échos prolongés coururent sur la côte comme un roulement sonore. Une rafale de vent, sorte de trombe gigantesque, balaya les eaux et enleva du navire, voiles, agrès, vergues ; la *Revanche*, ayant perdu ses deux ancres, et avec ses mâts nus, resta frémissante sur les flots. Heureusement que Nonor s'était porté vivement à la barre.

La mer se couvrit d'une écume blanche qui envahit le bâtiment comme une cataracte fougueuse ; il plongea sous l'eau, et le pont fut complètement balayé. On eût pu croire qu'il venait de sombrer.

D'une main vigoureuse, Marcus saisit le docteur Railli par les flancs, et de l'autre s'accrocha aux haubans afin de ne pas être emporté par les vagues envahissantes. Enfin le navire se releva, mais le pont était vide. Nonor se tenait ferme à la barre ; quelques matelots, muets de terreur, tremblants, ruisselants d'eau, rampaient vers l'arrière. D'autres, entr'ouvrant légèrement les écoutilles montraient leurs têtes effarées. Les éclairs et les détonations de la foudre se succédaient sans interruption et faisaient de la nuit un jour enflammé qui éblouissait et brûlait les yeux.

Sur la mer, blanche d'écume, Marcus crut apercevoir des points sombres qui semblaient lutter contre les vagues, et son oreille perçut des voix qui appelaient au secours.

— Vite ! le canot à la mer ! cria Marcus.

— Le canot a été emporté ! répondit Nonor.

— Qu'on embarque la chaloupe, en ce cas, ordonna Marcus. Il ne sera pas dit que moi vivant un seul de mes matelots manquera de secours.

Les marins hésitaient. Mais Marcus et le docteur se mirent courageusement à la besogne, et leur exemple électrisa ce qui restait de l'équipage.

La chaloupe flottait enfin. Marcus, le médecin et quatre hommes s'y précipitèrent avec des avirons.

— Veille à la barre, Nonor! cria Marcus.

De James Brown, point de trace. Sans doute il avait été enlevé par la rafale.

Les éclairs avaient disparu. De temps à autre une lueur fulgurante éclatait au milieu des ténèbres et jetait sur les eaux un éclat sinistre qui en faisait ressortir l'horreur.

— Chien de temps, capitaine, dit une voix qui semblait partir des flots.

— James Brown! s'écria Marcus en reconnaissant la voix de son second.

— Lui-même, capitaine! et qui vous sait gré de votre dévouement à le repêcher.

En même temps qu'il parlait, il enjamba la chaloupe.

— Du courage, mes *boys!* ajouta-t-il en s'adressant aux rameurs et en appuyant vigoureusement sur les avirons. Il y a là une douzaine de vos camarades qui boivent à la grande tasse.

On recueillit ainsi huit ou dix hommes qui s'étaient réfugiés çà et là sur les épaves et les agrès enlevés par la tempête.

Mais le vent et la pluie avaient succédé aux éclairs et à la foudre, et la nuit était horriblement noire.

— Il faut retourner à bord, capitaine, dit James Brown, sous peine d'aller rendre visite au *Vieux Nick* (le diable). Déjà nous n'apercevons plus le cutter, et ce ne sera pas petite besogne de le rejoindre.

— Il nous manque plusieurs matelots! objecta Marcus.

— Vous avez raison, capitaine. Cherchons encore.

Les recherches, hélas! furent inutiles, et la situation devenant de

plus en plus dangereuse, l'on dut rejoindre le bâtiment, ce qui n'é-
tait pas précisément chose facile.

Enfin après une demi-heure de navigation, on retrouva le cutter,
et Marcus s'empressa de faire remonter à bord, par l'arrière, d'abord
les matelots sauvés, ensuite le second.

Celui-ci s'y refusait obstinément, jurant ses grands dieux qu'il ne
monterait qu'après son capitaine et le docteur.

— Et moi, dit Marcus je vous ordonne de m'obéir !

Cet ordre ne souffrait pas de réplique.

James Brown s'empressa de monter à bord.

A ce moment, un nouveau coup de vent rompit la corde du grappin qui retenait la chaloupe au cutter, et l'embarcation n'étant plus
gouvernée, fut entraînée dans un tourbillon et capota.

Marcus, le docteur Railli et les quatre rameurs disparurent dans
les flots.

Allaient-ils donc être victimes de leur généreux dévouement !

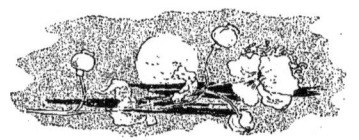

CHAPITRE XXVI

L'HOMME DES BOIS

Le cutter, perdu dans la nuit noire, était devenu subitement invisible.

Par un temps pareil, avec une mer semblable, après les fatigues et les émotions qu'ils venaient d'éprouver, la situation des naufragés, si elle se prolongeait, allait devenir pleine de périls.

Marcus, se soutenant sur les eaux sans s'éloigner de ses compagnons, fit entendre un cri, toujours le même :

— Nonor !

Le nègre et James Brown, tous les deux aux aguets, entendirent cet appel.

— C'est à moi de me dévouer, dit l'Américain; Marcus Gallois vient de me sauver la vie, je vais la lui offrir pour essayer de sauver la sienne.

Mais Nonor, repoussant brusquement James Brown qui s'attachait une corde autour du corps avant de se jeter à l'eau, lui mit la roue du gouvernail dans la main, et, sans se préoccuper des protestations du second, sans l'entendre même, prompt comme l'éclair, merveilleux de décision et d'audace, — sa poltronnerie d'autrefois n'existait plus — il s'empara de la corde que tenait James Brown, l'attacha par son extrémité à l'étambot, et, enroulant l'autre extrémité autour de son bras, il s'élança dans la mer au secours des hommes en danger de mort.

— Hip! hip! hurrah! criait l'Américain enthousiasmé de l'ardeur et du courage du nègre.

Les voix de Marcus et du docteur Railli, l'appelant tour à tour, guidaient Nonor. Il nageait à la brassée et faisait des bonds formidables sur les flots. Sa tête crépue semblait comme phosphorescente sur les ondes, et il criait :

— Courage! courage! Me voilà!

Marcus, Railli et les quatre matelots se tenaient cramponnés à la quille de la chaloupe.

Une vague emporta Nonor jusqu'à l'endroit où gisait l'épave.

Il s'y cramponna, aussi lui, déroula la corde qui entourait son bras, la donna à Marcus et à ses compagnons et leur dit :

— Voilà le salut. Hâlez-vous doucement sur cette corde.

— Et toi? fit Marcus.

— Moi, je retourne à bord pour aider à votre sauvetage.

Sans attendre des remerciements, toujours brave et courageux, il regagna le bâtiment à la nage.

L'équipage, sur ses indications, se mit à tirer sur la corde et amena sur le pont la grappe humaine qui s'y était accrochée.

Marcus et le docteur Railli se jetèrent l'un après l'autre au cou de Nonor et l'embrassèrent. Les matelots, très émus, lui pressaient les mains.

— Tu es un homme, toi! dit le médecin.

— Oui, ajouta Marcus, et ses pareils sont rares !

— Vous oubliez master James Brown, fit observer le nègre en souriant. Il voulait se dévouer à votre salut, c'est moi qui l'en ai empêché.

— Pourquoi ?

— Parce que je ne laisserai jamais à aucun autre le soin de venir en aide à mon capitaine lorsque sa vie sera en danger.

Marcus tendit une de ses mains à Nonor et l'autre au second.

— Merci! mes bons amis! leur dit-il simplement.

Le navire était à moitié plein d'eau, ce qui l'avait empêché d'être jeté à la côte. On travailla pendant tout le reste de la nuit à le vider, et ce ne fut qu'à l'aurore qu'on put faire l'appel. Il manquait six hommes.

La *Revanche* se trouvait au milieu des brisants. C'était un miracle qu'elle n'eût pas été engloutie. En face, le raz de marée se faisait encore sentir, et de grosses lames venaient se heurter contre les rochers; peu à peu leur fureur s'éteignit, les eaux reprirent leur calme habituel.

Le brouillard vaporeux qui ensevelissait la côte d'une sorte de linceul se déchira; le soleil émergea, splendide et radieux, de derrière la montagne, laissant voir le marais, sombre et effrayant, qui s'étendait sur une surface immense le long du rivage. Si le cutter eût été poussé là, c'en était fait de lui et de son équipage.

La situation n'en était pas moins des plus critiques. Sans ancre, sans canot, sans chaloupe, sans voiles, sans manœuvres, le navire ne représentait plus qu'un ponton. Que le vent soufflât un peu et le jetât sur les rochers, toute chance de salut lui était enlevée!

En examinant la mer avec sa lunette, Marcus aperçut un point noir qui flottait. Ce ne pouvait être que la chaloupe.

Deux matelots se mirent à la nage, emportant un câble qu'ils attachèrent à l'avant de l'embarcartion. Le câble fut placé sur le cabestan et l'on amena la chaloupe à l'arrière du bâtiment, où elle fut retournée et vidée.

Alors une vingtaine d'hommes y descendirent et remorquèrent la *Revanche* à l'endroit où elle était la veille, c'est-à-dire à l'abri des îlots inhabités. Elle fut maintenue à cet endroit par des câbles, et l'on s'occupa immédiatement de réparer les avaries, ce qui demandait du temps et beaucoup de peine, car tout manquait aux marins: fer, cordes, voiles et du bois pour remplacer les manœuvres perdues.

— Par le diable! grondait James Brown dans sa barbe blonde, voilà ce que nous avons gagné à secourir ces imbéciles de Malais!

Sans cette maudite rencontre, nous serions aujourd'hui bien tranquilles dans la rade de Batavia.

Ce brave Yankee oubliait qu'il en coûte, parfois, à jouer le rôle de la providence.

Nous devons dire, cependant, que les gens de la côte délivrés par la *Revanche* surent reconnaître le grand service que leur avait rendu Marcus en se mettant à sa disposition pour lui fournir tous les objets dont il pouvait avoir besoin et en lui apportant des vivres frais, des cordages faits avec l'écorce du cocotier et des bois pour les espars et les vergues, — et tout cela sans vouloir accepter aucune rémunération. Le surplus, c'est-à-dire le fer et la toile, lui vint de Benkoulen, ville neutre hollandaise.

Nonor, dont l'adresse était peu commune, le charpentier du navire et les matelots chinois, habiles à tous les travaux manuels, s'occupèrent à remettre la *Revanche* en état de reprendre la mer.

Pendant qu'à bord on se livrait à ce travail, Marcus et le docteur Railli, — parfois aussi James Brown, — se rendaient fréquemment à terre, les deux premiers pour chasser et herboriser, le troisième pour assister aux combats de coq, qui sont, avec le jeu de dé, la plus grande passion des habitants de Sumatra.

Or, un jour que Marcus et le docteur Railli, chassant ensemble, s'étaient attardés sur le rivage à recueillir des huîtres et des coquillages, ils entendirent au-dessus d'eux, partant des rochers qui les entouraient, des battements d'ailes ressemblant au vol de la poule d'Inde.

Ils levèrent la tête.

C'était un superbe faisan qui voltigeait sur les rochers.

Marcus le mit en joue.

— Prenez garde, lui dit tout à coup le médecin, je crois apercevoir des traces de tigre, et il me semble que les buissons s'agitent.

Ils se cachèrent sous une saillie du roc et glissèrent des balles dans leurs carabines.

Le docteur Railli ne s'était pas trompé ; mais à la place d'un tigre, ce fut être humain qui apparut.

Marcus, rassuré, allait se montrer; il en fut empêché par le médecin qui lui fit signe de se taire et de ne pas bouger.

Pendant ce temps l'homme sauvage s'était laissé glisser le long des rochers et avait gagné le rivage. C'était un vieillard complètement nu, à la figure étrange, tout couvert de poils et de cheveux gris, grand, maigre, presque décharné; ses bras et ses jambes étaient d'une longueur démesurés. Son visage noir, sa longue barbe grisonnante, les rides de son front, l'expression triste et sauvage de son regard faisaient de lui une créature extraordinaire.

Il s'assit au bord de l'eau, ramassa des coquillages, les brisa avec un caillou et les avala voracement. Puis, ayant cueilli une large feuille, il la plia en forme de cornet, l'emplit d'huîtres et disparut derrière le rocher.

— Suivons-le, dit Marcus au médecin.

Ils contournèrent le rocher et se mirent à la poursuite du sauvage, qu'ils apercevaient devant eux parcourant un sentier étroit, tortueux, et tout parsemé de broussailles et de lianes. Avec un énorme rotin qu'il avait arraché en chemin, il renversait ou brisait les lianes qui s'opposaient à son passage. Il franchit ainsi côteaux, rocs stériles, lit desséché d'un ruisseau et arriva jusqu'à un petit bois où croissaient des bananiers et des dourians, dont il cueillit plusieurs fruits après s'être assuré de leur degré de maturité.

Chargé de fruits et de coquillages, il fit de nombreux tours et détours pendant lesquels son regard, inquiet et soupçonneux, examinait le sol avec une attention minutieuse, et il s'introduisit dans une sorte de clairière ou d'enclos tout parsemé d'arbres et dont le sol ne gardait aucune trace d'herbe.

Au milieu de cette clairière, dans les inextricables entrelacements des racines extérieures du *Polyalthéa,* l'arbre le plus bizarre de l'île, se trouvait une cabane couverte en feuilles de palmiers, sous laquelle l'homme sauvage pénétra en rampant.

Jamais retraite de cénobite ne fut mieux choisie. Cachée sous les arbres à l'entrée de la forêt, elle était protégée par une haie épaisse de tamarins et de nopals aux feuilles épineuses et entourées de tecks et de polyalthéas en fleurs qui embaumaient l'atmosphère.

Au moment ou Marcus, s'aidant de la crosse de sa carabine, franchissait la haie, il fut piqué à la jambe par les épines du nopal, et croyant avoir été mordu par un serpent, laissa échapper un exclamation et se baissa pour reconnaître la nature de sa blessure.

Le médecin, qui était resté de l'autre côté de la haie, cria tout à coup :

— Prenez garde, Marcus !

Le marin releva la tête et se vit en présence de l'homme sauvage que son exclamation avait fait sortir de sa cabane.

Il s'avançait par grandes enjambées, le regard en fureur, avec des grincements de dents et armé du terrible rotin, qu'il manœuvrait comme s'il eut porté un simple stick. Il n'était pas douteux pour Marcus que le sauvage arrivait avec des intentions hostiles

Le jeune marin, sans le quitter des yeux, étendit les bras vers la haie où il avait posé sa carabine ; mais d'un bon rapide l'homme sauvage s'approcha du capitaine de la *Revanche*, et tenant son bâton des deux mains, le leva pour asséner un coup furieux sur la tête de notre héros ; celui-ci fit un saut de côté et le rotin tomba dans le vide. Le sauvage, exaspéré par cet insuccès, allait recommencer son attaque, lorsque la détonation d'une arme à feu retentit derrière la haie. De nouveau l'homme sauvage fit un bond prodigieux et vint tomber de tout son poids sur Marcus, qu'il étreignit de ses bras nerveux. Mais cette étreinte n'était qu'un spasme de la mort.

La balle du docteur Railli avait traversé le cœur du sauvage ; le sang coulait abondamment de la blessure et inondait Marcus. Avec l'aide du médecin, il parvint à se dégager des bras qui l'enlaçaient.

— Je suis désespéré que notre curiosité ait coûté la vie de ce malheureux, dit Marcus.

— De qui parlez-vous ? demanda le docteur Railli.

— Mais de cet homme !

Le médecin eut le fin sourire qui lui était habituel lorsqu'il se trouvait en présence d'une personne disant une énormité scientifique.

— Çà ! répliqua-t-il, ce n'est pas un homme ! c'est un *orang-outang,* deux mots malais qui signifient homme sauvage, genre de mammifère de l'ordres des quadrumanes et de la familles des singes, dont l'espèce de l'orang-outang peut être considérée comme le type. La conformation de l'orang et son intelligence en font en quelque sorte l'être intermédiaire entre l'homme et la brute. On ne connaît que deux espèces de ce genre : l'une est africaine et vit dans les forêts de de ce continent les plus rapprochées de l'équateur ; l'autre habite Sumatra et Bornéo, et tout porte à croire qu'elle est confinée dans ces deux grandes îles. Il est beaucoup plus rare à Sumatra qu'à Bornéo, où il peuple de vastes districts.

Les *Dayaks* de cette dernière île ont une légende sur l'orang-outang, qu'ils nomment *mias*. Ils affirment que le mias n'a pas d'ennemis ; nul animal n'ose l'attaquer, sauf le crocodile et le serpent python. Il tue toujours le crocodile par la force ; se tenant sur lui, il lui arrache les mâchoires et lui met la gorge en pièces.

Si un python attaque un mias, celui-ci le saisit, le mord et le tue (1).

Cette légende me paraît exagérée. Je reconnais cependant que l'orang-outang est très fort et qu'il n'y a pas dans nos forêts d'animal aussi vigoureux que lui. C'est à cause de cela que j'ai tué celui dont le cadavre gît à nos pieds, parce que, bien certainement, avant que j'eusse pu venir à votre aide, vous auriez été victime de sa férocité.

Marcus et le docteur Railli pénétrèrent dans la cabane de l'orang ; elle ne différait à l'intérieur de celle des naturels de la côte de Benkoulen, qu'en ce qu'elle était beaucoup plus propre et mieux disposée.

La nuit arrivait, et comme cette partie de la côte était infestée de tigres et de serpents, les deux amis s'empressèrent de regagner le bâtiment.

---

(1) Russell-Wallace. *La Malaisie.*

CHAPITRE XXVII

LE DRAPEAU SAUVEUR

Les avaries de la *Revanche* étant réparées, Marcus voulut, avant de quitter ces parages, tenter une descente dans l'île Angano. Toutefois, sa bonne volonté fut paralysée par l'état de la mer, dont les vagues déferlaient avec violence contre les récifs et les falaises inabordables qui entourent l'île.

On arbora le drapeau français à bord du cutter, et une volée de mitraille fut envoyée vers l'embouchure d'une petite rivière où se trouvaient réunies une trentaine de proas ; le coup ne porta point ; mais les falaises et les rochers se garnirent d'habitants de l'île que la présence du navire avait attirés là, et qui donnaient des marques d'une grande frayeur. Quelques-uns, plus braves ou plus intéressés, se montrèrent à l'endroit où les barques étaient attachées et s'empressèrent de les mettre à l'abri des canons de la *Revanche,* en leur faisant remonter le cours de la rivière.

Rien de sérieux et même de possible ne pouvait être tenté contre les pirates d'Angaño.

— Le mouillage, sans être bon, n'offre cependant aucun danger, dit Marcus à James Brown, nous y resterons jusqu'à demain, pour montrer à ces forbans que nous sommes prêts à leur donner une revanche. Vous doublerez le quart de nuit, et chacun se tiendra prêt en cas d'alarme.

— Soyez tranquille, capitaine.

L'alerte prévue arriva dans la nuit ; mais elle n'était point de la nature de celle qu'on pouvait prévoir.

Vers deux heures après minuit, les tribordais signalèrent un mouvement inusité sur les flots. L'alarme fut donnée, et tout le monde se tint prêt à recevoir les pirates, et à leur infliger une nouvelle leçon.

Marcus, averti par James Brown qui commandait le quart, apparut aussitôt sur le pont et braqua sa lunette de nuit vers le point indiqué.

— Je ne vois rien, dit-il, si ce n'est quelques points mobiles qui ne peuvent être des embarcations et qui, cependant, ne sont pas des requins puisqu'ils ne dégagent aucune phosphorescence.

— Pas requins ! déclara laconiquement une voix derrière Marcus ; hommes qui nagent.

C'était Nonor qui parlait ainsi, et dont la vue perçante traversait les ténèbres.

Marcus regarda de nouveau.

— Tu as, pardieu, raison, s'écria-t-il tout à coup. Mais il n'est pas possible que ces bandits s'imaginent nous surprendre.

Les points mobiles signalés approchaient. Nonor ne s'était pas trompé. On pouvait maintenant, même à l'œil nu, distinguer des nageurs mystérieux, venant de terre et s'approchant du bâtiment avec mille précautions. Le buste de l'un d'eux émergea des flots et ses deux mains saisirent, à l'avant, la chaîne de l'ancre, à cinq ou six mètres du navire.

— Ah ! c'est trop d'audace ! murmura le second.

Et, saisissant son revolver, il courut vers le mât de beaupré, afin de déloger l'assaillant de sa position.

Mais à ce moment une voix douce — une voix de femme — fit entendre en français, une prière, un appel au secours.

11

Marcus tressaillit jusqu'aux entrailles.

Cette supplique, dans sa langue maternelle, à quatre mille lieues de la patrie, l'émouvait au dernier point.

Il saisit le bras de James Brown et lui dit :

— Ne tirez pas !

Nonor aussi ému que son capitaine, était déjà à l'avant.

— Qui êtes-vous et que voulez-vous ? demanda-t-il à son tour en français.

— De malheureux esclaves qui se sont échappés d'Angano après avoir aperçu le pavillon français flotter sur votre navire.

Marcus s'était approché.

— Jette vite une amarre, dit-il à Nonor.

Le nègre lança une corde et cria au nageur de s'en emparer ; mais celui-ci dédaignant ce moyen de monter à bord, grimpa le long de la chaîne, gagna une manœuvre extérieure et sauta sur le pont.

C'était une jeune fille de quinze à seize ans, fort jolie, et dont l'épaisse chevelure flottait autour d'elle comme un long manteau noir. A peine eut-elle mis le pied sur le pont de la *Revanche,* qu'elle se jeta à genoux devant les deux hommes, saisit leurs mains, les embrassa et se répandit en actions de grâces, les remerciant de leur généreuse action.

— Je suis, leur dit-elle, de l'île de Java, d'où j'ai été enlevée par des marchands d'esclaves d'Angano. Aujourd'hui dans la soirée, j'ai aperçu votre bâtiment et le pavillon qui flottait dessus. Oh ! je l'ai tout de suite reconnu... C'était le pavillon français ! J'ai prévenu mes compagnons de captivité que les Français étaient bons, serviables et courageux, et je les ai déterminés à venir, pendant la nuit, vous demander secours et refuge. Ne les repoussez pas ! ajouta la jeune Javanaise, en implorant de la façon la plus touchante Marcus, Nonor, James Brown et les matelots qui s'étaient réunis autour d'elle, car si vous refusiez de les recevoir, ils préféreraient être dévorés par les requins plutôt que de retourner près de leurs maîtres, qui se sont probablement déjà aperçus de leur départ et qui leur feraient subir les plus affreux supplices.

Pendant qu'elle parlait, les autres nageurs s'étaient groupés à tribord du navire et semblaient attendre le résultat de la négociation.

— L'histoire est touchante, j'en conviens, fit observer James Brown, s'exprimant en français. Mais est-elle vraie ? Tenez-vous sur vos gardes, capitaine !... Ils sont au moins cinquante !

La jeune fille avait entendu.

Elle essuya de sa main une larme qui coulait sur sa joue, et se dégageant du groupe, elle dit simplement :

— Puisque vous doutez de mes paroles, je vais rejoindre mes compagnons. Nous mourrons ensemble.

— Qu'on jette des drisses à ces malheureux et qu'on les recueille à bord ! ordonna Marcus d'une voix ferme. Mais qu'on poignarde sans pitié ceux qui auraient des armes cachées.

Cela conciliait à la fois les devoirs de l'humanité et ceux de la prudence.

L'ordre fut aussitôt exécuté, et l'on hissa les esclaves à bord.

Alors, il se passa sur le pont de la *Revanche* une scène fort touchante ; tous ces pauvres gens tombèrent aux pieds de l'équipage, et imploraient une pitié que nul ne songeait à leur refuser. Puis, rassurés par les paroles bienveillantes de Marcus, ils embrassèrent avec effusion la jeune Javanaise, cause première de leur délivrance.

L'histoire de ces infortunés était la même pour chacun d'eux. Ils avaient été capturés en mer ou enlevés sur les côtes de Benkoulen et de Java par des pirates d'Angano, transportés dans cette île et vendus à des maîtres qui les contraignaient à un travail exorbitant ; d'autres attendaient qu'on les expédiât dans les îles voisines pour être mis en vente sur les marchés publics.

Quant à la fille javanaise qui parlait si bien le français et qui connaissait le drapeau tricolore, elle était née à Tjidammer, un petit port de la côte sud de l'île de Java, chez un résident français, et, quoique bien jeune encore, avait fait une année de séjour en France, où elle avait été amenée par ses maîtres. Ceux-ci, après avoir amassé une grande fortune à Java, étaient revenus en Europe, amenant avec eux l'enfant sauvage; mais elle n'avait pu s'y acclimater. Ses souvenirs la reportaient sans cesse vers le pays du soleil et des grandes forêts, vers les ruisseaux bordés de bananiers aux feuilles gigantesques, vers les grèves couvertes de sables éblouissants qui ressemblent à de la poudre d'or, et caressés par une mer chaude et harmonieuse. Elle dépérissait sur cette terre froide d'Europe dont les rudes hivers, le soleil terne et la vie sédentaire la plongeaient dans de mornes tristesses.

Un jour, elle déclara résolument qu'elle voulait retourner dans son île, et on la laissa partir.

— Et vous n'avez rien regretté de la France ? lui demanda Marcus.

— Rien ! répondit-elle. Est-il donc quelque chose dans votre pays qui vaille le brillant et chaud soleil de Java, la mer immense qui l'entoure, son sol toujours fleuri, les brises embaumées de ses vallées et les eaux tièdes de ses rivières.

— Et la liberté ? fit Marcus.

— Oh! répliqua la jeune fille, conduisez-moi seulement à Batavia, où j'ai des parents, et je serai là pour toujours à l'abri des pirates et des marchands d'esclaves.

— Votre désir sera exaucé, mon enfant, dit le capitaine de la *Revanche ;* dans trois jours nous serons à Batavia.

Marcus éprouvait un grand contentement, une joie pure, et se trouvait payé de toutes ses peines: grâce à lui plus de cinquante captifs venaient de reconquérir cette chose précieuse : la liberté!

Il se souvint d'un homme de bien, d'un homme obscur, nommé Jean de Matha, qui, comme lui, avait voué sa vie à la délivrance des esclaves, si nombreux à une époque où les côtes mêmes de la Méditerranée étaient sillonnées par les pirates des Etats barbaresques, et le rôle de providence qu'il s'était imposé lui apparut le plus glorieux de tous. Ajoutons que l'hommage rendu au drapeau français, considéré par de malheureux esclaves comme un phare de salut, lui

avait été doux au cœur et flattait à la fois sa vanité et son patrio-
tisme.

Et puis, nos lecteurs ont pu en faire la remarque, c'était la première
fois qu'une action généreuse de lui n'était pas suivie de catastrophe
mettant sa vie en danger !...

Comment, après cela, ne pas persister dans la voie où il s'était
engagé !

CHAPITRE XXVIII

Le détroit de la Sonde est tout parsemé d'îles et d'îlots; et ses côtes, tant à droite qu'à gauche, sont accidentées à l'infini de caps, de promontoires et de baies qui, sans rendre la traversée du détroit dangereuse, nécessitent du moins une attention soutenue et certaines précautions.

La *Revanche* allait franchir ce passage, lorsqu'elle se trouva soudainement en vue du plus étrange navire qui eût jamais vogué sur les eaux; et quand nous nous servons du mot navire, c'est qu'il est la dénomination générale s'appliquant à toutes les nefs qui servent à établir entre les continents des relations commerciales ou militaires. Mais était-ce bien un navire dans l'acception précise du mot?

La chose sembla douteuse à Marcus et à ses compagnons.

Tout le monde, à bord de la *Revanche*, était sur le pont, examinant curieusement ce singulier vaisseau,

— C'est une maison flottante! dit l'un.

— C'est une gigantesque caisse à thé! dit un autre.

— C'est le vaisseau sur lequel Jason et les Argonautes partirent à la conquête de la toison d'or, répliqua le docteur Railli.

— Vous n'y êtes pas, fit observer James Brown, c'est l'arche biblique du bonhomme Noé.

De fait, cette machine pouvait être tout cela, tant sa forme était extraordinaire, et, en même temps, lourde et grotesque.

Sa proue et sa poupe, aussi élevées que le grand hunier d'un navire européen, tenaient de la jonque chinoise. Mais sa mâture, ses vergues ses voiles, ses agrès étaient des choses impossibles et qui ne ressemblaient à rien de ce qu'on avait pu voir de plus extravagant. L'emplacement entre l'avant et l'arrière paraissait encombré de cabanes et de constructions au milieu desquelles circulait une foule compacte, bariolée. On eût dit un champ de foire fréquenté par tout ce que l'Asie contenait de peuples et de costumes divers.

Le plus singulier de cette rencontre, c'est que le navire — maison flottante, jonque chinoise, sabot siamois ou arche, comme l'on voudra — allait à l'aventure; ses voiles de nattes battaient le long de ses mâts de bambous, et il semblait, n'étant pas gouverné, voguer au gré des vents et des flots.

C'était déjà miracle qu'il n'eût pas été s'échouer à la côte ou jeté sur les récifs des îlots.

— Qu'on mette la chaloupe à la mer, ordonna Marcus. Nous allons, le docteur Railli et moi, faire une visite à ce bâtiment. Je veux avoir le cœur net de sa nationalité.

La *Revanche* cargua ses voiles, et l'ordre de son capitaine fut exécuté.

Il se rendit à bord de l'étrange navire.

Personne ne mit empêchement à ce que lui et le médecin y montassent. Nous devons même dire qu'arrivés sur le pont, personne ne fit attention à eux.

Ce pont présentait l'aspect le plus animé : on l'eût pris pour un bazar ; et en réalité c'en était un. Là, dans un espace restreint, des Chinois, des Annamites, des Siamois et des Tartares, locataires d'une portion plus ou moins grande du bâtiment, avaient élevé boutiques ou magasins. Ces divisions, tant en plein air que dans l'entrepont, s'y trouvaient par centaines, et chacun des locataires ou passagers y exerçait son industrie ou son commerce. Partis de Hué, en Cochinchine, ils allaient, d'île en île, dans la Malaisie, vendant et achetant toutes sortes de produits ; et, pour ne pas perdre de temps, se livraient entre eux à leur négoce. On voyait là des fabricants et des marchands, des tailleurs, des cuisiniers, des barbiers, des tisserands, des brodeurs ; des fils du Céleste Empire y fabricaient du papier de riz, des éventails en ivoire et toute la bibeloterie chinoise ; d'autres s'exerçaient à la confection de faux paradisiers et à l'imitation des perles. On forgeait des kriss, des sabres, des piques ; on vendait des fruits, des épices. du riz, de la graisse, des viandes, des poissons frais et salés, et même du porc frais, dont on promenait les morceaux sur des bambous. Il n'était pas douteux que l'animal qu'on débitait ainsi, avait dû être élevé à bord.

Dans une des cabines où Marcus et le docteur Railli pénétrèrent, ils se trouvèrent en présence de deux *poussahs*, espèces de magots aux ventres proéminents, aux joues tombantes et graisseuses, qui s'étaient réunis pour dîner ensemble.

Le repas consistait en un chien rôti, farci de dattes, d'ail et de safran et arrosé de saindoux, de nids d'hirondelles de mer, de requin en gelée, d'œufs durs et d'un plat de riz.

Un enfant, qui servait ces deux hommes, s'occupait à remplir leurs verres ; il puisait, sans s'arrêter, dans un bol immense, plein de punch chaud ; les verres étaient aussitôt vidés, et l'enfant recommençait à les remplir.

Jamais Marcus et le médecin n'avaient vu boir ainsi, ni manger si gloutonnement que le faisaient les deux personnages. Chien rôti, nids d'hirondelles, nageoires de requins, œufs durs, monceaux de riz, le tout assaisonné d'épices, s'engloutissaient, par un mouvement non interrompu des mâchoires, dans leurs vastes estomacs.

Interrogés, ainsi que l'enfant, par Marcus, ils ne répondirent pas, et ne parurent même en aucune façon s'apercevoir de la présence des étrangers.

Mais où étaient les marins qui conduisaient cette sorte de patache nautique ?

— Cherchons ! dit le médecin.

Ils descendirent dans l'entrepont et trouvèrent là une nouvelle ruche industrielle et commerciale, semblable à celle qu'ils venaient de quitter ; c'était le même affairement, le même mouvement de va-et-vient, la même foule se livrant au négoce, buvant, mangeant, travaillant; et parmi elle, des femmes, des enfants, des oiseaux, des singes faisant un tapage endiablé.

— Sortons d'ici, dit Marcus, suffoqué par la chaleur et les émanations les plus pénibles.

Dans le carré de l'avant, ce fut un autre spectacle, mais plus terrible que celui qu'ils venaient de quitter. Quatre matelots javanais, déguenillés, gisaient çà et là ensanglantés et criblés de blessures. A côté d'eux se trouvaient des pipes et de l'opium.

Le drame pouvait se reconstituer.

Ce fut le docteur Railli qui s'en chargea.

— L'un des traits de caractère les plus remarquables des Javanais, en raison des sanglantes péripéties qu'il provoque, dit-il à Marcus, c'est ce que l'on nomme l'*amok*. Afin de s'exciter à la vengeance, quand ils en ont conçu la pensée, les Javanais recourent à l'ivresse, et à la plus terrible : celle de l'opium ! Une fois sous l'empire de ce funeste poison, ils courent et se précipitent le kriss à la main, sur la victime qui a excité leur haine, et l'égorgent sans pitié. Mais point assouvis par ce premier meurtre, ils tuent ensuite au hasard tous ceux qu'ils rencontrent. C'est ce qu'on appelle faire *amok*. Dès que le cri amok est poussé dans un campong, tous les habitants prennent immédiatement les armes et se mettent à la poursuite du criminel. On se rend maître de lui, et, habituellement, on l'éxécute séance tenante (1).

Voici sans doute ce qui sera arrivé, continua le médecin. Les matelots, malmenés par leur capitaine, et n'osant se révolter ouvertement contre lui, se seront enivrés d'opium, auront tué leur chef, et jeté son cadavre à la mer. Puis, arrivée à un état de démence furieuse, leur rage homicide se sera tournée contre eux-mêmes, et nous en voyons le résultat : un égorgement mutuel !

— C'est horrible ! répondit Marcus qui se souvenait, non sans honte, que, lui aussi, ayant fumé l'opium, aurait pu tomber dans un pareil état. Mais, ajouta-t-il, comment les passagers ne se sont-ils pas aperçus de ce drame ?

---

(1) Russell-Wallace. *La Malaisie.*

— Vous venez de voir combien ces gens-là sont indifférents à tout ce qui n'intéresse ni leur âpreté au gain ni leurs satisfactions. C'est le caractère propre des naturels de l'extrême Orient.

— Que vont-ils devenir dans un navire sans chef et sans équipage, et qui n'est pas gouverné ? C'est le naufrage, la mort peut-être !

— Ils ne s'en inquiètent même pas !

— Cherchons encore ! dit Marcus.

Ils arrivèrent à la partie élevée de la poupe, sous laquelle se trouvaient le gouvernail et la boussole. Le timonier, comme les matelots du carré, avait fumé l'opium. Il divaguait étendu sur une natte, mais était sans blessure.

— On ne peut cependant pas abandonner ces malheureux au sort qui leur est destiné sur un navire flottant au gré des vents et des flots, déclara Marcus. C'est un devoir pour moi de les préserver du péril au-devant duquel ils courent inconsciemment. Nous ne sommes pas très éloignés de Batavia. Je vais remorquer cette patache jusqu'au port. Arrivés là, les passagers s'arrangeront avec les autorités hollandaises.

Le médecin approuva.

— Ce sera une bonne action ! fit-il.

Nous allons voir ce qui devait résulter de cette bonne action.

CHAPITRE XXIX

EN RADE DE BATAVIA

Marcus fit un signal à la *Revanche*, qui vint se placer à l'avant du bateau cochinchinois, et, à l'aide d'un câble, le remorqua tout doucement.

Marcus et le docteur Railli avaient regagné le cutter.

A bord du bazar flottant, nul ne s'était occupé de la manœuvre qui venait de s'opérer et du changement de route qui s'effectuait.

Dans la soirée, la *Revanche* jeta l'ancre en rade, à l'entrée du canal qui conduit à Batavia.

La capitale de l'île de Java et de toutes les possessions hollandaises dans l'archipel indien, est située sur la côte septentrionale de Java, à l'extrémité d'une large baie semée d'îles; c'est un des grands centres du commerce maritime de l'Orient.

Elle se compose de deux villes, l'ancienne et la nouvelle.

L'ancienne ville, réédifiée, à la suite d'un incendie, sur les ruines d'une cité Javanaise située au bord de la mer, se trouve aujourd'hui, à cause des alluvions qui se sont formées dans la baie, à cinq kilomètres de la mer, et l'on y arrive au moyen d'un canal enserré entre deux digues s'avançant à plus d'un kilomètre de la plage. Elle est sillonnée d'une infinité de canaux et se compose de quais plantés d'arbres, et de rues spacieuses aux maisons élevées de plusieurs étages.

Mais l'air circulait difficilement au milieu de ces constructions et de hautes murailles des bastions et de la citadelle ; les canaux mal entretenus laissaient échapper, sous l'influence d'une chaleur s'élevant jusqu'à 45 degrés centigrades, des miasmes infects qui faisaient des milliers de victimes chaque année et entretenaient une insalubrité devenue proverbiale.

C'est alors que les Hollandais, après avoir fait raser les murailles de la citadelle et assainir Batavia, conçurent le projet d'édifier une nouvelle ville sur un terrain d'un niveau supérieur à celui de la mer. Ce projet fut mené à bien très rapidement, et avec une rare énergie. Bientôt les employés et les négociants émigrèrent dans la ville nouvelle, où se trouvaient déjà la population militaire et le gouverneur général ; la ville maritime ne fut plus habitée par les Européens que pendant les heures destinées aux affaires.

La ville nouvelle est une sorte de grand parc entrecoupé de bouquets d'arbres, d'avenues nombreuses, de cours d'eau, de prairies charmantes, de villas, de délicieux pavillons à demi enfouis sous les fleurs et la verdure. C'est la plus ravissante création qu'ait enfantée la fantaisie humaine, et, ce qui vaut mieux encore, c'est que nulle part, sous l'équateur, la mortalité n'est moins grande que dans cette ville où jadis la vie d'un Européen ne durait qu'une saison. (1) Ajoutons cependant qu'en 1822, le choléra fit trois cent mille victimes dans l'île de Java !

Lorsque les passagers du bateau cochinchinois se virent en rade de Batavia qu'ils avaient quittée deux jours auparavant, ils se frottèrent les yeux et se demandèrent par suite de quel événement le navire, au lieu de continuer sa navigation d'île en île, ainsi qu'il avait été convenu avec le capitaine, était revenu devant Batavia.

A qui s'adressèrent-ils pour obtenir des explications sur ce fait étrange ? Nous ne saurions le dire. — Au timonier, sans doute, si celui-ci ne subissait plus l'influence de l'opium. Il se fit à bord un mouvement de tous les diables. Hommes, femmes, enfants couraient affolés sur le pont, grimpaient sur la proue et la poupe, en descen-

(1) Russell-Wallace, *La Malaisie.*

daient pour s'engouffrer dans l'entrepont et remontaient bientôt, levant les bras au ciel, poussant toutes sortes de clameurs et de cris.

Une partie du drame que le lecteur connaît avait dû leur être révélée par la présence des cadavres dans le carré de l'avant. Le câble qui retenait encore le navire au cutter leur fut, en même temps, un nouveau sujet de surprise et une explication. C'était ce petit bâtiment qui avait détourné la maison flottante de sa route pour l'amener à Batavia.

Mais dans quel but ?

A coup sûr, s'ils n'eussent pas reconnu la rade, ils se fussent cru les victimes d'un acte de piraterie.

Ils se contentèrent de pousser mille imprécations et de menacer du poing et de la voix les matelots qui vinrent détacher le câble.

Mais l'arrivée en rade du navire français, remorquant un bateau cochinchinois, avait déjà été signalée aux autorités hollandaises, et le commissaire de marine s'était rendu à bord du cutter pour obtenir des renseignements.

Marcus le reçut de la façon la plus courtoise et commença le récit de sa rencontre avec le cochinchinois, flottant sans direction dans le détroit de la Sonde. Le commissaire l'interrompit brusquement et l'interrogea sur un ton qui déplut tout de suite au capitaine de la *Revanche* et à son second.

— Quelle est votre nationalité? demanda-t-il.

— Vous le voyez à notre pavillon : Français !

— Le nom du navire ?

— La *Revanche*.

— De quel port?

— Permettez ! objecta Marcus.

— Répondez sans observation. Je demande de quel port?

— De Singapore.

— Le nom de l'armateur ?

— Je suis à la fois, l'armateur et le capitaine de ce navire qui est ma propriété.

— Votre nom, en ce cas?

— Marcus Gallois, capitaine au long cours, du port de Saint-Nazaire-en-Loire.

— Quelle est votre destination ?

A cette question, il était difficile de répondre.

— Je n'en ai aucune, dit Marcus en rougissant légèrement ; je voyage pour mon plaisir, et aussi, ajouta-t-il, car il ne savait pas mentir, pour purger les mers des pirates et des marchands d'esclaves, et venir en aide aux faibles et aux opprimés.

Le commissaire hollandais le regarda de travers.

— Ce rôle, monsieur, répliqua-t-il, appartient aux marines militaires des pays européens. Vos papiers ?

Marcus, que ces façons irritaient, se tourna vers son second.

— Mon cher James Brown, lui dit-il, veuillez conduire monsieur sous la dunette et lui montrer nos papiers ; quant à moi, il ne me convient pas de répondre plus longtemps à des interrogations faites sur ce ton.

Et il tourna le dos au commissaire.

Celui-ci grommela quelques paroles en hollandais et suivit le second.

Mais en route, il s'arrêta en apercevant les quatres bouches à feu de la *Revanche*.

— Oh ! oh ! s'exclama-t-il, des canons sur un navire de plaisance ! Il va falloir me justifier d'une autorisation en règle.

— Voici nos papiers, dit James Brown après avoir introduit le commissaire dans le carré.

Le Hollandais y jeta les yeux.

— Je m'en doutais, fit-il après quelques secondes d'examen. Rien n'échappe à ma perspicacité ! Ce navire n'est point autorisé à être armé de canons et à détenir des munitions de guerre. Votre rôle d'équipage ?

— Le voici.

Le rôle d'équipage est la liste générale, avec leurs noms et les qualités de tous les hommes embarqués sur un bâtiment ; il est obligatoire pour tous les navires.

— Que vois-je! s'écria le commissaire. Quatre-vingt cinq hommes d'équipage pour un cutter que six hommes manœuvreraient facilement! Tout cela est fort louche, monsieur, et va nécessiter, je vous en préviens, une enquête sévère.

— Adressez-vous au capitaine! répondit tranquillement l'Américain.

Marcus et le docteur Railli se promenaient en causant sur le pont.

— Monsieur, dit le Hollandais au capitaine de la *Revanche*, vous êtes en contravention avec toutes les lois et ordonnances qui régissent les navires de commerce et les bâtiments de plaisance; et j'aurais le droit, dès à présent, de mettre l'embargo sur celui-ci et les provisions ou marchandises qu'il contient. Je veux bien y surseoir jusqu'à plus ample informé. Nous allons entendre le capitaine de la jonque.

Il s'adressa aux matelots qui attendaient dans le canot de la marine et leur dit:

— Allez à bord de la jonque et amenez ici son capitaine.

— Mais la jonque n'a plus de capitaine, lui fit observer le docteur Railli.

— Le second, alors.

— Il n'y a à bord du cochinchinois, ni capitaine ni second; et si vous voulez permettre à M. Marcus Gallois de vous expliquer...

Le commissaire l'interrompit comme il avait interrompu Marcus.

— L'explication sera contradictoire, déclara-t-il.

Et faisant signe à ses matelots, il ajouta:

— Allez!

Marcus haussa les épaules.

Mais James Brown s'était approché de lui.

— Mon capitaine, dit-il en langue anglaise, tous ces Hollandais sont des brutes stupides et qui ne sont heureux que lorsqu'ils ont la pipe à la bouche et le pot de genièvre à la main. Celui-ci, fâché d'avoir été dérangé dans ses occupations favorites, va nous jouer de mauvais tours, et l'on ne sait ce qui peut arriver de sa méchante humeur. Faites un signe, je le flanque par-dessus bord et nous filons sans bruit.

Le commissaire, à la grande confusion de master James Brown, avait entendu et compris.

— Essayez ! dit-il en tirant un revolver de sa poche, et au premier geste je fais appel aux navires hollandais dont la rade est pleine.

En effet, épars dans la baie, se trouvaient trois ou quatre navires de guerre des Pays-Bas.

Marcus, toujours naïf et s'appuyant sur une conscience parfaitement tranquille, se mit à rire et continua sa promenade avec le médecin.

— Bien ! bien ! déclara le commissaire. Vous renoncez à la violence ; c'est plus prudent. Mais je prends acte d'une intention de révolte.

A dire vrai, la situation devenait très mauvaise pour Marcus et les marins du cutter la *Revanche*.

CHAPITRE XXX

Pendant ce temps, le canot de la marine s'était rendu à bord de la jonque et en ramenait le timonier et les deux magots que Marcus et le docteur Railli avait trouvés mangeant un chien rôti et des nageoires de requins.

Il paraît que ces deux personnages étaient les plus considérables négociants du navire cochinchinois.

Le timonier portait sur sa face et dans toute sa personne les stigmates de la drogue narcotique qu'il absorbait chaque jour; il était voûté, maigre; ses mains tremblaient, et son regard, vague, inquiet, incertain, exprimait l'idiotisme et la peur.

Pour l'interroger, le commissaire hollandais dut recourir à un interprète, qui fut pris parmi les matelots de la *Revanche*.

— Vous êtes capitaine de la jonque? lui demanda-t-il.

— Non.

— Le second alors?

— Non.

— Si vous n'êtes ni capitaine ni second, pourquoi vous a-t-on amené ici?

— Je ne sais pas.

— Enfin, qui êtes-vous?

— Pilote.

— Où sont vos officiers?

— Je ne sais pas.

— Comment le navire que vous montez se trouve-t-il dans la rade
de Batavia?

— Je ne sais pas.

— Mais vous savez sans doute par qui il y a été amené?

— Non.

« Non » et « Je ne sais pas » fut tout ce que le commissaire put
tirer de cet homme.

— Singulier pilote! murmura-t-il.

Et comme l'impatience le gagnait, il s'adressa à l'un des Cochinchinois:

— A vous, lui dit-il. Parlez!

Le magot n'en savait guère plus long que le marin qu'on venait
d'interroger. Cependant il résulta de ses explications que les passagers de la jonque avaient fait un marché avec un capitaine de Hué
pour que celui-ci les conduisît à travers les îles de l'Archipel, où ils
se livraient au négoce. Ils avaient, tour à tour, fait escale à Manille,
à Mindanao, aux Célèbes, à Bornéo, à Madura, à Sourabaya, à Sama-
rang et à Batavia; ils voguaient vers Bilitou, Banca, Sumatra et Singapore, lorsque, tout à coup, ils s'étaient trouvés dans la rade de
Batavia, remorqués par un navire étranger. Comment cela était-il
arrivé? Il ne put le dire; ni lui ni aucun de ses compagnons ne s'étaient
aperçus de ce changement de route.

Ces explications compliquaient l'affaire; elle devenait de plus en
plus obscure.

Mais il était un point sur lequel le négociant demeurait très précis
et au sujet duquel il insistait avec une astucieuse tenacité. Le changement de route qu'ils avaient inconsciemment subi, lui et ses compagnons, leur causait un très grand préjudice en retardant leur arrivée
aux points où ils étaient attendus, et pour ce fait, ils réclamaient une
grosse indemnité du navire par qui ils avaient été détournés de
leur route.

Si le commissaire hollandais eût eu des cheveux, il se les fût arra-
chés de désespoir tant l'affaire devenait incompréhensible. Mais le
représentant de la Hollande était absolument chauve.

— Approchez, je vous prie, dit-il à Marcus.

Et s'adressant au Cochinchinois, il lui demanda :

— Connaissez-vous le capitaine Marcus Gallois ?

— Je ne sais comment il se nomme, répondit le magot. Mais je l'ai déjà vu une fois.

— Et celui-ci également, ajouta son compagnon en désignant le docteur Railli. Ils sont montés, nous ne savons à l'aide de quel moyen, à bord de notre jonque, et ce sont eux, sans doute, qui ont fait disparaître notre capitaine et son second, et assassinés les matelots de notre équipage, dont nous avons retrouvé les cadavres criblés de blessures.

— Comment, s'écria le Hollandais, il y a eu enlèvement d'officiers et assassinat de l'équipage, et vous ne le disiez pas tout de suite ?

— Mais, monsieur ! fit Marcus.

— Taisez-vous !

De nouveau, il s'adressa au timonier de la jonque :

— Où étiez-vous lorsque ces crimes se sont accomplis ? lui demanda-t-il.

L'ahurissement du pilote augmentait.

— Je ne sais pas, répondit-il.

— Très bien. Vous êtes le complice de ces grands scélérats ; je vous arrête.

Les *grands scélérats* étaient Marcus et le médecin.

Mais ceux-ci avaient perdu toute patience.

— Est-ce que cette stupide comédie ne va pas prendre fin bientôt ! s'écria le capitaine de la *Revanche*. On me doit des remerciements, et ce sont des accusations odieuses et ridicules qu'on ose faire peser sur moi et sur mes amis ! C'est par trop fort, aussi. Finissons !... Je suis maître à bord de mon navire ; et je vous enjoint à tous — à vous d'abord, monsieur, et à ces trois abrutis — de déguerpir immédiatement, sinon je vous fais ficeler comme des paquets de chiendents et descendre à fond de cale, dans la fosse aux lions. Demain j'irai m'expliquer avec le gouverneur général, celui-ci, du moins, voudra bien m'entendre.

Le Hollandais recula de deux pas.

— De la rébellion et des injures! s'écria-t-il; j'en prends acte, et vous somme de me suivre à terre, à l'instant.

— Et moi, monsieur, dit à son tour le docteur Railli, je vous somme de m'écouter.

Et sans attendre la réponse du commissaire, il continua ainsi :

— Êtes-vous donc assez déshérité du ciel et myope au moral comme au physique — le commissaire portait des lunettes — pour ne pas voir que ces trois hommes sont complètement abêtis, l'un par l'usage de l'opium et les deux autres par la mangeaille !... ces hommes !... Nous les avons trouvés à bord d'un navire flottant sans direction dans le détroit; l'un, le pilote était ivre-mort d'opium, et n'a pu nous voir, ce qui vous explique ses réponses incohérentes ; les deux autres, ces marchands dont l'audace sans borne va jusqu'à demander une indemnité, parce que nous les avons préservés d'un naufrage immédiat, s'empiffraient de viande, de graisse et d'une telle quantité d'alcool qu'il est vraiment prodigieux qu'ils puissent se tenir debout en ce moment; ceux-là n'ont même pas fait attention à notre présence à bord de la jonque et n'ont point répondu à nos interrogations. C'est alors qu'ayant cherché trace d'équipage dans le navire, nous avons trouvé quatre cadavres à l'avant. Certes il y a eu crime, — crime que j'attribue à quelque vengeance excitée par le délire de l'opium ; et c'est à cause de ceci et de cela que Marcus Gallois, mon capitaine et mon ami, le meilleur et le plus parfait des hommes, s'est décidé à remorquer la jonque dans la rade de Batavia. Voilà, monsieur, toute la vérité et rien que la vérité !

— Il se peut! il se peut! repartit le commissaire, quoi qu'il y ait dans votre récit plus d'un point obscur: mais vous m'avez manqué de respect, vous êtes en contravention avec les lois et ordonnances; votre équipage et votre navire me sont suspects; enfin, et vous en convenez vous-même, il y a eu un crime. Ma dignité et mon devoir m'obligent à une instruction sévère et minutieuse, et, afin que vous n'y échappiez pas par la fuite, au nom de la loi, je vous arrête!

James Brown se rongeait les poings.

— Mon capitaine! cria-t-il en faisant un geste expressif.

Marcus ne l'écoutait pas.

— Je me moque de vos menaces, dit-il tout exaspéré au commissaire, mais il me convient de vous suivre. Allons à terre, soit; dépêchons!... Venez-vous, docteur?

— Certainement, capitaine.

Nonor avait assisté, sans y prendre part, à tous ces débats; mais lorsqu'il comprit que Marcus et le médecin allaient être emmenés à terre comme prisonniers, son attitude, jusque-là tranquille, se modifia complétement.

Son capitaine prisonnier des Hollandais! Allons donc! cela ne serait jamais, lui vivant.

Il tira James Brown par sa veste, cligna de l'œil et lui glissa dans l'oreille :

— Master James, préparez l'appareillage... Avant une demi-heure Marcus, Gallois et le médecin seront à bord!

— Qui les ramènera?

— Moi!

— Tout seul?

— Tout seul!

— Tu es certain de réussir?

— Certain! fit Nonor, montrant ses dents blanches dans un sourire.

— Ma parole d'honneur, si je n'étais pas James Brown, enfant de la libre Amérique, je voudrais être Nonor le nègre! Va, mon camarade!

Et il serra vivement la main du maître d'équipage.

Nonor s'affala par dessus bord et disparut sans qu'on pût dire ce qu'il était devenu.

— Deux hommes à la chaloupe! ordonna Marcus.

Et, s'adresssant au commissaire, il ajouta :

— Vous permettez, monsieur, que nous descendions à terre dans notre embarcation?

Le Hollandais ne répondit pas.

La nuit était arrivée, sombre, menaçante; de gros nuages venaient de l'ouest, ce qui annonçait de la pluie et peut-être un orage. Il avait hâte d'être à terre.

Mais, chose bizarre, la chaloupe, qui avait été mise à l'eau au moment de l'ancrage de la *Revanche* dans la baie afin de conduire à Batavia les échappés d'Angano, ne se trouva plus bord à bord avec le cutter.

Qu'était-elle devenue ?

Marcus, impatienté de ces retards, consentit à descendre dans le canot de la marine. Il fut suivi par le docteur Railli et le commissaire.

Au moment où les matelots bordaient leurs avirons, la pluie commença de tomber. Or, la pluie, à Batavia et dans toute l'île, n'est ni un grain, ni une poussière humide comme en France : c'est un torrent, une cataracte, un déluge accompagné de détonations de la foudre et d'éclairs formidables.

— Vivement sur les avirons ! commanda le Hollandais

Les matelots firent un effort surhumain ; mais le vent s'était levé, soulevant les vagues, la nue semblait se fondre en eau ; les éclairs embrâsaient l'atmosphère comme des nuages de feu, et leur éclat éblouissant obligeait à fermer les yeux afin de ne pas être aveuglé.

Marcus se livrait involontairement à d'attristantes réflexions.

Ainsi, parce qu'il avait préservé d'un naufrage certain le navire cochinchinois, sauvé la vie de plus de deux cents personnes et préservé leurs biens de la destruction, on l'accusait de piraterie, de vol, d'assassinat! On l'arrêtait comme un bandit ; on le menaçait d'instruction, de jugement. On le condamnerait peut-être ! On confisquerait son navire et on licencierait son équipage !... Tout cela parce qu'il avait obéi à une loi impérieuse de son cœur, qui lui criait sans cesse : Fais le bien... aide tes semblables... protège les faibles... empêche le mal de s'accomplir !... C'était étrange ! Il éprouvait de cette situation un certain trouble ; mais, disons-le bien vite, il n'allait pas plus loin et n'osait conclure.

Il en était là de ses réflexions, lorsque soudain une sorte de trombe s'abattit sur le canot et le coupa pour ainsi dire en deux en le faisant chavirer. En même temps deux mains cueillirent — c'est le mot propre — Marcus et le médecin et les déposèrent au fond d'une barque. Un personnage invisible, à cause de l'obscurité, saisit la barre du gouvernail et l'écoute d'une voile, un moment abandonnée; la barque reprit son aplomb sur les flots et disparut vers la rade comme si elle eût eu des ailes.

Son arrivée, l'enlèvement des deux hommes, son départ, tout cela s'était accompli d'une façon tellement brusque et inattendue que Marcus et le docteur Railli n'en eurent pour ainsi dire pas conscience.

Ils ne revinrent de leur surprise que lorsqu'une voix, partant d'un bâtiment en rade, demanda :

— Est-ce vous, Nonor ?

— Oui ! fit une autre voix derrière eux.

— Hurrah !

Alors, seulement, ils comprirent ce qui venait de se passer. La liberté qu'on menaçait de leur ravir venait de leur être rendue par l'audacieuse action de Nonor!...

Deux minutes plus tard, ils étaient à bord du cutter, et le léger navire, toutes voiles dehors, sortait de la rade et cinglait vers les Moluques.

— Et le commissaire hollandais? nous demandera-t-on.

Nous avouerons en toute humilité que les renseignements que nous avons fait prendre à Batavia n'ont pu nous éclairer sur le sort de ce représentant de l'autorité maritime néerlandaise.

CHAPITRE XXXI

COMBAT ENTRE DEUX MONSTRES MARINS; MARCUS Y PREND PART.
CE QU'IL EN ADVIENT

Le docteur Railli regrettait beaucoup de n'avoir pu visiter l'île de Java qui est, sans conteste, la plus belle et la plus intéressante de toutes les îles tropicales. Sa superficie est à peu près égale à celle de l'Angleterre.

Elle est couverte de splendides forêts fournissant les essences les plus précieuses, et renferme un grand nombre de volcans, dont quelques-uns atteignent une altitude de quatre mille mètres. Le sol, d'une fertilité extraordinaire, grâce à l'humidité du climat et à sa haute

température, donne tous les fruits que produit l'archipel malais et ceux des régions tempérées : notamment le raisin, l'orange et les melons. La vanille et le caoutchouc viennent en grande partie de Java, et aussi un terrible poison, *l'upas,* qui a joué un grand rôle dans le roman moderne. Cette île serait comme Poulo-Pinang et Singapore, l'image du paradis terrestre sans l'extrême chaleur de son climat,

les fièvres pernicieuses qu'elle y fait naître, les tigres, les serpents, les crocodiles et tous les animaux féroces qui peuplent ses forêts et ses marécages.

Dans les villes, on ne peut se lasser, nous dit Russell-Wallace, de considérer la foule qui circule devant les yeux surpris et charmés des Européens. C'est un va-et-vient de population bizarre, mélangée de Hollandais, de Malais, d'Hindous, de Javanais, d'Arabes, de Bouguis et de Chinois. Ceux-ci sont en nombre de plus de trois cent mille à Java. Cette foule est sillonnée sans cesse par des palanquins aux formes les plus diverses. Des marchands ambulants débouchent au coin de chaque rue, offrant aux étrangers mille objets, admirablement travaillés, en corne, en écaille, en ivoire ; d'autres vendent des cigares, des étoffes indigènes et de magnifiques oiseaux des Moluques et des Célèbes : cacatoès d'un jaune clair à huppe rouge, perroquets violets et marrons, perruches vertes et grises, et la plus belle espèce de la famille des perroquets, le loris rouge à ailes bleues ou vertes.

Sur les rivières se croisent à tous instants des flottilles de bateaux, dont la poupe et la proue sont gracieusement recourbées, et que les mariniers dirigent à l'aide des larges avirons qui y sont fixés.

L'Egypte a ses *almées*, l'Inde ses *bayadères*, Java ses *ronguines*, à la fois danseuses et courtisanes. Ces femmes s'exercent dès l'enfance aux efforts les plus prodigieux. Elles plient leur corps flexible, forcent leurs membres souples et délicats à toutes les agilités. On en voit qui, dans la rapidité de leurs mouvements, échappent presque à l'œil qui les suit et les perd. Le spectacle de ces danseuses est la grande passion de tous les Orientaux.

Comme curiosité d'histoire naturelle tout à fait extraordinaire et encore assez peu connue, on voit à Sourabaya, port situé sur la côte nord-est de l'île, des perles vives qui se reproduisent. Un voyageur, M. de Molins, affirme avoir vu sept perles de cette nature qu'on nourrissait avec du riz dans une boîte : deux d'entre elles étaient le père et la mère des cinq autres.

L'île de Java est jonchée de ruines archéologiques qui frappent les yeux par leur grandeur, leur majesté et le sentiment artistique qui a inspiré les auteurs inconnus de tant de tombeaux, de statues, de temples et de mosquées. En considérant ces superbes ruines, on est amené à méditer sur cette étrange loi de progrès qui, à Java, a marché en sens inverse. La race artistique a disparu, et à sa place a surgi une race de beaucoup inférieure.

Les Javanais sont de race malaise, et comme tous les habitants de l'Archipel, fort adonnés au vol et à la piraterie; l'esclavage fleurit sur tout le littoral et même dans les villes, deux raisons pour que Marcus regrettât de quitter la mer de Java. Mais il y allait de sa liberté et peut-être même de sa vie. Après les divers incidents que nous avons racontés dans le chapitre précédent, il avait tout à redouter des navires de guerre hollandais; et le salut, pour lui et son équipage, ne se trouvait que dans un prompt départ. C'est pourquoi, laissant sur la droite Madura, l'île aux lotus, la fleur sacrée de la mythologie hindoue, Bali qui compte un milion d'habitants, l'île des Djinns, de la croyance en la métempsychose, et où, encore aujourd'hui, les femmes veuves, les esclaves et autres serviteurs sont brûlés sur le bûcher du mari ou du maître mort, enfin Lambock et Soumbara, il gagna les Moluques sans incidents dignes d'être rapportés.

L'entrée de la mer des Moluques est parsemée d'un nombre infini d'îles, dont quelques-unes sont à peine connues, et dont les habitants vivent pour ainsi dire isolés des grands centres de l'Archipel.

Un jour que la *Revanche* naviguait entre le groupe des îles Calaur et l'île Florès, l'attention de Marcus, seul en ce moment sur la dunette, fut éveillée par un bruit inusité qui se faisait entendre à l'arrière, dans le sillage du navire. Il se pencha sur les dehors et vit le plus étrange spectacle qui eût encore frappé ses yeux.

C'était un combat entre un dauphin-orque de la plus grande taille, dix mètres environ, et un cachalot de vingt-cinq mètres de longueur. Le cachalot est très commun dans les mers de l'Inde, du Japon et des Moluques.

Le dauphin-orque *(delphinus orca)* est le plus féroce des cétacés, et sa voracité est extrême. Celui-ci avait attaqué le cachalot et lui portait des coups terribles. Il le harcelait de toutes parts et le mordait avec vigueur. Ses dents pointues pénétraient facilement dans les chairs molles du cachalot, et le grand squale, sans flexibilité pour se retourner, accablé de son propre poids, cherchait son salut dans la fuite, laissant derrière lui une traînée de sang. Mais l'orque ne l'abandonnait pas. Il nageait avec une célérité extraordinaire, évoluant fréquemment et rapidement, tournait, bondissait en montrant son dos noir, son ventre nacré; plongeait et ramenait sans cesse sa victime dans les eaux du navire, comme s'il eût voulu rendre l'homme témoin de sa victoire. Sa prunelle sombre, ayant la forme d'un cœur, se dilatait sur un fond fauve d'or tout phosphorescent.

Le malheureux cachalot, fatigué de ce harcèlement et de ces morsures qui l'épuisaient, prit enfin le parti de se défendre. Il nagea en frappant l'onde de sa queue, et fila sa ligne horizontale sur le dauphin. Son immense bouche, toute grande ouverte, laissait voir les dents aiguës dont était garnie sa mâchoire inférieure.

Mais le dauphin, recourbant son corps avec force, fit prendre à sa queue la forme d'un arc, et la détendant tout à coup, se donna un élan, une impulsion qui le fit jaillir hors de l'eau, par-dessus le corps de son ennemi, sur lequel il fondit de nouveau en le mordant au ventre.

Alors le cachalot effrayé, se mit à faire des culbutes sans relâche et à lancer de l'eau par l'unique évent qu'il porte au bout de son museau.

Cette lutte inégale, dans laquelle le cachalot, à cause de sa lourdeur, était condamné à avoir le dessous, toucha Marcus.

— Toujours et partout l'astuce et la méchanceté! se dit-il. Dans l'eau comme sur terre, la férocité de quelques-uns s'attaque à des êtres paisibles, inoffensifs et sans malice. Mais je suis là, heureusement, et cet orque vorace et malfaisant va être puni!

Il s'arma d'un harpon et se laissa affaler à l'aide d'un cordage dans la chaloupe qui, depuis le départ précipité de la rade de Batavia, était restée attachée à l'arrière du navire.

Mais juste au moment où y il mettait les pieds, le cachalot, dans les mouvements désordonnés de sa queue, venait de rompre le cordage qui attachait la chaloupe au bâtiment..., et celui-ci filait gaillardement ses dix nœuds à l'heure!...

Quand on s'aperçut à bord de la *Revanche* de l'absence du capitaine et de la disparition de la chaloupe, l'immensité des flots ne laissait apercevoir aucun point à l'horizon,

Qu'était devenu Marcus Gallois?

CHAPITRE XXXII

PERDU SUR LES FLOTS

La chaloupe, entraînée par les vagues, alors que le cutter filait avec rapidité, se trouva en quelques minutes trop loin de la *Revanche* pour que la voix de son capitaine y fût entendue.

Celui-ci se trouva donc tout à coup sur une mer qui lui était inconnue, dans une barque ne contenant ni eau, ni vivres, ni boussole, ni carte, ni compas ; c'est-à-dire dans la situation la plus critique où puisse se trouver un marin. Et cela, parce que, n'écoutant que son bon cœur, il était intervenu dans une lutte entre deux monstres marins, pour prendre la défense de celui qui allait fatalement succomber. Et cependant, rien au monde ne l'eût déterminé à convenir que ce qu'il venait de faire était un acte de folie !

Il est vrai que la chaloupe contenait des avirons, un mât et la voile qui y étaient restés depuis l'audacieux enlèvement de Marcus des mains du commissaire hollandais ; et cela devait être considéré comme un fait presque providentiel, car il eut pu arriver que l'embarcation ne contînt ni agrès, ni apparaux, et alors c'eût été à la grâce de Dieu.

Marcus resta un instant indécis sur le parti qu'il prendrait.

Devait-il mettre à la voile et suivre la *Revanche*, ou bien attendre, en courant des bordées, que celle-ci revînt sur sa route à la recherche de son capitaine et de l'embarcation, tous les deux si subitement disparus ?

S'il eût eu des vivres, de l'eau ; si la journée cût été à son aurore ; si la mer eût été calme, à coup sûr, il eût opté pour l'une ou l'autre de ces combinaisons ; mais, sans moyen de se sustenter, aux approches de la nuit et avec une mer houleuse, il fallait au plus vite essayer de gagner l'île Florès qui devait se trouver vers la droite, et qui était le point le plus rapproché du lieu où il se trouvait. Que deviendrait-il, arrivé là ? Il ne s'en préoccupait même pas.

Malheureusement, la nuit menaçait d'être mauvaise, le firmament était sans étoiles et le vent soufflait avec violence en sens contraire. Il dut renoncer à son projet ; la lame furieuse embarquait à bord de la chaloupe et menaçait de la couler bas.

Marcus, en brave marin, ne se laissa pas abattre par ce contretemps ; il changea son allure, mit le cap sur le groupe des îles Calaur, décidé à aborder dans la première de ces îles, et se trouva alors naviguer, vent arrière, avec une extrême célérité.

Vers huit heures du soir, la faim commença de se faire sentir, exigeante, impérieuse. Ne pouvant être satisfaite, elle eut du moins pour résultat de le tenir les yeux ouverts.

De gros nuages menaçants, qui venaient de l'ouest, crevèrent sur la chaloupe. Marcus recueillit de cette eau plein son chapeau et en but quelques gorgées, qui apaisèrent pour l'instant les plaintes de son estomac. Accablé par la fatigue, il finit par s'endormir, et, dans son sommeil, lâcha involontairement l'écoute de la voile.

Quand il s'éveilla, le jour allait paraître, le ciel était clair ; la chaleur menaçait de devenir accablante.

La chaloupe, toute la nuit, avait vogué à la merci des flots. Quel chemin avait-elle parcouru ? Où se trouvait-elle ? Marcus l'ignorait. Il remit la voile en état, et navigua, comme la veille, sous le vent. Si la direction de la brise n'avait pas changé, il se trouvait dans la

bonne direction. Mais à quelle distance de la terre ? Son regard parcourut anxieusement la mer. Il n'y avait aucun bâtiment en vue.

La brise fraîchissait et la chaloupe fendait rapidement les eaux.

De nouveau, l'estomac de Marcus criait la faim, et les dangers de
sa situation lui apparaissaient cette fois, accompagnés de toutes les
horreurs de la famine. La journée fut pénible, douloureuse et pleine
d'angoisses : il se sentait malade, affamé, abattu.

La nuit arriva, aucune terre ne surgissait devant lui ; la fièvre et le
délire l'assaillirent. La mer, tranquille, s'éclairait d'étranges phospho-
rescences, et des masses de poissons bondissaient à chaque instant
hors de l'eau, laissant derrière eux une sorte de nuée lumineuse.

Comme il allait s'abandonner au sommeil, il entendit un choc. On
eût dit qu'un corps quelconque venait de tomber dans la chaloupe ;
il se leva de la barre où il se tenait à demi couché. Oh joie ! C'était
un poisson aux écailles brillantes, un poisson volant, dont la merveilleuse parure pouvait lutter d'éclat avec les nuances les plus vives
du papillon.

On comprend facilement que Marcus ne s'arrêta pas longtemps à
sa contemplation. Sa faim était si dévorante que, bien que le poisson
fût coriace, il y mordit à pleines dents, et eût fini par en absorber
même la tête. Il le trouva si savoureux, si supérieur à tout ce qu'il
avait mangé jusque-là, qu'il s'étonna qu'on gâtât le poisson en le faisant cuire, — ce qui prouve bien que l'appétit est encore le meilleur
des assaisonnements. Mais le poisson était de petite taille et n'avait
fait qu'aiguillonner sa faim. Toutefois ce repas sommaire redonna du
courage à Marcus. Personne n'ignore, en effet, que l'espoir et la
confiance sont plus encore le résultat d'un estomac satisfait que de
la volonté ! Ce qui le tourmentait maintenant, c'était la soif.

Il se mouilla la tête, s'exposa à la brise de la nuit et plongea ses
mains dans l'eau, ce qui apaisa un peu sa souffrance et le maintint
éveillé.

Marchant en ligne droite, la distance qu'il parcourut cette nuit-là
fut considérable. Aux premières lueurs du jour, il plongea anxieusement son regard vers l'avant, cherchant des yeux la terre, qu'il ne

·découvrit pas. Devant lui, à droite, à gauche, rien que l'immensité, les flots, l'inconnu !...

Le vent se fit lourd et la mer très grosse. La chaloupe résistait difficilement aux vagues ; elle s'emplissait à chaque instant, et, sous peine de couler bas, Marcus dut s'occuper constamment de la vider. Ses forces et son courage allaient en s'épuisant. Si la terre n'apparaissait pas promptement, c'en était fait de lui.

Bientôt le soleil se montra, rayonnant, splendide, lançant sur Marcus ses traits enflammés, qui pénétraient dans la chair du pauvre marin comme des flèches aiguës ; son estomac se contractait sous les souffrances de la faim, une soif ardente incendiait sa gorge et ses entrailles, la réverbération du soleil sur les flots lui brûlait les yeux, et il lui semblait que son cerveau se fondait sous l'énorme chaleur d'une atmosphère de feu. Le délire, qui l'avait déjà assailli la veille, s'empara de lui de nouveau, et au délire se joignit la plus cruelle des illusions : le mirage !

— Une voile ! une voile ! s'écria-t-il tout à coup en se levant, en proie à une sorte de folie.

Et dans sa joie délirante, tour à tour il battait des mains, poussait des exclamations insensées et agitait son chapeau.

Hélas ! aucune voile n'apparaissait à l'horizon, rien ne surgissait à la surface de l'Océan.

La voile n'existait que dans le cerveau détraqué du malheureux Marcus.

Il arriva un moment où celui-ci, soit que la déception l'atteignît, soit que les forces lui manquassent, tomba tout de son long à l'arrière de l'embarcation, en proie, sans doute, au découragement, au morne désespoir.

Il resta ainsi, sans bouger, inconscient, presque insensible, jusqu'au soir.

Un bruit continu et lointain le tira enfin de sa torpeur. Un marin de la valeur de Marcus ne pouvait se tromper sur la nature de ce bruit. A coup sûr, il était causé par le ressac venant se briser contre des rochers.

Mais des rochers, c'était la terre, une île, le salut !...

Cette réflexion ranima son énergie expirante.

Il se releva et regarda à l'avant.

Tout d'abord, ses yeux, éblouis, durent se fermer. Le soleil allait disparaître dans les flots, et ses derniers rayons coloraient les eaux de pourpre et d'or. Mais bientôt les yeux de Marcus se rouvrirent, et une exclamation de joie s'échappa de ses lèvres :

— La terre !

En effet, la terre était là, devant lui ; une île émergeait de la mer, et plus loin, à l'horizon, sur la droite, d'autres îles lui apparaissaient.

Poussé par le désir de se voir plus promptement à terre, il laissa sa chaloupe courir droit sur l'île. La brise fraîchissait, et l'embarcation semblait voler sur les flots. Sans tenir compte du péril, ne faisant attention ni aux rochers, ni aux récifs qui bordaient l'île, il se trouva tout à coup engagé, en plein ressac, au milieu des rocs, contre lesquels la vague battait avec une fureur croissante. Il venait d'échapper à un danger pour tomber dans un autre plus grand encore. Un soubresaut involontaire lui fit lâcher l'amure. La voile battit le mât, et la chaloupe, ensevelie sous l'écume, secouée, ballottée, flotta de ci, de là, sans direction aucune. Une lame énorme la prit de flanc, l'enleva comme une plume et la jeta contre le roc, où elle se brisa en mille pièces.

Dans cette évolution de la chaloupe, Marcus avait été lancé au milieu des flots. Il reparut presque aussitôt à la crête des vagues et nagea vigoureusement vers la terre. Mais l'espace qui le séparait du rivage était couvert d'une écume blanchâtre qui l'aveuglait et l'étouffait ; il battait cette écume de ses mains, sans que ses efforts le fissent avancer d'une brasse ; le bruit de la mer et des vents l'assourdissait ; la houle le repoussait et se jouait de ses tentatives réitérées. Enfin, à bout de force, brisé, saignant par mille blessures qu'il s'était faites sur tout le corps, en se heurtant aux pointes aiguës des récifs, contre lesquels les vagues le poussaient à tous instants, il s'abandonna à l'abîme, dans l'espérance d'y trouver la fin de ses maux. A quoi bon lutter plus longtemps, au surplus ? Est-ce que, en supposant qu'il eût.

pu gagner la terre, ses fatigues, l'épuisement, la faim, la perte de son
sang, n'eussent pas rendu sa situation désespérée ? Cette réflexion
eut pour résultat d'adoucir ce qu'il croyait être sa dernière heure ; et
quand le gouffre se referma sur lui, ce fut presque sans regret qu'il
dit un dernier et suprême adieu à la vie.

Pendant ce temps, les oiseaux de mer, plongeant sous la vague
avec des cris perçants, semblaient vouloir lui faire escorte dans un
monde meilleur.

CHAPITRE XXXIII

LE FOND DE LA MER

Entre toutes les îles de la Malaisie qui se distinguent par la pureté de leur atmosphère et la richesse de leur sol, il n'en est aucune qui égale les Célèbes.

Elles possèdent, avec un climat salubre, un sol fertile, et les peuples les plus civilisés de ces belles et lointaines contrées, tout ce qui fait le charme des yeux : les paysages riants de Luçon, le majestueux aspect de Timor, la nature grandiose et imposante de la Nouvelle-Guinée, les pampas sauvages de Bornéo, les sites paisibles et les tableaux pittoresques de l'archipel Holo. C'est un des pays les moins connus des Européens.

Les pluies fréquentes et l'ardeur du soleil équatorial donnent à la végétation des Célèbes une fécondité, une grâce une verdure, une vigueur inconnues aux climats d'Europe ; les animaux s'y multiplient plus vite, les oiseaux enchantent les oreilles, les insectes éblouissent les yeux, les poissons tracent leurs cercles d'or, de rubis, de saphir et d'opale sur l'émeraude des flots ; l'air, la terre et les eaux sont peuplés d'êtres que le Créateur de toutes choses semble avoir pris un plaisir particulier à former dans cette contrée, qui est une des plus privilégiées du globe.

La mer, surtout, y est incomparable, tant elle offre de prodiges et d'attraits.

Sur ces archipels coralligènes, des fleurs animalisées, étincelantes des plus riches couleurs, offrent aux regards des navigateurs ignorants des pelouses animées et riantes qui sont autant de remparts impénétrables, où viennent se briser les plus forts vaisseaux.

Mais c'est le fond de la mer, surtout, qui présente à l'observateur, par ses végétaux et ses animaux, le spectacle le plus intéressant de la nature. Dans les eaux de la zone torride particulièrement, là où leur transparence est telle qu'on peut distinguer sous quarante-cinq mètres d'eau, que la vie, plus active, se manifeste avec plus de richesse et plus de beauté.

Si nous plongeons nos regards dans le liquide cristal de l'océan Indien, dit Schleiden, nous y voyons réalisées les plus merveilleuses apparitions des contes féériques de notre enfance ; des buissons fantastiques portent des fleurs vivantes ; des massifs de méandrines et d'astrées contrastent avec les *explanaria* touffus qui s'épanouissent en forme de coupes, avec les madrépores à la structure élégante, aux ramifications variées. Partout brillent les plus vives couleurs ; les verts glauques alternent avec le brun et le jaune ; de riches teintes pourprées passent du rouge vif au bleu le plus foncé. Des millépores roses, jaunes ou nuancées comme la pêche, couvrent les plantes flétries, et sont elles-mêmes enveloppées du tissu noir des rétivores, qui ressemblent aux plus délicates coupures d'ivoire. A côté, se balancent les éventails jaunes et lilas des Gorgones, travaillés comme des bijoux de filigrane. Le sable du sol est jonché de milliers de hérissons et d'étoiles de mer aux formes bizarres, aux couleurs variées. Les flustres, les escarres, s'attachent aux branches de corail comme des mousses et des lichens ; et les patelles, striées de jaune et de pourpre, s'y fixent comme de grandes cochenilles. Semblables à des fleurs de cactus, brillant des plus ardentes couleurs, les anémones marines ornent les anfractuosités des rochers de leurs couronnes de tentacules variées. Autour des buissons de corail jouent les colibris de l'Océan, petits poissons étincelants, tantôt d'un éclat métallique rouge ou bleu, tantôt d'un vert doré ou d'un éblouissant reflet d'argent.

Légères comme les esprits de l'abîme, flottent à travers ce monde enchanté les clochettes blanches ou bleuâtres des méduses. Ici se poursuivent l'isabelle violette et vert d'or et la coquette jaune de feu, noire et striée de vermillon; là, serpentent à travers les massifs de bandes marines, comme de longs rubans d'argent aux reflets roses et azurés, la nemerte, la sépia resplendissante des couleurs de l'arc-en-ciel, qui tour à tour s'entrecroisent, brillent et s'effacent.

En tout, cette vie merveilleuse nous apparaît au milieu des plus rapides alternatives de lumière et d'ombre, qu'amènent chaque trouble, chaque ondulation qui rident la surface de l'Océan. Lorsque le jour décline et que les ombres de la nuit descendent dans les profondeurs, ce jardin radieux s'illumine de splendeurs nouvelles. Des méduses et des crustacés microscopiques, semblables à des lucioles, font étinceler les ténèbres. Le pennatule, qui, le jour, est d'un rouge cinabre, flotte dans une lumière phosphorescente. Chaque coin rayonne ; tout ce qui, brun et terne, disparaissait peut-être pendant le jour, au milieu du rayonnement universel des couleurs, brille maintenant de la plus charmante lumière verte, jaune et rouge, et, pour compléter les merveilles de cette nuit enchantée, le large disque d'argent de la lune de mer (l'*Orthagoriscus Mola*) s'avance doucement à travers le tourbillon des petites étoiles.

Si à ces plantes, à ces fleurs de l'Océan, on ajoute les perles et les coraux, la pourpre, les éponges, les tortues, les polypes, les madrépores, les échinodermes, les holothuries, les bryozoaires ou animaux mousses, les mollusques agrégés, les mollusques acéphales et les mollusques céphales, les annélides, la loutre de mer, l'ours blanc, le morse, et les poissons, qui comptent à eux seuls près de douze mille espèces, on n'aura encore qu'une faible idée de la diversité des plantes et des animaux qui vivent au fond de la mer.

L'Océan a ses plaines et ses montagnes, ses vallées et ses précipices, ses volcans et ses ruines, et, si l'on descend dans les abîmes où ne pénètre plus aucun rayon de soleil, la sonde découvre encore des infusoires vivants. La mer, c'est l'infini.

Mais revenons à Marcus Gallois, et disons tout de suite que sa chaloupe venait de se briser contre les récifs d'une des îles faisant partie du groupe des Célèbes.

Nous allons franchir les rochers qui bordent le rivage et pénétrer dans l'île.

CHAPITRE XXXIV

MARCUS, SAUVÉ PAR LES FILLES D'UN ROI, REFUSE LA MAIN D'UNE
PRINCESSE ET RETROUVE LA *Revanche*

Au moment où Marcus était entraîné sous les flots, une pirogue, dans laquelle se trouvaient deux jeunes filles, se montra sur une petite rivière venant de l'intérieur de l'île et dont les ondes, avant de se jeter dans la mer, formait à son embouchure une sorte de réservoir aux eaux limpides et cristallines.

Elles arrêtèrent leur pirogue derrière les rochers, à l'abri des vents et du ressac, et, après avoir allumé du feu pour le repas du soir, elles se préparèrent à la pêche de nuit, toujours abondante lorsque la mer est orageuse.

Dans le va-et-vient de la pirogue, à l'endroit où le feu était allumé, l'une de ces jeunes filles fit entendre subitement un cri qui attira sa compagne près d'elle. Un corps venait de surgir à la surface de l'eau et se montrait à leurs yeux.

C'était Marcus. Un courant rapide l'avait entraîné dans sa course tortueuse jusqu'à l'embouchure de la rivière et poussé dans les eaux tranquilles du réservoir, où il gisait comme mort au milieu de la flore aquatique..

Des Européennes se fussent empressées de pousser des clameurs et de prendre la fuite. Les habitantes de l'île firent tout le contraire ; ni la surprise, ni la peur ne les empêchèrent de se mettre à l'eau et d'attirer le noyé sur la rive. Lorsqu'il fut là, elles s'empressèrent de lui prodiguer les soins les plus actifs et les plus intelligents.

Marcus était-il mort ?

A en juger par la rigidité de ses membres, son extrême pâleur, à l'absence de tout calorique, on pouvait le croire.

Les deux jeunes filles le transportèrent près du feu et s'appliquèrent à le rappeler à la vie par tous les moyens en leur pouvoir.

Marcus ne donnait aucun signe d'existence. L'asphyxie était-elle donc complète ? Cependant, peu à peu, sous les soins empressés qui étaient prodigués à notre héros, la circulation du sang reprit son cours et la chaleur revint : Marcus était sauvé.

La première sensation qu'il ressentit ressemblait à une sorte de cauchemar, auquel succédèrent les angoisses d'un homme suffoqué. Il lui semblait qu'il était encore sous l'eau et qu'on l'y retenait avec une force invincible, dans le but de le noyer. Il criait, il se débattait ; mais ses membres étaient comme paralysés et un grand bruit étouffait sa voix. C'était sans doute le bruit du ressac, dont il avait la perception malgré son évanouissement. Puis, recouvrant ses sens en partie, il vit deux figures inconnues penchées sur lui, épiant son retour à la vie et l'interrogeant d'une voix douce, dans une langue qui lui était inconnue. Il se crut dans l'autre monde.

Cependant le sentiment de la réalité ne tarda pas à lui revenir, et il se trouva étendu par terre, les pieds devant un feu pétillant et comme enseveli sous des étoffes de coton. Le froid glacial qu'il avait ressenti tout d'abord disparaissait pour faire place à une douce chaleur. Deux femmes, jeunes et d'une beauté remarquable, étaient accroupies devant lui ; elles portaient des bracelets d'or aux bras et aux chevilles ; leur teint était légèrement bistré.

Une faim dévorante tourmentait Marcus. Il le fit comprendre par signes aux deux étrangères. Une d'elles disparut aussitôt, mais pour revenir immédiatement, apportant à Marcus une noix de coco entr'ouverte, dont il but le lait avec une sensation de plaisir infini. Cela fait, il s'endormit et ne se réveilla qu'aux premières lueurs du jour.

Les deux jeunes filles étaient déjà debout, et, après une nuit de pêche, se préparaient au départ.

Elles aidèrent Marcus, dont les jambes étaient encore fléchissantes, à monter dans la pirogue. Il s'assit au fond de la petite barque. Ses conductrices poussèrent au large et s'escrimèrent si bien de leurs pagayes que la pirogue fendit les eaux avec rapidité !

Ils quittèrent le bassin et remontèrent la rivière.

Elle coulait au milieu d'une forêt de bambous et d'arbres d'essences variées dont les cimes épaisses, se rejoignant, formaient des berceaux de verdure et de fleurs qui ne laissaient pénétrer qu'un demi-jour mystérieux d'un effet magique.

Sur les arbres, dans les lianes, se jouaient, en troupes nombreuses, des familles de singes ; çà et là, aux branches des mangliers, pendaient des grappes de grosses moules dont l'ensemble ressemblait à des portiques d'églises ; des eaux surgissaient, à tout instant, des canards, des oies, des poules d'eau, des hérons blancs qui fuyaient devant la pirogue. Au milieu d'une éclaircie, on voyait apparaître sur les branches, dans un rayon de soleil, le loris rouge, le kakatsa blanc, des perroquets de toutes nuances, et une sorte de martin-pêcheur ayant le dos vert, le ventre d'or, la queue d'azur et les pattes écarlates ; il rasait l'eau et s'emparait avec une adresse prodigieuse des petits poissons que la présence des mouches et des insectes attiraient à fleur d'eau ; les tourterelles et les pigeons ramiers faisaient entendre dans la feuillée leurs doux roucoulements.

Cette fraîcheur de l'atmosphère, cet air pur, les parfums exquis qu'exhalaient les arbres, les plantes et les fleurs plongeaient Marcus dans une sorte d'ivresse extatique ; il se sentait revenir à la santé, à la vie.

La rivière avait des courbes à l'infini, et dans beaucoup d'endroits se resserrait. Alors ses eaux, débordant sur les deux rives, se répandaient en de nombreux ruisseaux dont le cours se faisait remarquer par la vigueur des arbres, leur élévation et l'éclat de la végétation.

Après un voyage de plusieurs heures, la pirogue s'engagea dans un de ces ruisseaux dont l'embouchure était plus large et plus profonde que les autres, et arriva au lieu de sa destination.

Les conductrices de Marcus lui firent signe de débarquer Il obéit.

La végétation en cet endroit avait une telle force et une telle abondance qu'ils étaient comme noyés au milieu de ces herbes gigantesques.

Les jeunes filles descendirent pendant quelques minutes la partie sèche du ruisseau. Marcus les suivit. Ils arrivèrent à un sentier qui se prolongeait dans la même direction.

Là, au milieu d'une clairière, Marcus aperçut une multitude de huttes construites en bois et couvertes de feuilles de palmier. Autour de ces huttes croissaient tous les arbres des tropiques, le riz, le coton, la canne à sucre, le manioc, le benjoin, le tabac et les fleurs les plus belles et les plus odorantes : le lis des Célèbes qui charme les yeux et l'odorat par l'éclat de ses couleurs et son parfum délicieux, la rose, l'œillet, la jonquille et la tubéreuse.

Les compagnes de Marcus firent entendre un cri particulier, et soudain, de toutes les habitations, surgirent une foule de femmes, jeunes et vieilles, accompagnées d'une nuée d'enfants.

Tout ce monde, à la vue d'un étranger, donna les marques de la plus vive surprise. On le regardait, on le palpait, on touchait ses cheveux et ses habits, et les questions se croisaient avec une telle rapidité, que les guides de Marcus avaient de la peine à satisfaire la curiosité générale.

On finit par le conduire dans une des plus importantes habitations, et là on lui servit à manger. Ce fut une telle abondance de viande et de poissons grillés, de riz, de maïs et de fruits, qu'elle aurait pu suffire à dix personnes.

Ce qui étonnait le plus notre marin, c'était de ne voir d'autres hommes dans cette île que deux ou trois vieillards décrépits. L'un d'eux, qui avait voyagé dans les grandes îles de l'archipel et qui parlait quelques mots d'anglais, lui en expliqua la raison. Le *datou*, ou roi, était parti depuis une semaine avec tous les hommes du village, pour une grande partie de chasse au nord de l'île ; il devait revenir ce jour-là. Marcus apprit également que les deux jeunes filles auxquelles il devait la vie étaient les filles du roi.

Dans l'après-midi, en effet, le *datou* revint au village avec son peuple ; il ne fut pas peu surpris de trouver un étranger sous son toit, mais il n'en éprouva nul mécontentement. C'était un homme humain et simple, ce qui est rare chez un roi. Il considéra la présence de Marcus dans son royaume comme une sorte de bonne fortune que lui octroyait le ciel et, dès le lendemain, lui proposa la main de sa fille aînée, lui faisant espérer la main de l'autre dans un avenir très rapproché.

Marcus, un peu embarrassé, répondit que cette offre lui était des plus agréables ; mais il le pria en même temps d'en ajourner la réalisation jusqu'au jour où, ayant appris la langue du pays, il pourrait s'entretenir avec sa fiancée, ce à quoi le monarque consentit, laissant à Marcus toute liberté d'aller et de venir dans l'île et de vivre à sa guise.

Le marin profita de cette liberté pour visiter l'île. Chaque jour il se rendait sur les rochers qui bordaient la côte, et restait là des heures entières, dans la contemplation de l'Océan.

Qu'espérait-il donc ?

Voir surgir tout à coup la *Revanche* ou quelque autre bâtiment.

C'était un rêve !

L'île, d'après les traditions des naturels, était née d'un volcan lancé du fond de la mer à sa surface, et s'était agrandie progressivement du corail vivant qui lui faisait ceinture.

La végétation rapide de ces climats, rendait la version vraisemblable.

Dans un pays où la Providence avait tant fait pour l'homme, les habitants se contentaient de vivre de la pêche, de la chasse et des produits du sol. Ils n'avaient de relations avec aucun de leurs voisins, la côte étant inabordable. Peut-être Marcus eût-il bien fait en imitant la sagesse de ce petit peuple, que nulle ambition ne travaillait, et dont l'existence s'écoulait douce, tranquille, heureuse et presque sans labeurs. Bientôt gendre d'un roi, il fut devenu roi à son tour, c'est-à-dire le chef de la nation, chef vénéré, ce qui, même dans une île inconnue de l'archipel malais, était une condition enviable.

Mais la destinée de Marcus l'entraînait aux aventures, et il ne pouvait s'y soustraire.

Un jour que, comme d'habitude, son regard, du haut des rochers, se promenait sur le vaste Océan, il aperçut un point blanc à l'horizon. C'était une voile, ses yeux ne pouvaient le tromper. Son émotion fut grande et son cœur battit avec violence.

Peu à peu le point blanc s'agrandit, s'approcha, prit un corps. C'était bien un navire !... Ses formes se dessinèrent, sa voilure, toute faite d'angles, se montra dans son ensemble. Pouvait-il en exister deux semblables dans ces mers éloignées? Non! Alors c'était le cutter, c'était la *Revanche*, à la recherche de son capitaine.

Marcus, affolé de joie, poussait des clameurs insensées; il gesticulait, appelait, criait et se livrait à tous les signaux imaginables.

L'atmosphère avait une transparence sans pareille, qui permettait de voir à de très longues distances. Il était impossible, si réellement la *Revanche* était en quête de Marcus, qu'on ne l'aperçût point du bord sur le point culminant où il se trouvait.

C'est ce qui arriva sans doute; car, bientôt, sans trop s'approcher de l'île, dont les récifs à fleur d'eau étaient une menace de mort, le cutter diminua de voiles, et se mit à courir des bordées.

En même temps, un canot, monté par trois hommes, quittait le navire et se dirigeait vers l'île.

Marcus, dans son impatience, ne put se résoudre à l'attendre; il se laissa affaler des rochers jusqu'au rivage, et sans songer à dire adieu à l'île hospitalière, sans songer à sa brune fiancée, il se jeta à l'eau et nagea bravement vers le canot. La mer, fort heureusement, était dans le plus grand calme.

Une heure plus tard, notre héros se trouvait à bord de la *Revanche*, dans les bras de ses amis, et sur les joues noires de Nonor roulaient de grosses larmes de joie.

CHAPITRE XXXV

OU IL EST QUESTION DE MASTER JOHN KEEP ET D'UN NOUVEAU « FILS DU DIABLE »

Avons-nous besoin d'expliquer longuement au lecteur comment la *Revanche*, que nous avons laissée faisant route pour Timor, se trouvait dans les parages des Célèbes ?

Non.

Il nous suffira de dire que dès qu'on s'était aperçu, à bord du cutter, de l'absence de Marcus et de la disparition de la chaloupe, deux faits qui devaient se lier intimement entre eux, le navire vira de bord et revint sur la route qu'il avait déjà parcourue. Malheureusement plusieurs heures s'étaient déjà écoulées, et quoique la *Revanche* courût des bordées à droite et à gauche, quoique tous les yeux fussent braqués sur la mer, la chaloupe demeurait invisible.

L'émotion était grande sur le navire.

Privée de son capitaine la *Revanche* devenait, comme on dit vulgairement, un corps sans âme.

Le docteur Railli, James Brown et Nonor se réunirent en conseil.

Le pauvre nègre faisait pitié à voir, tant il était abattu et consterné. Pour ce dévouement absolu, cette amitié fidèle, il n'y avait point d'existence possible sans la présence de Marcus. C'était son soleil et sa vie.

Cependant, malgré son abattement, ce fut Nonor qui donna le meilleur avis et qui, encore cette fois, sauva son capitaine.

Il examina attentivement le flots, l'état de la mer et du ciel, l'aire des vents, et, indiquant du doigt la situation des Célèbes, il dit :

— C'est-là que nous retrouverons Marcus Gallois!

Puis il se mit au gouvernail et ne le quitta plus.

C'est ainsi que la *Revanche*, après avoir visité deux ou trois groupes d'îles et s'être munie de petites embarcations, arriva en face de l'île où Marcus avait trouvé une si touchante hospitalité.

On sait le reste.

Marcus Gallois se trouvant entre les Célèbes et Bornéo, c'est-à-dire au sein de la piraterie et du commerce des esclaves, renonça facilement à son voyage à Timor. A quoi bon pousser jusque-là? Il se lança dans le détroit de Mangkassar et se détermina à faire une croisière sur la côte, depuis Poulo-Laout jusqu'à Varouni ou Bornéo.

Bornéo est, après la Nouvelle-Hollande, l'île la plus grande du globe. Elle a une longueur de plus de trois cents lieues, sur une largeur qui varie de soixante à deux cent quatre-vingts lieues. Sa population est estimée à plus de quatre millions d'habitants. Mais on peut affirmer que c'est le pays le moins connu de notre planète. Presque tous les voyageurs qui y ont été envoyés en mission, depuis cent ans, ont péri misérablement.

On y trouve en abondance des cristaux de toutes sortes, de l'or, du zinc, de l'étain et des mines inépuisables d'antimoine. C'est le pays par excellence des belles perles, du camphre, de la cire, du benjoin, des diamants et du guiseng, une plante que les Chinois considèrent comme la panacée universelle, un élixir de longue vie et qui se paye habituellement cent cinquante francs l'once.

Nulle part, la nature, — qui, dans cette île, est grande, riche, imposante et variée, féconde en merveilles de tous genres, — n'a produit, sur la terre, dans l'air et les eaux, d'animaux plus rares et plus singuliers.

Le tigre, le babi-roussa ou cochon-cerf, le rhinocéros unicorne, l'éléphant, le tapir bicolore, le buffle, la civette, la loutre, l'ours noir, le porc-épic, la gazelle, le sanglier, le cerf, l'innombrable famille

des singes, depuis l'orang-outang jusqu'au ouistiti, et les crocodiles
pullulent dans les forêts et les marécages.

Disons aussi que beaucoup de ses habitants, notamment les *Dayaks*
et les *Biadjous* sont anthropophages. Une de ses tribus, les *Bouguis*,
a le privilège de fournir des danseuses, fort jolies et très rebcerchées,
à toutes les fêtes.

Quant aux pirates, protégés par les chefs, rajahs ou sultans, qu'ils
fournissent d'esclaves, ils infestent toute la côte, et vont exercer leur
industrie jusque dans les Philippines, les Molluques et l'archipel de
Holo.

Cependant, fait extraordinaire, après huit jours de croisière dans
le détroit de Mangkassar, la *Revanche* n'avait pas encore aperçu le
moindre pirate, et même les relations maritimes entre les Célèbes et
Bornéo, si nombreuses par les petits navires, semblaient avoir subitement cessé. C'est vainement qu'on eût cherché dans le détroit et dans
la partie de la mer des Célèbes qui baigne Bornéo, une voile s'aventu-
rant à une lieue de la côte.

Quelle en était la cause ?

C'est que, dans ces parages, on signalait la présence d'un pirate terrible qui, depuis deux mois environ, venait de faire connaître son
existence par des actes d'une cruauté et d'une audace inouïes.

Il avait, depuis sa première apparition dans le détroit et les mers
voisines, pris, dépouillé et coulé à fond un nombre considérable de
proas malaises, de jonques chinoises et de navires de Siam. Devant
les bâtiments de guerre européens, il fuyait et trouvait un refuge assuré au milieu des différents groupes d'îles semées çà et là sur ces mers.
Il est bien entendu qu'il ne s'attaquait jamais aux navires de commerce français, anglais et hollandais, et que cette prudente réserve lui
assurait une sorte d'impunité, les navires de guerre de ces différents
pays ne s'occupant que de la protection de leurs nationaux. L'épou-
vante régnait sur les deux côtes, et de Poulo-Laout à Varouni, de même
que sur la côte des Célèbes, on n'eût trouvé aucun capitaine de barque assez audacieux pour quitter le rivage.

Chose bizarre, personne n'avait vu le forban d'assez près pour pouvoir le reconnaître et donner son signalement; les versions même, en ce qui le concernait, étaient contradictoires et variaient à l'infini, selon qu'on prenait des renseignements ici ou là. Aucune de ces versions n'étaient d'accord entre elles, si ce n'est sur un seul point: c'est que le pirate, sans doute pour s'éviter l'embarras des captifs, avait pour habitude de ne conserver que les femmes, lorsqu'elles étaient jeunes et belles, et d'anéantir ses prises et leurs équipages, après avoir fait passer à son bord l'argent monnayé, les métaux précieux et les marchandises de facile défaite, pourvu qu'elles ne fussent pas encombrantes.

Marcus avait pu constater l'exactitude de ce renseignement par de nombreuses épaves trouvées sur la côte, et dont l'existence lui avait jusqu'alors paru inexplicable.

Quant à savoir son nom, sa grandeur et sa nature, il fallait y renoncer. Sur ces différents points, les récits devenaient aussi extravagants que fantastiques. En réalité, personne ne l'ayant vu, nul ne savait à quoi s'en tenir. Seulement, comme toujours, la peur et les traditions devaient exagérer les choses.

Les habitants de Poulo-Laout, sortes de tziganes ou bohémiens de la mer qui ne vivent que de pillage, de piraterie et du commerce des esclaves, apprirent à Marcus qu'ayant réuni une quinzaine de pirogues de vingt-cinq à trente tonneaux, ils avaient essayé de surprendre le forban et de lui donner la chasse, mais que celui-ci s'était joué de tous leur efforts, et avait rendu inutile l'acharnement de leurs poursuites. Se voyant traqué par des forces supérieures aux siennes, il avait disparu comme par enchantement, et l'on était resté plusieurs semaines sans entendre parler de ses déprédations qu'il avait portées, sans doute, sur un autre point de la côte. Ils ajoutèrent que ce terrible pirate ne procédait jamais autrement que par l'abordage, et que, s'il possédait des canons, on n'avait point entendu dire qu'il s'en servît.

Enfin, un des tziganes ajouta que ce devait être « le diable » ou un génie malfaisant.

Ce mot « diable » donna beaucoup à réfléchir à Marcus. Pour qu'il se trouvât sur les lèvres d'un être ignorant et ne croyant à rien, il fal-

14

lait qu'il eût été apporté dans son esprit par quelque version au fond
de laquelle pouvait se trouver un côté vrai, c'est-à-dire le nom du
bâtiment. En ce cas, le pirate signalé n'était autre que John Keep,
montant un nouveau navire auquel il avait donné le nom de son
ancien brick : le *Fils du Diable*.

Mais était-il supposable que Master Keep eût survécu au naufrage
du brick ?

Pourquoi pas, puisque lui, Marcus, et Nonor avaient pu se sauver
d'un naufrage compliqué d'un incendie ! Qu'est-ce qu'il y avait d'invraisemblable à ce que l'Anglais, ayant gagné, avec un certain nombre de ses compagnons, la presqu'île de Malacca, se fût, par surprise ou par force, emparé de quelque navire, et augmentant sa
bande endiablée de scélérats sans peur et sans pitié comme lui, eût
porté ses exploits dans le grand archipel de la Malaisie, en se plaçant
sous la protection d'un rajah de Bornéo ? Tout cela était possible.

Marcus, qui n'avait jamais perdu le souvenir des souffranaes, des
peines physiques et morales qu'il devait à John Keep, et dont le cœur
tressaillait de joie à l'espoir d'une vengeance, fit part de ses suppo-
sitions à Nonor et du projet qu'il avait conçu de se mettre à la poursuite de son ennemi. Cette fois, l'œil sombre du nègre eut des éclairs
fulgurants, et sa bonne et excellente figure devint féroce. Aussi lui,
il nourrissait une haine invincible contre le traître John Keep, contre le perfide scélérat qui avait causé la folie de Marcus et l'avait
obligé, lui, Nonor, à renoncer au rêve si doux de revoir jamais le bon
pays de France ; il approuva donc tout ce que lui proposa Marcus.

Disons, pour être vrai, qu'il y avait un fond d'égoïsme dans la conduite du nègre. Il espérait que, s'étant vengé de Keep, Marcus, revenu
à des idées plus saines, consentirait à rentrer en France.

Cet espoir suffisait à Nonor pour lui faire accomplir des prodiges.

Le conseil tenu à deux s'augmenta, dans la soirée, de James Brown,
le second, et du docteur Railli, auxquels Marcus fit la confidence de
tous les faits que nous connaissons ; et l'on décida d'un commun
accord de se mettre immédiatement à la recherche du pirate et de
faire une tentative suprême pour l'exterminer.

— Il procède par l'abordage, dit l'Américain. Eh bien ! ce sera le moyen que nous emploierons pour nous rendre maîtres de lui.

James Brown n'était point insensible à l'espoir d'un riche butin. Il était pauvre comme Job, l'excellent Yankee, et il caressait la séduisante chimère d'une capture qui mettrait dans son coffre une somme assez ronde pour l'aider a vivoter dans ses vieux jours

La *Revanche* voyageait sous pavillon français, et comme avec ses canons elle avait les allures d'un petit navire de guerre, on remplaça le drapeau tricolore par le drapeau annamite, qui n'inspirait aucune crainte, et l'on cacha les bouches à feu sous de vieux prélarts.

Ce fut ainsi qus le cutter quitta son mouillage et se mit en route pour remonter le détroit de Mangkassar.

CHAPITRE XXXVI

DANS LE DÉTROIT DE MANGKASSAR

Un bon vent conduisit le cutter en trois jours à l'embouchure du Bendjar-Massing, un des plus grands fleuves de Bornéo, et qui traverse l'île du centre au sud.

Un groupe d'îles, formant comme une sorte de petit continent, attira l'attention de Marcus. C'était peut-être au sein de cette *paqueta* fleurie que s'abritait le terrible pirate.

La *Revanche* jeta l'ancre devant une de ces îles, et, comme sa provision d'eau douce était épuisée, tandis que des matelots descendaient à terre avec la chaloupe pour renouveler leur provision, Marcus et Nonor, dans un canot à voile, s'engagèrent prudemment entre les îles.

La ville de Bendjar est, depuis le sommet des montagnes qui la couronnent jusqu'à la mer, couverte d'arbres touffus ; les eaux qui baignent leur pied sont limpides comme une goutte de rosée et transparentes comme le plus pur cristal. L'œil aperçoit facilement, à travers le voile azuré couvrant le fond des mers, les merveilles de ce monde sous-marin dont nous avons essayé de faire une courte description et qui étonne, par sa puissance et son immensité, le savant et l'observateur qui osent en aborder l'étude. En présence de la civilisation laborieuse qui a tourmenté en tous sens le sol qu'elle occupe pour obtenir une somme de produits en rapport avec ses besoins, on est tout surpris de se retrouver en face d'une nature primitive où la

puissance reproductive de la terre et des eaux s'exerce sans le concours de la main de l'homme, sans modification et sans entraves.

La ville est traversée dans son milieu par une arête montueuse qui
court de l'est à l'ouest et qui présente des pics assez élevés. D'autres
accidents de terrain de moins d'importance se montrent également
dans son étendue et constituent de petites collines sphériques complètement boisées.

Tous les bords de la côte sont découpés en festons par des criques
nombreuses, dont quelques-unes donnent passage à des cours d'eau
qui descendent des parties supérieures de la ville et se mêlent à l'eau
salée pour inonder les basses terres.

L'aspect de Bendjar est celui d'une corbeille de verdure dont les
branches entrelacées déroberaient complètement aux yeux l'objet sur
lequel elle repose. Les sommets coniques de la montagne, dus probablement à d'anciens cratères de soulèvement, nourrissent de magnifiques essences végétales, et la partie inférieure du sol est entièrement couverte d'arbres qui portent toute l'année des fleurs et des
fruits.

Son port est abrité contre les moussons qui soufflent régulièrement
dans ces parages, et le groupe d'îles dont nous avons parlé plus haut
le protège contre les vents sud-est et la mousson contraire. C'est une
baie splendide, dont les îles, semblables à un môle immense, cachent
et défendent les abords.

Rien n'est plus ravissant que la beauté de ce site, réalisant tout ce
que l'art le plus idéalisé peut peindre quand il essaye de représenter
un de ces jardins paradisiaques qui sont la fin de presque toutes les
croyances religieuses des peuples, où la créature humaine jouit
d'ombrages toujours verts, d'une température sans cesse égale, d'une
paix et d'un calme que comporte seule la béatitude des élus.

Jamais les belles eaux de ce grand bassin ne sont tourmentées par
des vents impétueux ; c'est à peine si de légères brises de terre sil-
lonnent sa surface, et après ce mouvement, qui n'est qu'une douce
ondulation, le miroir reprend sa transparence et son immobilité.

Deux ou trois îlots sont renfermés dans l'enceinte que forme le groupe général; ce sont de vrais bouquets de fleurs soutenus sur un piédestal de corail. Elles montrent comment, un jour, des petits êtres dont on soupçonne à peine l'existence transformeront en vastes continents des archipels morcelés, formés d'îles sans nombre, lorsque nos continents ne seront plus eux-mêmes que des archipels·fractionnés. Mais, d'ici là, que de nations auront disparu! que de générations humaines se seront bercées sur les vagues du grand Océan!

Le silence des grandes forêts entourant la baie n'est troublé que par le tendre roucoulement des pigeons perchés à la cime des arbres séculaires, par le caquetage des perroquets verts, jaunes, rouges, gris et blancs, et par les singes qui en sont les véritables possesseurs. Par moments, des martins-pêcheurs vert d'émeraude effleurent l'eau à travers les branchages, et des souimangas se balancent sur les palétuviers flexibles en regardant les rives.

Au fond des eaux, partout où l'œil peut atteindre, le spectacle n'est pas moins attrayant. On aperçoit les grandes coryophyllées étendant leurs rameaux pétrifiés surmontés de petites fleurs bleues, rouges et blanches, des astrées et des méandrites mamelonnées recouvertes d'une mousse verte qui s'agite lentement; de petits poissons de toutes les couleurs, aux formes bizarres, se jouant autour de ces roches vivantes; des actinies épanouies comme des renoncules, puis des oursins noirs aux pointes longues et acérées, des spondiles, des marteaux fixés sur des polypiers, des cônes et des cyprées stationnant sur ce fond de corail.

La nuit surprit Marcus et Nonor dans cette anse féérique : le ciel, la terre et les eaux s'illuminaient à la fois; chaque feuille d'arbre ressemblait à une aigrette de diamants; dans le sillage du canot surgissait une gerbe de feu liquide. Et c'étaient les animaux les plus infimes de la création, quelques clater, quelques mollusques hydrostatiques, des béroès, des pyrosomes et leurs congénères microscopiques qui allumaient ce paisible incendie, que l'or du plus puissant monarque de l'Occident ne saurait improviser, et qui se reproduit tous les soirs, sous ces latitudes heureuses, pour les Malais attardés qui traversent ces eaux paisibles sur leurs légers bâtiments.

Partout où la race européenne a pris possession de la terre, les pas de l'homme sont empreints sur le sol, et tous les animaux de la création flairent et redoutent son approche. Ici, point de sentiers ouverts ; et, lorsque les herbes inclinées apprennent qu'un être vivant a passé quelque part, on ne peut reconnaître si l'empreinte du pas est celle d'un cerf voyageur ou celle d'un Malais embusqué dans la nuit. Les oiseaux ignorent les agressions de l'homme, et si l'un d'eux tombe frappé sous le plomb meurtrier, ceux qui l'entourent continuent leurs chants ; car tous sont enfants de générations innombrables qui se sont développées sans entraves et sans que rien ait jamais troublé leur sécurié.

Marcus et Nonor descendirent les bords d'une rivière ombragés par des palétuviers et des mangliers énormes, dont les fruits allongés, balancés par le vent, pendaient au-dessus des eaux et ressemblaient aux dards acérés que les Malais lancent avec leurs sarbacanes. Partout, devant eux, se déroulaient des forêts d'aréquiers, de cocotiers, d'arbres à pain, des palmiers, des muscadiers, des mangoustaniers et des tecks séculaires, qui semblaient étendre leurs rameaux protecteurs sur leurs frères plus faibles groupés autour d'eux.

Le sol de la grande île est une de ces terres promises sur lesquelles l'homme peut, en naissant, trouver spontanément tout ce qui doit assurer son existence, et pourtant les peuples de ce pays privilégié sont toujours en guerre entre eux et ne sauraient vivre un seul instant en paix et dans une sécurité réelle.

A leur retour, nos deux marins trouvèrent les hommes de la chaloupe, les uns pêchant des coquilles fluviatiles, dépeçant de grands palmiers pour retirer la partie comestible du stipe, tandis que d'autres rapportaient les fruits sauvages du papayer, celui du pendanus, dont les écailles charnues ressemblent aux feuilles de l'artichaut. Chacun avait recueilli ce qui lui avait paru curieux ou d'une apparence quelque peu savoureuse.

En regagnant le navire, ils rencontrèrent des myriades de singes qui se promenaient paisiblement au-dessus des arbres, et que l'appro che des marins n'émut nullement. Ils les prirent probablement pour quelques-uns de leurs frères, d'un autre pelage qu'eux, avec lesquels ils étaient en paix, tant il y avait d'indifférence et peu d'étonnement dans leurs regards.

Mais soit confiance, soit dédain, le sentiment qui dicta leur conduite leur devint funeste, car plusieurs d'entre eux le payèrent de leur vie.

CHAPITRE XXXVII

DERNIER COMBAT

A bord de la *Revanche*, tous les yeux, toutes les lunettes, braqués sur les divers points de l'horizon, y cherchaient le pirate.

Pas un mât, pas une voile ne surgissaient de l'immense étendue des flots. La crainte d'être capturées retenaient inactives à leurs mouillages toutes les barques malaises, toutes les jonques chinoises faisant le commerce entre Bornéo et les Célèbes; et le nouveau *Fils du Diable*, essayant sans doute de se faire oublier, attendait, caché dans quelque baie déserte, dans quelque havre mystérieux ou à l'embouchure d'une rivière, derrière les jungles épais, qu'une proie lui fût envoyée.

Le cutter, toujours en quête, courait des bordées en tous sens, à droite et à gauche, allant de l'une à l'autre côte, furetant partout et ne trouvant devant lui que la mer et le ciel ou les rivages déserts.

Déjà deux jours et deux nuits s'étaient écoulés dans d'inutiles recherches et l'on commençait à désespérer du succès de ces manœu-

vres qui mettaient l'équipage sur les dents par une activité sans repos
et des veilles prolongées ; mais Marcus, têtu comme un Breton qu'il
était, soutenu par l'espoir de la vengeance, persistait plus que jamais
dans ses résolutions, et par son exemple — il n'avait pas quitté le
pont de son navire depuis quarante-huit heures — soutenait l'énergie
de son équipage.

La nuit tirait à sa fin.

Les étoiles disparaissaient les unes après les autres ou se penchaient
vers les flots comme pour s'y engloutir ; dans l'horizon lointain,
une vague clarté, faible, indécise, à peine perceptible, surgissait
lentement, et devant elle s'éteignaient la phosphorescence de la mer
et les teintes lumineuses de la voûte céleste. Cependant, à travers les
couches limpides de l'atmosphère, le firmament apparaissait tout
rayonnant d'une clarté nouvelle, moins douce, moins tamisée, il est
vrai, que celle des étoiles, mais avec les promesses d'un éclat sans
pareil. En même temps, la mer dégageait sa transparence des profondeurs de l'ombre et laissait voir, dans son immense étendue, ses
vagues bondissantes dont la crête se couvrait d'écume. La nature,
comme en fête, saluait l'astre radieux qui, dans quelques secondes,
allait se lever.

En effet, tout à coup un jet s'échappa du foyer lumineux encore
invisible, et vint, comme un trait de flamme, se jouer dans les manœuvres de la *Revanche*, et rencontrant soudain les flots, les empourpra
des plus chaudes colorations.

Un pareil spectacle sous les tropiques est inoubliable, tant il a de
grandeur et de majesté. Rien ne lui est comparable, si ce n'est le
lever du soleil dans la montagne.

A la mer, et surtout dans ces parages, les transitions atmosphériques
sont presque toujours soudaines, et il arrive parfois que l'on passe
d'un temps merveilleusement beau à d'effroyables tempêtes. L'élévation extraordinaire de la température faisait prévoir pour ce jour-là
quelque chose de semblable, un gros orage contre lequel il était bon
de se prémunir.

Bientôt, en effet, des signes précurseurs d'une tempête se montrèrent à l'horison. Un nuage noir, épais, menaçant, voila le soleil et s'étendit, rapide, sur la mer ; le vent, subitement déchaîné, courait dans l'espace aérien avec des tourbillonnements qui soulevaient les flots et transformaient le calme plat de tout à l'heure en des montagnes liquides, laissant échapper de sourds mugissements. L'atmosphère s'était complètement assombrie ; les eaux avaient pris une teinte livide ; l'horizon s'était voilé et n'apparaissait plus qu'à travers de vagues éclaircies, sortes de percées lumineuses qui faisaient ressortir l'horreur de cette grandiose et lugubre révolte des éléments. Le feu, l'air et l'eau se livraient à un combat titanesque, dont le prélude s'était annoncé par de larges éclairs sillonnant la nue, de sinistres détonations et une pluie diluvienne, accompagnés de rafales de vent.

La *Revanche* avait viré de bord et s'était mise à la cape ; la barre du gouvernail maintenue sous le vent, elle s'avançait dans une obscurité profonde, au sein des vagues qui refoulaient sur elle, mugissantes et terribles, et couvraient son pont d'une écume limoneuse.

Tout à coup l'atmosphère se modifia sensiblement ; les grondements de la foudre s'éloignèrent, la pluie cessa et le vent étant tombé, fit place à un léger brouillard au milieu duquel la *Revanche* aperçut avec stupeur une gigantesque proa malaise qui, aidée seulement de ses basses voiles, fendait les flots avec une rapidité vertigineuse et menaçait par sa direction d'écraser le petit cutter, qu'elle semblait vouloir prendre par le flanc à l'abordage.

Nonor était à la barre ; d'un coup d'œil rapide et sans même attendre l'ordre de son chef, il fit décrire un demi-cercle au léger bâtiment, et la proa, emportée par la force impulsive de ses voiles, dépassa le cutter sans l'atteindre. Mais cette évolution, si rapide qu'elle eût été, avait permis à Marcus de reconnaître, au milieu d'un équipage de bandits, le traître John Keep.

Il n'y avait pas à s'y tromper. C'était bien le terrible pirate qui venait de passer devant lui, montant, avec au moins cent cinquante hommes d'équipage, une de ces proas volantes qui, jadis, avaient fait l'admiration de Marcus et causé son envie. Mais de comparable à celle-ci par la taille, le tonnage et l'importance de son équipage, il n'en avait point encore rencontré.

La proa avait dépassé le cutter, et ne pouvait revenir sur lui qu'en serrant le vent. Marcus vit qu'elle s'orientait au plus près, afin de le prendre en flanc, et il imita cette manœuvre de son ennemi dans l'intention de lui lâcher une volée de son artillerie, avant de l'attaquer à l'abordage.

Toutes voiles dehors et voguant sur une ligne parallèle, la *Revanche* arriva par le travers du pirate ; et, au commandement de Marcus, fit feu de ses deux canons de tribord.

Marcus, en agissant ainsi, n'avait d'autre but que de jeter le désordre dans l'équipage de la proa, et d'en profiter pour courir sur elle plus facilement.

A peine le cutter avait-il lâché sa bordée, qu'il vira promptement de bord, et courut de toute sa vitesse sur le pirate.

— Laisse arriver ! cria Marcus.

Et le petit navire vint, comme une trombe et avec la rapidité de la foudre, heurter de son avant les flancs de la proa.

Cela semblait être un acte téméraire et insensé, car le cutter, à côté de l'immense barque malaise, ressemblait à un brick osant se mesurer avec une frégate.

Les deux navires furent ébranlés de la secousse, sans pouvoir reculer cependant ; le beaupré et l'avant de la *Revanche* avaient pénétré pour ainsi dire dans les basses manœuvres de la proa, et, en même temps, des grappins jetés de part et d'autre, car les pirates se croyant certains de la victoire, retenaient les deux bâtiments comme attachés l'un à l'autre.

Un même cri, une même exclamation farouche sortit de toutes les poitrines :

— A l'abordage !

Les deux équipages venaient de se précipiter l'un contre l'autre, et entre les matelots de Marcus et les forbans se livrait un combat acharné, féroce, sans pitié ni merci, dans lequel le revolver, la hache, le sabre, le poignard, le kriss empoisonné jouaient le principal rôle, trouant les poitrines, fendant les crânes et abattant les membres.

A la tête de chacun des groupes et en avant de tous, s'étaient élancés deux hommes ; l'un, sorte de géant, vêtu par-dessus son pantalon d'une vareuse rouge serrée à la taille par une ceinture de même couleur. C'était John Keep.

Il avait toujours sur la face le même ton de rouge brique, les mêmes yeux blancs de l'Hindou, les cheveux ras et ses longs favoris d'un blond filasse qui balayaient sa poitrine. A sa ceinture pendaient une paire de revolvers et dans sa main manœuvrait une arme terrible, une hache dont il abattait d'un seul coup les imprudents qui osaient s'attaquer à lui ; l'autre était Marcus Gallois, armé seulement d'un sabre d'abordage et suivi de Nonor, tenant en main son inséparable barre d'anspect.

A la vue de Marcus, John Keep eut un sourire méprisant.

— Ah ! c'est donc toi, Marcus Gallois ! s'écria-t-il. J'ai eu tort de te laisser jadis une chance de salut... Il est vrai qu'elle était si faible, que je n'espérais point que tu en réchappasses... Tu en as profité, tant mieux. Cette fois, c'est bien différent, tu vas mourir !

Mais Marcus ne parut nullement intimidé de cette menace. Son œil bleu eut une teinte plus sombre et lança des éclairs. Il secoua sa longue chevelure, à laquelle l'air de la mer avait donné des reflets fauves, et, repoussant Nonor qui voulait se placer entre lui et John Keep, il attaqua résolument celui-ci en disant:

— Défends-toi, misérable !

Le pirate maniait sa hache, qui eût été un fardeau pour tout autre homme, avec tant d'adresse et de force, qu'elle lui servait à la fois d'arme offensive et défensive ; il parait et attaquait presque en même temps. Ses coups précipités et violents fatiguaient horriblement le poignet de Marcus, et déjà deux fois il avait dû changer son sabre de main. Il est vrai que, aussi adroit de la gauche que de la droite, cette tactique déroutait John Keep, et que Marcus avait pu lui faire une forte entaille à l'avant-bras.

Cependant cette blessure, sans grande importance en réalité, avait eu pour résultat d'exaspérer le pirate qui, profitant d'un moment où Marcus changeait son sabre de main, et redoublant d'activité, lui porta à la tête un coup de son arme que le jeune marin ne put parer que tardivement. La hache, chassant le sabre mal assujetti, l'envoya loin de là et tomba sur le front de Marcus avec un bruit sourd. Le capitaine de la *Revanche* chancela, aveuglé par le sang et la peau de son front qui s'était abattue sur ses yeux. Au même instant, un second coup lui fut porté par le pirate, et, comme le blessé avait fait un mouvement intinctif de recul, la hache ne rencontra que l'épaule du marin français, dans laquelle elle fit une large entaille.

Marcus était à terre, sanglant, inanimé.

Alors John Keep poussa un hurrah de triomphe et, criant : « A mort ! à mort ! » se précipita de nouveau vers le vaincu gisant à ses pieds.

Mais il trouva entre lui et Marcus un nouvel adversaire.

C'était Nonor !

Le nègre était terrible à voir. Il n'avait plus rien de l'homme. C'était le fauve féroce qu'une seule chose peut apaiser, — la mort de son ennemi. Ses larges narines se dilataient comme s'il eût respiré avec joie l'odeur du sang ; sa bouche s'ouvrait dans un rictus effroyable plein de menaces, de haine et de colère, laissant voir une double rangée de dents fines et aiguës qui semblaient vouloir mordre dans la chair de John Keep. Sa haute taille, son torse puissant, le développement prodigieux de ses muscles et l'élasticité de tout son corps faisaient de lui un adversaire redoutable.

En apercevant ce farouche et terrible ennemi, John Keep recula de quelques pas et porta la main à sa ceinture comme s'il eût voulu s'emparer d'un de ses revolvers. Mais Nonor ne lui en donna pas le temps ; il bondit comme le tigre des jungles, et, avant que le pirate eût pu parer ses coups, la barre d'anspect lui brisa le crâne, et sa cervelle jaillit çà et là sur le pont du navire.

Il tomba comme une masse.

Il était mort.

— Tu serviras de pâture aux requins! dit Nonor dans un dernier accès de rage.

Alors, prenant le cadavre de John Keep et l'élevant au-dessus de sa tête comme il eût fait du corps d'un enfant, il le jeta par-dessus bord.

Le flot s'entr'ouvrit et se referma soudain, et ce fut tout. La terre ne devait garder aucune trace de John Keep.

Puis Nonor, emportant Marcus dans ses bras, gagna le cutter.

Pendant ce temps, le combat se continuait entre les pirates et les matelots de la *Revanche*, guidés par James Brown et le docteur Railli; mais la mort de John Keep, en apportant la stupeur et le désarroi parmi les pirates, devait bientôt le faire cesser.

Ce fut, en effet, une véritable déroute parmi les bandits de la mer, un «sauve qui peut» général. Or, comme les moyens de salut ou de fuite n'existaient pas, ils furent à peu près tous massacrés ou jetés à la mer. Peut-être quelques-uns parvinrent-ils à se sauver dans la pirogue et à gagner la terre; mais ceux-là étaient de pauvres diables de la côte qui avaient été embarqués par violence à bord du nouveau *Fils du Diable*.

Tandis que James Brown s'occupait de faire transborder l'or, l'argent et les colis précieux que contenait la proa, le docteur Railli, inquiet de ne voir ni Marcus ni Nonor, se mit à leur recherche. Il les trouva à bord de la *Revanche*, celui-ci soignant celui-là. Marcus n'avait pas encore repris ses sens. Il était, du reste, très affaibli par la grande quantité de sang qu'il avait perdue.

— Oh! s'écria le docteur Railli en voyant dans quel état se trouvait son capitaine, j'ai eu tort d'oublier que la place du médecin est à l'ambulance et non au combat!

Il se livra à un examen attentif des blessures de Marcus. Nonor, ému au-delà de toute expression, le secondait de son mieux.

— Eh bien? demanda-t-il au bout de quelques instants.

— Le crâne est intact, répondit le médecin, et cette blessure qui semble effroyable, n'offre aucune gravité; dans quinze jours il n'en restera d'autre trace qu'une belle cicatrice. Quant à la blessure à l'épaule... c'est plus grave; mais, il n'y a pas lieu, je crois, de se désespérer. Toi et moi, ami Nonor, nous en viendrons à bout, par nos bons soins et notre dévouement.

— Oh! dit le nègre, je ne le quitterai pas d'une heure!... Mais, ajouta-t-il avec un soupir, qui le guérira de sa folie guerroyante?... Qui lui rendra la raison?

Le médecin, tout surpris de ces réflexions, regardait Nonor.

— Seul, le retour en France produirait ce miracle! murmura le nègre.

— Eh bien, répliqua tout à coup le docteur Railli, qui était demeuré un instant tout songeur, conduisons-le en France.

— Quoi! s'écria joyeusement Nonor, le séjour de la mer ne nuirait pas à sa guérison?

— Non! à la condition de gagner au plus tôt l'Atlantique.

Nonor ne fit qu'un saut du carré sur le pont.

Il trouva là James Brown faisant détacher les grappins qui retenaient le cutter à la proa.

— Quelles nouvelles du capitaine? demanda l'Américain.

— Le médecin promet de le sauver.

— Bon!... les ordres?

— En route pour la France!

— Quel port?

— Saint-Nazaire-en-Loire. C'est vous qui prenez le commandement de la *Revanche*, James Brown. Ordre du docteur Railli... gagner au plus vite l'Atlantique. Je vous promets une jolie fête à notre arrivée au port, master.

— J'y compte bien, dit le second avec le rire muet qui lui était habituel. Ce que nous avons trouvé à bord du pirate nous aidera à payer les violons... une fortune, mon brave ami!

Nonor s'inquiétait peu de la fortune.

— Qu'allons-nous faire de cette proa? demanda-t-il en désignant la barque malaise qui avait appartenu aux pirates.

— Vous allez voir! répondit James Brown.

Le cutter, dégagé de ses attaches et voguant seulement sous sa misaine, s'éloignait de la proa.

Tout à coup, une violente détonation se fit entendre. La barque malaise, par morceaux, s'engloutissait dans la mer.

Il ne restait plus trace sur les flots du navire qui avait été la terreur de ces parages.

Une déchirure se fit dans l'atmosphère et les rayons du soleil, chassant le brouillard, inondèrent de nouveau cette mer, qui venait de servir tour à tour de champ de bataille et de tombeau.

— Hurrah! s'écria frénétiquement James Brown en agitant son chapeau de marin.

— Hurrah! répétèrent à leur tour les matelots.

— Et maintenant, mes garçons, ordonna le second, toutes voiles dehors et en route pour la France!

TABLE DES MATIÈRES

TABLE DES MATIÈRES

FIN DE LA TABLE

Limoges. — Imp. Marc Barbou et Cⁱᵉ.

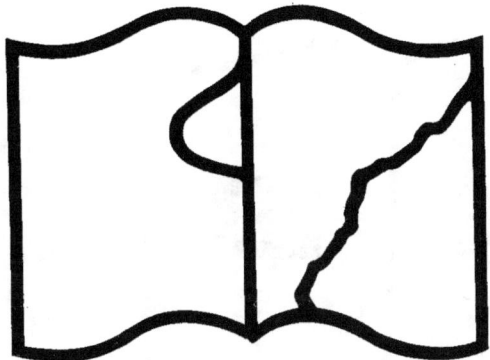

Texte détérioré — reliure défectueuse

NF Z 43-120-11

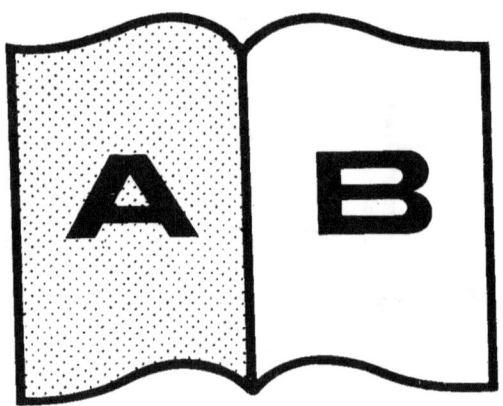

Contraste insuffisant

NF Z 43-120-14

www.ingramcontent.com/pod-product-compliance
Lightning Source LLC
Chambersburg PA
CBHW061448030726

47503CB00005B/1612